新 潮 文 庫

明るい夜に出かけて

佐藤多佳子著

新 潮 社 版

11105

目次

明るい夜に出かけて

第一章　青くない海を見てる

I

胸の名札「かざわ」、そいつが、ここの夜のボスだ。コンビニの深夜のシフトは、大学生以上の男が二人でやることが多い。今、この業界は人手不足だから、店によっては新参のバイト二人にぽんと任せてしまうところもあるみたいだけど、金と商品がなんだか足りねえんですけどーという内部不正が多発するのが深夜なので、少しはキャリアと信用があるヤツを入れておきたい。この「かざわ」みたいな。

鹿沢大介《かざわだいすけ》。ま、見た目は、信用からはほど遠いタイプよ。一七三、四センチくらいの細マッチョ、短い銀髪にシルバーのリングピアスのチャラ男で、面接時からこの外見だとすると、よく採用されたなって思うよ。俺より三つ年上の二十三歳。この店のキャリアは四年目。SNSのプロフィールには「歌い手」とある。

金沢八景《かなざわはっけい》の駅からは少し遠く、関東学院大学の近くにあるこの店は、学生と地域住民が客のほとんどだ。

水曜日、午前二時十五分、レジで、しばし、ぼーっとする。国道16号線の車の音は、どの時間帯でも聞こえてくるのだが、夜が更《ふ》けるほどに、エンジン音がきわだって鋭く耳につくようになる。それも気分の問題だ。忘れていれば、意識から締め出せる音だ。

客が一人入ってくる。客が連れてきた夜気の中に東京湾の潮の匂《にお》いが、かすかにする。この匂いも、夜のほうが濃く感じる。

客は、深夜に雑誌を立ち読みにくる三十代くらいの男だ。自由業っぽい雑に伸ばした髪と無精ひげ、安っぽいカジュアル服。週に二、三回来て、一時間くらいねばって、雑誌を読んでいく。帰りがけに買うのは、そばやパスタなどの麺《めん》類とビール。「あたためますか?」と聞くと、必ず黙って首を横に振る。五回目くらいから、この質問をすべきかどうか迷うようになった。聞くのはマニュアルなんだけど、いいかげんうるせえだろって。鹿沢を見てるとためらいなく普通に聞いてるから、いいのかな。

深夜に来る客って、この立ち読み男みたいにみんな無口なもんだと思ってたけど、そうでもない。客もバイトも、けっこう同じ顔触れだったりするんで、お互い覚えるし、雑談もする。鹿沢なんか、常連はミナトモダチだもんな。

俺は三月半ばに、ここのバイトを始めた。店長やベテランパートと一緒の夕勤で見習いを二週間やって、四月から夜勤のシフトに入れてもらった。

高校三年の終わりに一ヶ月、大学一年の時に四ヶ月、それぞれ違うチェーンでコンビニのバイトは経験してる。でも、コンビニって、立地やオーナーの方針などで個々の店によって、ぜんぜんやり方違うし、時間帯によって仕事の内容も変ってくる。

俺は接客が苦手なんだよ。前から品出しや清掃なんかの他の仕事のほうがレジより楽だった。客とのやりとりが嫌いで、業務以外の話なんて、ぜんぜんしたくない。

「富山《とみやま》くん、無理に愛想よくしなくてもいいけど、あんまりイヤそうに受け答えしないで」

研修中に店長にそう注意された。

「あと、釣銭をお客さんに渡す時、もうちょっと丁寧にね」

受け答えは努力するけど、釣銭のほうが問題だな。昔からそうだけど、最近ひどくなった俺のクセというか弱点で、客の手に触れたくない。感じ悪くならないように丁寧にしてるつもりなんだけど、やっぱり雑に見えてしまうんだろうな。

バイト、続けられるかなって、めっちゃ不安になったけど、夜勤に変わって、なんとかＯＫな感じになった。深夜帯は、レジ接客が少ないし、相方は、だいたい、鹿沢か大学生バイトで、うるさいこと言われないから。

午前三時をすぎると、スナックやバーで働く人がやってくる。常連だ。店から徒歩圏内に住んでいて、歩いて帰る途中に寄るみたい。俺には無縁の世界だから、酒臭くて、化粧濃いめ、髪型派手めの、おねえちゃんやおばちゃんと接するのは、初めてだった。

最初は、恐怖だった。俺が一番苦手なのは、女子大生で、次が女子高生で、次が二十代女性で、次が三十代、四十代女性だ。夜の仕事の女性の年齢なんて、まるでわからない。コンビニのレジは、データ収集のために性別と年齢を推測して打ち込まないといけないけど、俺はガキとカンペキなおばさん、ばあさん以外の女は、まともに顔なんか見たことがない。チョー適当に年齢のボタンは押す。

この人たちは、よくしゃべる。仕事で色んな男の機嫌をとってるプロだから、俺程度の偏屈オーラをものともしないようだ。仕事でさんざんしゃべってるんだろうし、コンビニに来てまで、どうでもいい話しなくてもいいのにな。

今、パスタサラダとドリップコーヒーを買っている女は、鹿沢がミミちゃんと呼んでいる人で、一番、容赦なく俺に話しかけてくる。

「とみやまくんの、そのシルバーの眼鏡のフレーム、高いでしょ？」

俺の顔をのぞきこむようにして、たずねる。

「サイドのデザインがいいね。太めでブルーグレーってのさ。シルバーメタルのフレームって、おじさんっぽくてダサくなりがちじゃん？　それ、いいよね。なんてブランド？」

眼鏡には、こだわっている。ファッションにはこだわるほうだが、特に眼鏡はポイントだから、ほめられると、さすがにうれしかった。

「フォーナインズです」

ブランドを答えると、

「あ、数字の9を四つ書くヤツ」

ミミさんは知っていて、うなずいた。

「とみやまくんてさ、なんか、もう、眼鏡男子の標本みたいだよね」

「ヒョウホン？」

それはほめ言葉ではない気がした。

「見本？　ごめん、あたし、言葉知らなくて、よくお客さんに笑われるんだけど」

ミミさんのそういうあっけらかんとした話し方は、とても感じがいい。だけど、俺はそろそろ会話してるのがきつくなってくる。もともと合わせられない目線がどんどん下に向いてしまう。

「眼鏡男子、いいよねえ。クール系だし。けっこうイケメンだし」

まともに会話できない俺をミミさんは、ほめてくれる。きびしい。うれしいけど苦しい。この感じ、つらい。

「あ、髪の毛、ついてる」

ミミさんは、レジカウンター越しに手を伸ばして、俺の制服の肩に落ちていたらしい髪の毛をつまもうとした。長く伸ばした爪先《つめさき》と指が首筋をかすめた。

何をやったのか、自分ではわからなかった。そのくらい、その瞬間は、頭が空っぽになっていた。

ミミさんは、尻《しり》もちをついて商品の棚に頭をぶつけていた。ドンだかバンだかイヤな音がした。俺が何かした？　手にわずかな感触が残っている。

俺は頭も体もかたまって、まったく動けなかったが、鹿沢がすばやくミミさんを助け起こして、怪我《けが》がないかどうか確かめていた。

「おまえ、何するんだよ？」

聞いたことがないようなきつい声で、鹿沢は俺を怒鳴った。ほかのお客さんも二人くらい、ミミさんのそばに来てのぞきこんでいる。

「だいじょうぶだよ」

ミミさんが棚に打ちつけた頭をそっとさすりながら、まだ床にすわったままで、ぼそっと言った。

「お尻のほうが痛い。尾てい骨打った」

ミミさんは少し笑った。

「謝れよ、おまえ！」

鹿沢は、また大声で怒鳴った。

「すみません」

やっと声をしぼりだす。

「レジやってて。アニさん呼ぶから」

鹿沢に言われて、俺は、店内にいる他のお客さんをぼんやりと見た。

レジは打てた、と思う。頭がまともに働くようになった時、俺は一人でレジにいて、鹿沢の姿は見えなかった。ミミさんを送っていくと言っていたような気がする。

そのあとすぐ、急いでやってきたふうに息をきらせている副店長が入口のドアから突進してきた。

「おい、客が怪我したって？」

副店長は、いつも不機嫌な人だが、この時ほどガツガツ不機嫌に見えたことはなかった。

「はい」

俺はどう説明したものかと少し考えていると、

「これだから、酔っぱらいは」

と副店長はつぶやいた。

「てめえで酔っぱらって怪我したって、店の責任にされちゃかなわねえや」

「あ、いえ、……じゃなくて」

俺はもたもたと言いかけたが、

「おまえ、廃棄のほう、やれ」

副店長は邪魔だと言わんばかりに、首をふってバックヤードを指示した。

控室に入ると、突然、色々な感情がこみあげてきた。主に自己嫌悪《けんお》と自己不信。

ミミさんは、常連の女性客の中では、決して嫌いなほうじゃない。話をしなければならないプレッシャーはあるけど、積極的に話しかけてくる相手がただイヤなわけじゃない。なのに、手で触れられただけで、こんなに過激な反応をしてしまった。触れられた時、よけるだけじゃなくて、もっと乱暴なことをしたのかな？ したんだよな。ミミさん、倒れてたし。鹿沢、怒鳴ってたし。覚えていない。頭が真っ白になってしまうので、覚えていないことが多いんだ。

それは、俺の「病気」だった。ネットで調べると、接触恐怖症という言葉が出てきた。触られると過剰反応すると書きこんでいる人達の症状は色々で、心療内科のドクターによると、そもそも正式な病名ではないらしい。俺の場合、もともと持って生まれた気質のようで、ガキの頃から人に触られるのが嫌いだった。頭をなでられたりすると、相手をにらみつけて逃げるので、かわいくない子だとよく叱《しか》られた。兄貴は五歳も上で、優しい性格だから、取っ組み合いの喧嘩《けんか》なんかはしたことがなく、同級生とかの友だちにしかけられても、まともに戦ったことがない。でも、子どもの頃は、それでもよかった。トラウマレベルになったのは、大学一年の時だ。

店内のあらゆる場所が見えるバックヤードの防犯カメラの映像に、鹿沢の姿が現れた。脱いだ制服を腕にかけていて、レジの副店長のところに行って話している。少しすると、鹿沢はバックヤードに入ってきた。

「あの……！」

俺が切羽詰った声でたずねようとすると、

「コブくらいで、済んだと思うよ」

鹿沢はかぶせ気味に素早く答える。

「頭ぶつけたほうは、たいしたことなさそう。血も出てないし。ケツのほうがヤバイかもね。アザできるかも」

さくさくと気楽にしゃべる。

「病院は行かないって。もし行くんだったら、治療費を請求するように、ここの電話番号を伝えておいたよ」

そんなにひどいことになってないみたいだ。少しほっとして、でも、ほっとしていいのかと新たな不安におそわれていると、

「気にすんなって。とみやまくんにそう言ってって」

鹿沢は言った。

「ミミさんが？」

俺のわかりきった問いに、鹿沢は「ん」とうなずいた。

「俺……何……したんですか？　あの時。あの、俺……」

必死で聞こうとするが、うまく言葉が出てこない。鹿沢は、すぐには答えずに黙っ

て俺を眺めている。

「そう、覚えてないのね」

少しして、ぽつりと言った。

「ミミちゃんの手をふりはらおうとしたんじゃないの？」

疑問形で答えると、急にニヤッとした。

「ミミちゃんから伝言っつうか質問」

声をひそめるように、

「とみやまくんって、ゲイなの？」

俺はぽっかりと口をあけた。そういう解釈をされることもある。たしかにある。何度かある。俺が返事をできずにいると、

「富山くん、まだ休憩とってないよな。今から休憩する？　それとも、今日はもうあがる？　アニさん来てくれたし」

この店では、副店長をアニさん、店長を大賀さんと呼んでいる。この二人が双子で、そろってつるつるハゲで、見分けるのがかなりむずかしく、名札が「おおが兄」「おおが弟」となっているからなのだ。

「休憩、します」

俺は答えた。このあと、朝の忙しい時間帯がくる。それに、こんな気分で家に帰りたくない。っていうか、ゲイ疑惑に返事してねえけど、どうしよう？

東京湾を見ている。正確には、平潟湾《ひらかたわん》という入江で、水路を経て東京湾につながっていく。目の前の野島《のじま》は、江戸時代には砂洲《さす》で本土と陸続きだった。左手の柳町《やなぎちょう》も、右手、野島の向こうの追浜《おっぱま》の自動車工場のあたりも、埋め立て地であり、昔は海だったとか。金沢八景という地名がつくほどの景勝地だったらしい。

そんな自然の海や浜にノスタルジーは感じず、湾を横切る金沢シーサイドラインのカラフルな三角形を組み合わせた模様の車体や、情緒のない釣り船の、都市的、人工的な水辺風景をいいと思う。好むというより、落ちつくという感じだ。

六浦《むつうら》から京急逗子《けいきゅうずし》線で新逗子に出ると、三浦半島の反対側の太平洋が拝める。こちらの相模《さがみ》湾は、本当に海らしい海で良い景色だが、俺の場所じゃないと思った。もし、何かの間違いで、未来にデートをすることがあっても、逗子、葉山《はやま》の海辺のカフェじゃなくて、八景島シーパラダイス、いや、島に渡らず、だだっ広い「海の公園」を無意味に歩き倒すのがいいな、情緒のない東京湾を見ながら。

デートなんて単語を思い浮かべてしまって、俺は大きなため息をついた。デートをしたいとかじゃなくて、デートをする人たちが勝ちという世の中がなんとかならねえかなって。

今いる場所は、侍従川《じじゅうがわ》の河口で、野島に渡る橋のそばだ。バイトあがりに、そのまま家に帰る気にならずに、ぶらぶらと歩いてきた。

結局、鹿沢に何も弁解できず、質問もできなかった。彼は、確かに俺をかばってくれたわけだけど、お礼も言えなかった。なんで、かばってくれたんだろう。起きたことを、そのまま副店長に報告すればよかったのに。

一卵性双生児の大賀兄弟は、笑えるほどに、性格が違う。人あたりがよく、明るく優しく、懐《ふところ》の深い人格者が、弟である店長だ。兄である副店長は、ひたすら厳しい。ミスや怠慢を一ミリも許さず、バイトの心をべきべきにへし折るまで、嫌味七割と正論三割で叱り倒す。笑った顔など一度も見たことがない。この店に、鹿沢以外の長続きしているバイトがいないのは、副店長「おおが兄」のせいだろう。それでも、新たなバイトが来て、なんとか店が成り立っているのは、店長「おおが弟」のおかげだろう。

この二人が店のオーナーだ。筆頭責任者として店を仕切り、主に日中を担当するのが「おおが弟」、バイトのいない時の穴埋めをしつつ夜を仕切るのが「おおが兄」。昨日、鹿沢は夜担当の副店長を呼んだけど、大ボスの店長が来ても同じ対応をした気がする。

バイトなんかクビになっても、よかったんだ。そのほうが気が楽だ。罰せられれば、悪いことしたって気持ちが少しは減る。

ミミさん、驚いただろうな。身体《からだ》を傷つけてしまったが、気持ちも傷ついただろう。イヤだよな、通りすがりのようなバイト相手でも、あんなことされたら。女の子が、あんなことされたら、どんなふうに傷つくのか、イヤってほど、俺は知ってる。吐きそうになるくらい知ってる。ミミさんは恋人とかじゃなくて、顔知ってる程度のバイトと客だけど、それでも、女の人だし、理由もなく男に突き飛ばされたりしたら……。

謝りに行かないとな。鹿沢が送っていったんだから、家を知ってるよな。家なんか、いきなり行っていいのかな。電話かな。とにかく鹿沢から連絡先を聞いて……。

ボディーバッグからスマホを取り出して、鹿沢に半強制的に入れられたラインアプリを開く。コンビニ勤務の十人くらいでやっているグループラインはあくまで拒否ったが、鹿沢とはIDを交換した。たまに業務連絡が来る。ラインに登録したアカウントは鹿沢のものと、もう一つラジオ番組のものだけ。

メッセージを自分から送ったことがないので、鹿沢とのトーク画面に変な緊張を覚える。

「さっきは、すみませんでした。ミミさんに謝りたいんですが、連絡先を」

まで打つと、指が動かなくなった。

実際に謝れる気が、まったくしなかった。電話なんか無理だ。メールは？　ていうか、ミミさんの番号やアドレスを鹿沢は知っているのかな？

そのままかたまっていると、スマホがスリープ状態になり画面が黒くなった。スマホをバッグにしまう。赤茶色のシュリンクレザーのボディーバッグを肩にかけようとして、なんとなくやめて、そのまま手に持っている。

曇りだが、予報によると暑くなるらしい。昨日は甲府だかどこかで初の真夏日だったとか。雲の多い空を見上げ、曇天を映した海を見下ろす。青の要素の少ない海だ。

横浜の海の色は、みんな同じなのかな。前に、横浜港で見た海も、こんなふうに青くないなと思ったんだ。天気や季節で変わるのはわかってるけど、そう、逗子海岸の海には確かに青の要素があった。

俺は人生で何回、海を見ているのかな、いくつの違う海を見ているのかなと考えた。違う海って何？　違う場所で見る海？　十以上百以下？　わかんねえなァ。

2

家に帰るには、侍従川沿いの道から国道16号に出るのが最短ルートだ。でも、途中にバイト先のコンビニがあってイヤだから、川から早々に離れて関東学院六浦高校と小学校の間の細い道を行く。共済病院の脇《わき》を通って16号に出て、京急のガード下を抜けて、六浦東の住宅地に入る。

閑静な住宅地——と物件紹介で不動産屋がアピるように、このあたりは、とてもいい感じに静かだ。日中は、ほどよく人通りがある。静かだが、さびれているふうじゃない。入り組んだ細い道には、新旧和洋の一戸建ての家々が並び、学生向けの小さめの賃貸マンションやアパートがぽつぽつ混ざっている。

六浦の海岸線がかつてはどうなっていたのか、正確にはわからないらしい。京急本線の線路の西側は陸だったと、ざっくり把握している。坂の多い町という印象じゃないが、道の脇や視界の先に、急な崖《がけ》とその上の高台がふいに現れるのが、珍しい感じがする。いきなり高くなっているところが、時々ある感じだ。よくわからない地形だ。

俺の住み処《か》は、住所は六浦東だが、京急逗子線の六浦駅より本線の追浜駅のほうがアクセスがいい。どの駅より大学が近いけど、そこの学生じゃないから意味がない。築三十三年の木造アパートは、二階建てで、部屋数は八つ。俺の部屋は一階だ。風呂《ふろ》トイレ収納ありの1K和室六畳。家賃は四万のところを特別割引で三万三千円で借りている。敷金礼金はなし。

この、ハイツみのだは、高校時代の友人、永川正光《ながかわまさみつ》の紹介だ。オーナーが永川の大叔父さんの蓑田《みのだ》さんで、二階の角部屋でひとり暮らしをしている。永川と似ていない、いい感じのじいさんだ。アパートでも時々会うし、コンビニにも、たまにやってくる。

大学を一年休むことと、家を出ることは、両親との壮絶なバトルの末の妥協案だ。一年の秋から大学にはまったく寄りついてないし、またいつか通うってイメージはぜんぜん持てない。休学して在籍費を払ってもらうことは金の無駄だと何度も言った。それじゃ、何をするんだ？　将来はどうするんだ？　ニートもフリーターも断じて許さんというのが親の、特に父親の鋼鉄製の主張だった。

なぜ、大学に行けないのかという質問に、俺はきちんと答えることができなかった。きっかけになったトラブルはある。でも、そのへんの気持ちを説明なんかできないし、自分でも整理がついてない。あの「事件」を親に自発的に話すくらいなら、本格的に失踪《しっそう》する。知られずに済んでいるのは、晒《さら》された場所が、ネットのマイナーなコミュニティであり、それ以上広がらなかったからだ。

母親に連行された心療内科で、一番話しやすかったのは、三つ目に行った成城学園前のクリニックのドクター金子だった。

「脱出……。うーん、つまり、リセットということなのかな？」

俺の適当な説明の中から、「脱出」というキーワードを拾い上げて、ドクター金子はそう言った。

「実際的な意味より、君自身の中で、一度あるものをなくして、新しい感覚でやり直す手続きが必要なのかもしれないね」

むしろ儀式的な、と、先生はつぶやいた。

「違う大学に行きたいのかな？　転学すればいいのかな？」

ドクターの質問に俺は首を横にふった。

「今は、学生じゃなくなりたい。脱出をして、まったく違う世界で、やれることを考えたいんです」

わがままなのは自覚していた。ただ、引きこもり以外の生活をするには、それしか思いつかなかった。

休学より家を出ることに、今度は母親が強い抵抗を示した。ドクター金子も交えて、モメまくっていたところに、永川がひょいと、親戚《しんせき》がやっているアパートの話を持ってきた。なぜか、それが母親の鋼鉄製の心の扉を動かした。同じ建物に、蓑田のじいさまが住んでいるってのが、かなりポイント稼いだみたいだな。

永川と俺の関係は、実に複雑で、親の知らないところで、あれこれありまくる。でも、永川は高校時代、ウチに何度か遊びに来たことがあって、それは俺的に珍しい出来事だから、親は勝手に親友認定していたんだろう。

六浦は、場所がよかった。実家が東京の豪徳寺《ごうとくじ》なんで、同じ小田急線沿線はいやだったんだ。京急の追浜も六浦も、知らない名前の駅で、それが、なんかよかった。本当は、もっと実家から離れたかったけど、このくらいの距離感が母親の限界だったかもしれない。

一年限定の、この似非《えせ》自立生活で、俺が何をどうリセットして、リカバリーするか？　知らねえよ。「脱出」とか、かっこつけてるけど、ふつうに「逃亡」だよな。

バイト帰りの朝は、いつも、アパートの部屋の遮光カーテンを開けずに電気をつける。シャワーを浴びて着替えてすぐに寝るので、部屋は夜モードのままのほうがいい。シャワー、着替え、布団《ふとん》を敷くまでは、いつもの手順通りにやったけど、今朝はそのまま布団に入る気になれなかった。

　白い折り畳みミニテーブルに載せたままのレジ袋をぼんやりと見る。テーブルの白に袋の白が溶けて、コンビニのロゴが宙に浮いているように見える。中身は、コンビニの廃棄処理をした弁当だ。廃棄は、バックヤードでなら食べてよし、深夜バイトに限り休憩時間に食べられなかったなどごく特別な時には持ち帰っても目をつぶるという、ウチのコンビニだけのローカルルールがある。チェーン本部の規則では禁止されているが、一つでも廃棄を減らしたいという、コンビニで働く人に共通の思いが生んだ暗黙の了解のようだ。とにかく廃棄は出る。大量に出る。どんなにうまく発注しても、ぞっとするくらい出る。

　めったに余らない人気の焼肉弁当。前に一度廃棄が出た時は鹿沢がさっさとゲットした。今日はヤツが俺にプレゼントみたいに押しつけたけど、バックヤードでは食えなかったよ、あんなことの後じゃな。今も、空腹なんか感じない。

　あーあ、やべえな。この感じ。大学行けなくなった時の無力感と似てる。激しい拒否反応が出るというより、腹の底から冷たくなって気持ちがシラッとする。もう、ほとんどのことがどうでもよくなっちまう。世界から色がなくなるような感じ。

　この感じを少し説明したら、ドクター金子に薬を出された。一応、神経症の診断書を提出しての休学だが、薬は、こっちに来てからは飲んでない。病気かどうかの線引きは、俺的にはどうでもいい。むしろ、薬を飲んで治るような病気なら、簡単だと思う。

眠れそうもなく、食べられそうもないので、机に移動して、パソコンの電源を入れた。

YAHOO! JAPANのトップニュースを見るともなく見る。

二〇一四年、五月十四日、水曜日。

集団自衛権「方向性」表明へ

ポスト半沢 似すぎて苦戦?

イチロー腰痛 スイングできず

携帯電話で脳腫瘍《しゅよう》が増える?

トルコ炭鉱で爆発 多数の死者

文字を追っても、意味が頭に入ってこない。

もう、こうなると、やることは一つしかなかった。

窓際《ぎわ》の本棚の最上段に、ラジオ録音対応のICレコーダーを置いている。ICR－

RS110M。もう生産終了している古い型のレコーダーだが、AMラジオの録音機としてマニアの間では有名な機種だ。こいつは、すごくしっかり音を拾ってくれると俺は信頼してるけど、そう言わない人もいる。

AMラジオは中波で、環境によって受信状態がすごく変わる。実家の受信状態は、放送局によって、かなり違った。AMはどこも入りが悪かったが、窓際に置き、ループアンテナを使うことで、何とか録音が可能だった。引っ越しの下見に来た時、俺はこのレコーダーを持参して、ニッポン放送とTBSラジオの受信感度を試してみた。アンテナを使わなくても、窓際なら何とかなりそうだった。山や高い建物などの障害物があるとやばいんだよな。昼間と深夜では電波の状態が変わるらしいし。実家では、TBSはまあまあだけど、ニッポン放送が入らなくて大変だったんだ。ここは、そのニッポン放送が、だんぜんよく聞こえる。ビックリした。アンテナなしでも録音がOKだ。めっちゃ気分が上がったね。引っ越し、正解、俺、正解、みたいな。

今はradikoというアプリを使えば、スマホやPCからクリアな音でラジオが聴けて、別のアプリを入れると録音も可能らしいけど、俺は中学時代から使ってるラジオ・レコーダーが好きだ。

レコーダーの電源を入れて、昨夜のTBSラジオの深夜番組が無事に録音されているかを確かめる。イヤホンをして再生ボタンを押すと、一時の時報が鳴り、『JUNK』のジングルが鳴り響いた。胸がときめいた。いつも、いつも、いつも、時報とジングル、この音を聞くと、スイッチが入る気がする。俺という人間のスイッチが。世界から色がなくなる俺的造語「失色」状態の時でも、好きな深夜ラジオだけは、色あせなかった。聴けた。ちゃんと聴けた。感情が動いた。笑えた。たぶん、だから、俺は、自分で自分を病気だとは考えなかったんだ。

漫才コンビ爆笑問題の田中が挨拶《あいさつ》し、太田が時事ネタにからめた毎度の珍妙なボケた名乗りをあげ、オープニングトークに入る。停止ボタンを押して一度止める。太田と田中の声を聞いただけで、ものすごくほっとした。いつものように、聴きながら寝ることにしよう。眠れそうだ。

焼肉弁当を冷蔵庫にしまい、電気を消して布団に入った。

中学時代に、同級生とハードな殴り合いをやっていたという太田のトークを聴きながら、ふかふか笑いながら、だんだん、というか、突然ふっと眠りに落ちる。どんな面白い話でも、寝る。今の俺は本当に好きなパーソナリティの番組しか聴かないから、声を聞くと本当に安心する。体の力が抜ける。心の力も抜ける。夜更かししてナマで聴いている時は、めったに寝落ちしなかったけど、仕事からの朝帰りで聴くラジオの録音は睡眠薬のように劇的に効く。寝る。ひとまず、寝る。

アラームを鳴らさなくても、午後三時か四時には自然に目が覚める。スマホの時計表示を見ると、14：36だった。眠ったのは十時過ぎだと思うから、四時間半くらいしか寝てない。眠くはないな。ヘンに頭が冴《さ》えてる感じ。

遮光カーテンを開けると、西向きの窓から明るい光がギンギラッと入ってきた。目が痛《いて》ぇ。やっぱ寝不足？　窓からの景色は、駐車場と向かいの家で、レースのカーテン越しに、いつもぼやっと見てる。

布団をあげてから、冷蔵庫から焼肉弁当を出し、レンジで温める。まだ、食欲がない。でも、捨てる気にはなれず、しかたがなく食べ始める。廃棄はすぐに食べないといけなくて、今頃食うのがバレたら怒りそうな副店長の顔が頭に浮かび、ため息が出た。味がしない。濃い味付けなのに、味がわからない。舌も胃袋も休業中、ストライキ。やべえ。今夜のバイト、行ける気しねえ。

ミミさんに謝ってないとか、鹿沢に説明してないとか、そんなレベルじゃなくて、あのコンビニそのものがめっちゃアウトな場所に思えてくる。イヤな場所。ただただイヤな場所。そんなふうにイヤな場所認定しちまうと、もう拒否、排除しか反応ができなくなる。

たいしたことじゃないかもしれない。俺的には大事件でも、コンビニ的に、世間的には、それほどのことじゃないかもしれない。でも、そういうのって、実は、あんまり意味ない。人より俺がどう感じるかってのが問題だから。

重く考えないほうがいいよな。コンビニなんて、ほかにいくらでもあるし。イヤになったら渡り鳥のように次から次の場所へ。それも疲れそうだけどな。新しいところに慣れるのも大変だし。ていうか、そんなことを繰り返してたら、親とやりあってまでここに来た意味が……。

うだうだ考えていると、玄関のチャイムが鳴った。心臓がジャンプする。誰か来たぜ！　コンビニの誰かが俺を裁きにきた？　斧《おの》を持った副店長か？　静かに微笑《ほほえ》んでいる素手の店長か？　どっちが怖いんだ？　どっちも同じカニみたいな顔で頭はつるつるだ。居留守を使おうと考えた時、インターホンのないことを知っているヤツがドアの外で怒鳴った。

「俺だよお！」

永川の声だ。

「いねえの？」

永川の顔を見てうれしいとかね……。生まれて初めてだし、きっと今後二度とないだろうな。

3

「義《よし》さんから」

永川は、大叔父で、このアパートのオーナーである蓑田義夫《よしお》氏が作製した料理を俺につきつけた。白地に紺の水玉模様の器に入っている、醬油《しょうゆ》成分の過剰そうな中味を見ながら、

「これ何？」

と俺は尋ねた。食べても正体がわからないことが多いんだ。

「セロリとタコの飴煮《あめに》だって」

永川は答えた。

「飯にあうってさ」

「飯を炊《た》くから、おまえも食べろよ」

俺は誘った。半分減らしてくれたら、めっちゃ助かる。蓑田さんが暇に任せてせっ

せと作ってくれるものを俺は捨てられない。

「ヤだよ」

永川はガキのように唇をとがらせた。

「まずそうじゃん」

ジス、イズ、ナガカワ、と俺は思った。無神経。正直。クソ。ゴミ。でも、俺にはできない生き方。ある意味、ナイス。

永川正光は、彼女いない歴二十年の、どこからどう見ても、歴二十年バリバリの男だ。小太りのブサイクで、うんと好意的に見れば、クマのプーさんに似ている。ファッションは、がんばりすぎたカジュアル。ラジオ番組『おぎやはぎのメガネびいき』で言うところの「クソメン」だな。

『メガネびいき』のクソメンの定義はむずかしい。単に冴えないヤツやブサイクのことじゃない。性格、人との関わり方、ポリシーが基準にもなる。いい感じに生きられてないってこと。永川もたいがいだが、俺のほうが、もっとクソメンだろうな。

クソメンって、あくまで、小木《おぎ》と矢作《やはぎ》の主観なんだけど、リスナーはがっつり共有してるよな。自分で自分をクソメン、クソガールって言うのって別に自虐《じぎゃく》でもなくて、むしろ気分いいくらい。包容力のある言葉だ。

俺は、蓑田さんの器を冷蔵庫にしまったついでに、永川に、爽健美茶《そうけんびちゃ》をコップにいれて出して、一つだけ買い置きのあるカップのじゃがビーのうすしお味も、もったいねえと思いながらすすめた。永川は、ばりばり食いながら、「これ、太るよね」と言う。

とにかく、よくしゃべるヤツで、人の話はあまり聞かない。自分の好きなアイドルやハマッている漫画なんかの話をだらだらと展開する。本日のお題は、山本彩《さやか》のようで、俺はアイドルのことは詳しくないから、逆に知識として聞けるけど、全巻読んでる漫画のストーリーの細部なんか語られる時は、マジ死ねと思う。

永川の生態をうまいことまとめて、『JUNK 爆笑問題カーボーイ』の「怒りんぼ田中裕二」のコーナーに投稿したら、「すげえムカつく」って評価してもらえないかな。

「この前の『馬鹿力《ばかぢから》』、聴いた？」

永川が話題を変えてきた。

「カルタ合戦、面白いよな」

「ああ！」

やっと、気持ちの入った返事ができた。

深夜ラジオで絶大なる人気を誇る『伊集院光 深夜の馬鹿力』で、昨年末から始まって、今は「新・勝ち抜きカルタ合戦」と呼ばれているコーナー。テーマ別にカルタの読み札を募集して、どっちが面白いかを競う。存在しない動物を考える「いない動物カルタ」とか、実家で起こったエピソードで笑わせる「実家《じっか》ルタ」とか、面白いお題が色々ある。

「おまえ、ああいうの得意だろ？」

少しは会話が楽しめそうだと思ったのに、永川の一言で急速冷凍。

「送ればいいのに」

永川は俺の反応に気づかずに続ける。

「何、ムカシの話してんの」

俺はできるだけさりげなく、クールに響くように苦労して声を出した。

「え？　だって、去年くらいは、まだ、やってただろ？　ムカシってことないだろ？　おまえの気持ちわかるけど、あんなんでやめるの、もったいなくね？」

永川がつけつけと言ってくるので、

「おまえが言うか？」

俺は思わず、声を荒らげてしまった。言ったとたんにシマッタと思った。

永川は、めずらしく、黙った。マジな雰囲気だけど、実はいつもの顔とあんまり変わんない。プーさんのまじめな顔を想像してみろよ。ハチミツについて悩んでるクマさん。

「俺のせいじゃないよな？」

プーさん永川は、けっこう心配そうに聞いてきた。

「別に、誰のせいでもないし」

俺はゆっくりと答えた。

「自分が好きでやったり、やめたりしただけだから」

「そりゃ高校の時は、俺は、あれだけど、悪かったけど。だけど、おまえは、大学入ってからも、お笑いのサークル入って、職人もバリバリやってたし。炎上したのは、あの女の子……」

永川の話を俺はさえぎった。

「やめろって！」

「……ごめん」

永川は素直に謝った。プーさんが、しゅんとしてしまった。

男二人で、狭い部屋でむきあって黙っていると、息苦しいったらありゃしない。

「外、出よう」

俺は立ちあがった。何も持たずに、そのままドアを開けて外に出る。

「おい、待てよ。どこ行くんだよ」

永川は帆布製の赤いバッグをつかんで、あわててついてくる。

「鍵《かぎ》は？　かけねえの？」

俺は答えないで、アパートの脇の路地の奥に向かって歩く。つきあたりに階段があり、その先は樹木が青々と、っていうか、いつも思うんだけど、緑々と茂っている。石段は最初は幅が広く、途中から半分に狭くなる。その狭くなるところで、左右が下生えから樹木になり、うっそうとしてくる。石段の先は木々の薄闇《うすやみ》にまぎれて、よく見えない。緑色の闇の中に石段が吸い込まれて消えていくようだ。

「どこ行くんだよ？」

石段を登る俺の背後から永川が話しかける。

「上」

と俺は答える。

「だから、どこよ？」

永川は、この石段のたどりつく先を知らないようだ。意外だった。

墓、なのだ。墓地。小さな墓地。

石段の幅が半分になるところで、左手に墓地の入り口がある。細い石段を登りきると、見晴らしのいい崖の上の狭いスペースに、また墓石が並んでいる。この街には、横浜横須賀道路を超えた西のはずれに、有名な広い六浦霊園がある。だからといって、他に墓地がないわけじゃないんだなと、初めて見た時に思った。当たり前のことを変なふうに感じた。

石段を登りきって、墓石や卒塔婆《そとば》を前景に、街を見下ろす。家々の屋根やビルの連なる先に、野島公園の緑がかたまって見え、その先の海は曇り空に溶けている。

「眺めがいいだろ?」

俺は隣りで、落ちつかなそうに身動きしている永川に話しかけた。

「まあね」

永川は、しぶしぶといったふうに答えた。

「おまえ、好きそうだよな、こういうとこ。お墓とかさ」

確かに好きだ。人がいない。墓地独特のひんやりとした静けさに満ちている。狭い。子どもなら、秘密基地とでも思いそうな場所だ。そこそこ遠くに街が見晴らせる。景色に現実感がなくならないくらいの絶妙な距離だ。

俺は返事をしなかったが、永川は、俺のことをよく知っていると改めて思った。

「戻ろうよ。虫とかいそうじゃん」

永川は言った。霊的なものじゃなくて、虫が怖いのか。

「まだ蚊は出ないよ」

俺は答えた。他の虫は知らない。

俺が動こうとしないのを見て、あきらめたのか、永川はもぞもぞするのをやめた。黙って、二人で、眺めがいいとも言えるが、別にどうってことない感じの街の景色を見ている。

「あのさあ」

黙っているのが苦手な永川が、やはり話し出した。

「んなこと言うと、おまえ、また怒るけど。おまえ、色々ひどい目にあったし。ラジオネームも本名も学校も晒されて。でも、そんなコでも、俺、おまえに彼女ができたのすげーなって。向こうから言ってきたんだろ？　告《こく》られたんだろ？　かわいい子だよな」

「なんで、知ってるわけ？」

俺が聞いたのは、彼女がかわいいかどうかを、なんで永川が知ってるのかってところだ。

「だって、けっこうな騒ぎだったし。ラジオ関係のネットで……」

「じゃなくて。彼女の顔とか」

「ああ」

永川はうなずいた。

「俺、ずっと追っかけてたんだよ。連中のこと。おまえを晒したヤツら。半年くらいしたら、そん中の女のツイにリプライしてきたコがいて、ツイッターからブログとんで見つけた。写真は普通にばんばん出してるよ、彼女。プロフィールとか、友だちとの旅行とか。ブログでちょこっとだけ、おまえのこと書いてたよ。名前は出してなかったけど、元彼が、みたいな。や、たいした内容じゃないけど、まあ知ってりゃ、おまえってわかるかなってくらいの……」

俺は横を向いて、永川の一見ぼんやりした感じの顔をまじまじと眺めた。

「何、それ？　おまえ、ネトストやってんの？」

ネトスト、つまり、ネット・ストーカーは、インターネットで特定の個人をしつこく追跡して、嫌がらせをしたり、情報を得たりする行為だ。永川は、たぶん、俺と大学のサークルで一緒だった女の子たちのツイッターをフォローして、ずっと見ていたんだろう。半年という時間をかけて、そこから、俺とつきあっていた女の子を発見したようだ。

「ネトストは、ねえだろ。俺、おまえのこと気になって。ひでーなと思って。なんか、あいつらの弱み握ってやろうって」

永川は憤慨したように、まくしたてた。

「それが、ネトストだよ」

俺はもはや笑えてしまった。永川がむきになって何か言おうとするのを制して、

「俺のことを色々ネットに書き込んだのは、彼女じゃなくて、同じサークルの他の一年の女子だよ。一人、やっかいなのがいてね。彼女は、一応謝ってきたんだ。そんなつもりじゃなかったって。でも、そのコに色々話した私が悪いからゴメン、みたいな」

一年近くたつが、今でも、胸に何かが刺さっているような、痛苦しい感覚がある。この話を誰かにするのは初めてだった。なんで、よりによって永川なんかに。

「そうか。いいコだったんだな」

永川は、妙にしんみりと言った。

「どうかなあ」

俺は言った。感情のこもらない声になった。

正直、彼女がいいコだと思うと、すげえやりきれなくなる。謝ってきた時は、対面じゃなくてメールだった。それなりの長文で、誠意があるようにも感じた。俺は返信しなかったけど、もし、会って言われていたら、何か答えられただろうか。

「富山くんが好き」というのは、面と向かって言ってくれた。少し恥ずかしそうに、でも、軽やかな感じで、俺は息がつまった。好きって言われると、呼吸が止まるもんなんだな。あのコは、俺のどこを好きだと思ったんだろう。どんな錯覚をしたんだ？

永川にわかるような内容で俺のことをブログに書くって、どうなの？　って思った。何が書いてあるのか知りたいけど、知りたくない。もう葬《ほうむ》ってくれよ。闇に葬ってくれよ。誰もが見られるブログにちょこっと書くなんて、あからさまに晒されるのと、結局一緒じゃん。よけい、タチ悪い。

そんなに傷ついたのか。プライドが？　心が？　ああ、思い出したくねえ。痛い。なんで今更。なんで、今になって、まだ、こんな話を聞かされたりするんだろう。

「いいコだったんだよ」

永川は俺の肩をぽんぽんたたいた。俺は永川から、飛びすさるように離れた。

「あ、ごめっ」

永川は、あわてた。

「触るのダメなんだっけ。男でもダメなのか。てか、彼女でもダメなのか。おまえ、それ治らないと、永遠にプラトニックラブだな。てか、おまえ、性欲って、あるの？」

無神経も、このレベルは罪だ。こいつを殺しても警察はともかく神様は許してくれるかもな。

「俺、色々あっても、おまえのこと、ずっとうらやましいって思ってたけど」

永川はつぶやいた。

「でもな、機会があるけど童貞なのと、まったくノーチャンスで童貞なのと、どっちがマシかな？」

うらやましい？　ノーチャンス？

そうか……。なんか、俺は黒い怒りが少し薄れるのを感じた。色んな視点や立ち位置があるもんだ。永川は、永川として生きている。永川として生きるしかないんだ。

クソ野郎。ゴミくず。ネトスト。おせっかい野郎。

「墓石で、おまえをぶん殴っていいか？」

俺は永川にたずねた。

「それとも、卒塔婆を一本引っこ抜いて、ぶっすり突き刺してやろうか？」

　すると、永川は、へろっと笑った。

「その言い方、ちょっと、平子《ひらこ》っち、ぽいな」

　平子っち。平子祐希《ゆうき》。オールナイトニッポン金曜日のパーソナリティの片方、お笑いコンビ、アルコ＆ピースのボケで、年上で、結婚してて、デカくて、面倒くさいキャラで、強烈な世界観作るほう。

　永川は、俺と同じ、ヘビーなラジオリスナーであり、時として、ごみ溜《た》めに吹く涼風のように、いい感じの言葉を吐くことがある。認めたくはないが、うっかり俺の心の栄養剤になってしまうような言葉、会話。

　永川は、ハイツみのだに、俺に会いにくるのかもしれない。この墓地を知らないってことは、親戚の義さんに会いに前からちょこちょこ来てたわけじゃない気がする。

　高校の時、永川が転校していってから、二度と会うことはないと思ってた。だから、大学一年の時、普通に家に訪ねてきて、けっこうビックリした。何事もなかったかのように、永川は俺と友だちモードを新規にやりなおしている。俺は嫌がりながらも、それを受け入れている。

永川が来なかったら、きっと無断欠勤の形でバイトをやめてたな。なんだかな、あの野郎のネトストの話で、俺は逆に妙に開き直ってしまったよ。もう殺せよ、好きに殺してくれよ、みたいな。

日付の変わる十五分前に店につくと、店長がレジにいて、鹿沢は惣菜《そうざい》の品出しをしていた。動悸《どうき》がする。店長に「おはようございます」と挨拶しながら、やべえ、吐きそうと思う。

俺は、この優しいおじさんが、超絶苦手だ。副店長にがみがみ怒鳴られるほうが、店長にニコニコされるより、ずっと怖くない。別に、店長に問題はないよ。こっちの問題だ。たぶん、最初に客への態度を優しくたしなめられたのが、きつく刺さっちまったんだな。

バックヤードで、制服に着替え、顔写真入りの名札についているバーコードを機械にピッと読み取らせて、出勤登録をする。このピッを聞いたとたん、あーあ、来ちゃったよと重く思った。

カウンターの内側に入り、店長と交代して、レジに責任者番号を打ち込む。客がすぐレジに来たので対応し、すんなり仕事に入れた。

やがて、店長が帰り、鹿沢と二人になり、店内に客がいなくなったので、品出しを手伝いに行った。鹿沢が「オリコン」と呼ばれる折り畳み式コンテナから、スナック菓子を取り出して、スキャンして戻す。その作業が終わっている商品をオリコンから俺が棚に並べていく。一人でやるより、効率がいい。最初の「オース」と「どうも」以外、どちらもしゃべっていない。鹿沢は、まったくいつもの鹿沢で、昨夜のことなんか忘れたような顔をしてる。

ずっとビクビクしてたから、いつもの時間に、ミミさんがやって来た時、心臓爆発で、呼吸困難になった。やベーやベーって、謝る言葉とタイミングをがんがんに考えてて、わからなくて、レジに来られてしまった時には、まったく顔をあげられなかった。

「ねねねね、とみやまくん」

ミミさんは、俺の様子になんか気づかないように明るく話しかけてきた。

「鹿沢くんに、ぜんぶ聞いたよ。あんた、アッチの人なんだって？　鹿沢くん、狙《ねら》われないかって怯《おび》えてたわよ。けっこう顔がキレイでタイプだから、迫られて、うっかりその気になっちゃったらどうしようって」

「はっ？」

俺は驚きのあまり、ミミさんの顔を真っ向から見つめてしまった。

「あたし、腐じゃないけどさ、リアルだとけっこう応援しちゃうんだよね。鹿沢くんなんか落としちゃいなよ。面白いじゃん」

ミミさんは、あっけらかんとした笑みを浮かべていた。

「はあ?」

俺は頭がうまく働かなかった。

「あ、あの……け、怪我は?」

やっとのことで、言いたかったことを口から絞り出すと、
ミミさんは、ピースサインを出してみせた。

「ノー問題っ」

「ごめんね。知らなかったけどさ、女に触られるのNGなんだね」

「いや、いや、あの、ぜんぜん……」

俺があたふたと否定しようとすると、

「もう大丈夫よ。ここに来るウチのコには、ちゃんと言っておいてあげる」

俺はついに何も言えなくなった。

ミミさんが、誤解をふりまいて姿を消してから、俺は鹿沢のそばにいって、黙って、にらむように、たずねるように顔を見た。

「ノー問題」

鹿沢は、目元の笑みを深くして、しれっと言った。

どっち？　こいつ、俺のこと本気でゲイだと誤解してんの？　ただ、もてあそんでるだけ？

「鹿沢さんに興味ありません」

俺は業務連絡のように言った。

「その他、男性全般も、です」

「残念」

と鹿沢は軽く返し、俺はまた言葉を失ってしまった。

4

ラジオ番組の中心となってしゃべる司会者を、パーソナリティと呼ぶ。昔はラジオDJと呼んでいたようだが、今は音楽を選曲してかけて、あまりしゃべりに重きをおかない司会者をDJと呼びわけている。パーソナリティは、色々な人がやっていて、芸人、ミュージシャン、アイドル、俳優、声優、クリエイターや評論家などの文化人、アナウンサーなど多岐にわたっている。

ラジオ全般のヘビーリスナーだった頃は、朝から夜まで、色んな番組を聴いていた。AMだけじゃなくFMも聴いたけど、やっぱり、お笑いネタをがんがん募集する『GROOVE LINE』や、星野源の『RADIPEDIA』のようにコメディ色の強い番組が好きだった。

ラジオの深夜放送は、定義としては、零時から五時の枠らしい。NHKの『ラジオ深夜便』なんかは、今二十三時すぎから五時までやってて、固定リスナーがたくさんいるみたいだけど、俺は聴いたことがない。トシヨリ向きって感じで。まあ、今の民放ラジオが、若者の世界だなんて言わないよ。どうやら黄金時代に生まれそこなったらしいし。終わった文化と言われることもある。深夜番組のスポンサーも減ってる。

YouTubeで、一九七〇、八〇年代のタモリ、ビートたけし、笑福亭鶴光、九〇年代のナインティナイン、伊集院光などなど、聴いてみた。ナイナイや伊集院は、今も番組を続けているけど、その彼らにしても、やはり昔の放送は「伝説」な感じがする。安易に感想なんか言えないよ。自由度が高くて、企画もイカレてるし。これこそがラジオなんだよって言われたら、うなずくしかない。でも、別に俺らが知らなくてもいいとも思った。

やっぱり、ラジオって、リアルタイムな文化だ。今流れてくるものを、今受けとる。録音して保存しておいても、たぶん、それは別の何かになる。どのくらいが鮮度の限界なんだろう、一週間？　一ヶ月？　ほんと、ナマものだと思う。そういう意味で、録音して聴くのって、半日くらいの時差でも違和感があるね。

まあ、最近は、時差にもだいぶ慣れてきたけど。バイトから朝帰ってきて、眠る前に聴き、聴きながら眠り、目覚めてから、また聴きなおす。

「デートじゃないって言うけどさァ」

鹿沢は、からかっているのか、本気なのかわからない、いつもの調子でしゃべる。

「謎《なぞ》の金曜日なんだよね」

金曜休日――この休みだけは絶対に譲らないことで、時々いじられる。鹿沢は、人のプライベートを詮索《せんさく》するタイプじゃなさそうだけど、興味を持つとけっこう攻めてくるんだよな。

「好きなラジオ番組があるんです」

いいかげん面倒くさくなった俺は、真実を答えた。たぶん、真実が一番つまらない。鹿沢の頭にある、どんな想像よりも。

「へーえ」

鹿沢は好奇心をまだキープしてる。

「どんな？」

「金曜深夜、正確には土曜一時スタートのアルコ＆ピースのオールナイトニッポンです」

「ああ、オールナイトニッポン……」

鹿沢の声が少しぼやけたので、情報としては知っていても、おそらく一度も聴いたことはないんだろうなと思う。

木曜日、午前四時前、店内には一人の客もいなくて、鹿沢が休憩から戻ってきて、品出しをしていた俺のところにふらっと寄ってきての会話だった。

「前は、この時間にやってたんですよ。木曜日の三時から。アルピーは二部担当だったから。アルピーって、アルコ＆ピースの呼び名です。アルコって呼ぶ人もいるけど。太田プロのコンビ芸人です。知りませんか？　だいぶ名前売れてきたんですけど。太田プロって、有吉がいる事務所です。有吉弘行は知ってますよね？　有吉の後輩です。有吉のラジオのアシスタントをアルピーはやってたんです。俺はそこで存在を知って、面白いなって思って。オールナイトを初めて担当したのは、二〇一二年の八月三十一日なんです。大抜擢《ばってき》ですよ。めっちゃ面白くて。単発で三回やって二部のレギュラーになったのもビックリですけど、まさか一部に昇格するとは。すっごいことなんです！」

俺は嫌がらせのようにまくしたててやった。さあ、ひけ、どんびけ、どっか行け。すると、鹿沢は顔をくしゃっとさせて笑った。

「すげえんだ！」

話をすっぽり受け入れられて、俺は精神的につんのめってしまった。

「す、すごいんです。オールナイトニッポンの一部レギュラー枠は、もう、深夜ラジオのブランド中のブランドで。めったにパーソナリティなんかできない……」

「へえ。じゃ、そのお笑いの人たち、めっちゃ頑張ってるんだ」

鹿沢は言った。

「そうです。そうですけど……」

俺はうなずきながら、ちょっと首を傾《かし》げた。どこまで理解されたのかな？

アルコ＆ピースは、平子祐希（三十五歳）と酒井健太（三十歳）のお笑いコンビだ。お笑い界のいわゆる賞レースと呼ばれる、ＴＨＥ ＭＡＮＺＡＩやキングオブコントで決勝進出して、審査員全員の票を集めたり、受精をテーマとしたネタでテレビ視聴者の苦情を呼んだりと話題になるが、優勝したことはない。

俺は、アルピーのコントや漫才をすごくセンスいいと思うけど、何より、まず、ラジオパーソナリティとして好きだ。そもそも、お笑いファンじゃなくて、ラジオリスナー、特に、芸人の深夜ラジオが好きなんだよ。

俺のリスナー歴は、もう十年になる。同じ部屋だった五つ年上の兄貴の影響だ。兄貴が受験勉強のおともにつけていた深夜ラジオを、たまたま目が覚めた時にいっしょに聴いてハマッた。志望校に合格した兄貴は、夜は眠るという正しい高校生になったが、十歳にして目が覚めたがゆえに、目覚めてしまった俺のほうは、そんな幼い日々から、こそこそと夜更《よふ》かしをたくらむようになった。

最初にハマッた番組は、よく覚えている。ニッポン放送の二十四時からの帯番組『知ってる? 24時。』だ。まだ今ほど有名じゃなかった、くりぃむしちゅーの上田晋也が初代パーソナリティで、リスナーの中高生とガチの罵《のの》り合いをやっていた。「ラジオの前のおまえらーっ」と陽気なダミ声で呼びかけてくる上田と、その上田をこれでもかとディスりまくる中高生の容赦ない言葉の殴り合いは、めっちゃ痛快だった。東横線に向かって歌う謎のおじさんキーボー、ディレクター八島の体を張った実験、童貞甲子園——企画やエピソードも、よく覚えている。兄貴も、この番組の時は、勉強を忘れて聞き入っていた。俺と二人で爆笑して、母さんに乱入されて、何度もがんがんに怒られた。

よく冷やしておいたザ・プレミアム・モルツの三五〇㎖缶のプルトップを開ける。つまみはなし。深夜の二時間で二本。

うまい。

なんか、自由だなと思う。

一人きりだし。

俺とラジオだけ。

実家にいた時は、両親が俺のラジオ好きをいやがっていたので、それなりにコソコソ感があった。小学校時代の夜更かし、受験勉強をさぼってネタ書き、現行犯で怒られたのはそれくらいだけど、なんていうか、親にとって、「またラジオばっかり聴いて、この子は!」って、ダメなとこの象徴みたいになっちまってるんだよな。ラジオを漫画やアニメやアイドルやAVに置き換えてみると応用がきくよ。親って、そんなもんだよ。高校時代と大学時代のラジオにまつわるトラブルを知られなくて、ほんとよかった。

誰にも気兼ねせず、好きな時に好きなだけ、ラジオの聴ける環境を手に入れて、でも、逆に、俺はその自由を大きく制限した。

自分の現在地も、歩けそうな道も人生も、何もかも、よくわかんないけど、テーマが脱出だからな。つまずいた大学生活からの、っていうか、もっと根が深いよな、もうDNAレベルで歪《ゆが》んでるとこからの脱出。できんのかよ？　どうすんだよ？

ラジオ漬けにならないようにして、夜はコンビニのバイトをガチガチに入れて、家族のいないところで暮らして、それで何かが変わるのかな？　何かが見えるのかな？　とりあえず、この日常を重ねてみる。期待とかせずに。苦しくならないように。世界が色を失わないように。

気持ちのいい孤独に存分にひたって聴けばいいのに、ついついパソコンかスマホで、ツイッターを見てしまう。ラジオは録音機として窓辺にセットしてあるから、生放送をリアルタイムで聴くためには、どうしてもｒａｄｉｋｏアプリに頼る。つまり、アプリを入れているパソコンかスマホをいやでも使うから、その流れでツイッターを開くことになりがちだ。

#——一見、シャープと読みそうなこの記号は、ツイッターでは、ハッシュタグと呼ばれる。これを頭につけて関連ワードで検索すると、同じものに興味を持っている人とつながる。「#アルピーａｎｎ」と検索する。ａｎｎは、all night nippon——オールナイトニッポンの略だ。番組をリアルタイムで聴いているリスナーたちが、次々と短いツイートをする。感想、反応、パーソナリティやメールの言葉をそのまま書きだす。こうしてハッシュタグを番組名につけてツイートすることを「実況」と呼ぶ。深夜ラジオの実況には、常連のハガキ職人も集っていて、好きなもん同士でわいわい一緒に騒いで聴く感じになる。俺は、普通は、こういうわいわい感覚が嫌いなんだけど、このアルピーのラジオに関してだけは別だ。

　リスナーが、「神」ってノリだから。

　もちろん、主役はパーソナリティのアルピーだ。彼らは先導者&扇動者&舵《かじ》取り。構成作家やディレクターなどのスタッフは優秀な頭脳だ。そして、コーナーへのネタや、その週のテーマ・メールやリアクション・メールをどしどし送りつけるリスナーが、この放送の血肉だ。番組を支えるという程度の存在感じゃない。もう番組を根こそぎ押し流してしまう洪水のような勢いと力がある。大洪水となって、あさっての方向にすべての辻褄《つじつま》を飲み込んでしまう濁流。舵が取れなくなったアルピーが「もうイヤだあ」「助けてくれえ」と悲鳴をあげるほど、その週は「神回《かみかい》」となる。

断っておくが、このラジオは、基本、最初から最後までチョーばかばかしい。聴取率をはかるスペシャルウィークに呼ばれてくるゲストたちが、「こんな放送、毎週やってるの?」と、あきれた声で真剣に尋ねる。それくらい、ばかばかしくて面白い。好き嫌いが、きっぱり分かれると思う。

くりぃむしちゅーのラジオも、ばかばかしさにかけてはすごいものがあったけど、今思うと、あれはパーソナリティ自身が納得してやっている安定感があった。リスナーがどんなにバカをやっても有田がさらにその斜め上を行くし、上田が処理できないネタなんかないと思えた。

アルピー・ワールドは不安定の魅力だ。番組は無法地帯だ。西部劇の荒野だ。リスナーは全員銃を所持していて、いつ、後ろから撃たれるかわからない。現に、酒井は、番組中で、何度も銃撃されて死んでいる(スタッフやゲストも死んだり、死にかけたりする)。いや、そういう意味じゃない。例えがズレたが、でも、ズレるのがデフォルトなんだ。

もともとズレた企画をスタッフがぶちあげる。コント仕立て、平子の言う「茶番」だ。平子か酒井のどっちかが、そのズレた世界観を先導し、マジかよ? という、ゲストがどんびきするような小芝居を始め、もう片方がやる気なさそうに「何それ？」と醒《さ》めたトーンでツッコみながら、現実世界との距離感をキープしていく。リスナーは、その両方に乗っかっていく。芝居の登場人物になりきったり、「バカじゃねえの」と攻撃したりする。あるいは、そのどちらでもない、まったく独自の脇道《わきみち》を切り開いて、番組側が意図しない方向に一気に突っ走る。

　この三つの方向の、どこが突出してもＯＫであり、面白いのが、このラジオのすごさだ。

　ナマで聴くしかないだろう。どこへ行くかわからないんだ。まさに秒単位で世界が変わっていくんだ。自分が変えることだって可能だ。短いメール一本で。

　土曜日午前一時の数分前から、#アルピーannのツイートが出そろっていく。番組を聴きながら、内容に反応した書きこみをする、いわゆる「実況」の人たちだ。アルピーが二部担当だった時は、一部のナインティナインやＴＢＳラジオ『おぎやはぎのメガネびいき』から続けて聴いて、三時になってからハッシュタグ（#）を付け替えてツイートする人が多かったから、この事前待機は一部って感じがして一部に昇格した四月の頃は新鮮だった。

ツイッターは、大学での例のトラブルでアカウントが炎上し、削除してから、一生触らないはずだったけど、去年の十二月に再開しちまった。フォローは一人もしてなくて、もちろんツイートはせず、金曜深夜に、#アルピーannを見るためだけのアカウントだ。

永川は、ツイッターをフルにやってる。芸人とハガキ職人、その他アイドルなど多方面多数をフォローし、よくつぶやいている（一度だけアカウントを見た）。あいつは採用率は低いが一応職人で、あちこちの番組にネタを送ってる。たまに読まれると、すごい勢いで連絡が来る。ラジオ終わりの出待ちにも行ってて、集まってくるリスナーや職人たちと交流してる。アルピーの職人は、若い男子が多いみたい。

始まった！

恒例のオープニング・メールを読んでの軽いトークのあと、オールナイトニッポンのテーマ曲「ビタースウィート・サンバ」が流れ、酒井、平子の順番で自己紹介する。もう五月だから、いいかげん慣れろと思うが、毎度、胸が熱くなる。二部の時は、このテーマはラストにかかるので、ほんっとに、このオープニングは一部だなって思うんだよ。どれだけ多くの人の夢なんだろうな、この曲をバックに自己紹介って。

本日のテーマは、無人島の開拓。ハネそうな企画だな。ハネるかハズすか、どっちかかな。俺、こういうの好き。

ツイッターだけじゃなくて、俺は職人にも復帰していた。ツイッターを読むだけのROM専くらいならまだしも、番組に投稿するようになったら、もう、やばいよ。そんな気はさらさらなかったんだけど、我慢できなかったんだ。

この正月。一月二日明けて三日、まだ二部時代の『オールナイトニッポン・ゼロ』の生放送。

神回だった。リスナーの中でも、好き嫌いや色々な評価はあるだろうけど、おそらく、この回を悪く言うヤツはいないと思う。

正月ってことで、三人くらいしか聴いてねえだろと平子が言うように、好きなことを好きなようにやろうっていう、いい意味でのゆるさがあった。そして、この番組のスタッフの場合、ゆるいというのは、ある意味スケールアップでもある。

「アルコ&ピースのANN0《ゼロ》ルート66横断SP!! たった二人のアメリカ」

お正月特番の賞品として車をゲットしたアルピーが（ここまでは本当のことらしい）、その車でアメリカのルート66、三八〇〇キロを旅する企画。

ここの企画の多くは、何かのパクリ、いやパロディだ。これは、山ピーこと山下智久が、自らアメ車を駆ってルート66を走破したドキュメンタリー番組をなぞっている。ちなみに、今日やろうとしている無人島アルピ島の元ネタは、TOKIOのDASH島《じま》開拓だ。元ネタがどこにあろうと、まず、問題ない。どうせ無茶苦茶になって、元もパクリも関係なくなるからだ。

でも、ルート66の回には、この番組ならではの遊びだけじゃなくて、でっかい夢があった。平子（スタッフも？）が映画好きってことで、ハリウッドの世界観がよく使われるが、アメリカという国に抱くあこがれが、ラジオの生放送のライブ感にぴったりマッチして、車のエンジン音くらいしかまともじゃないSE（効果音）で、俺たちを三八〇〇キロの夢のように楽しい旅に連れて行ってくれたんだ。

酒井（免許を持っていない男）が運転する愛車レイちゃんは、イリノイ州シカゴからスタートし、広大な大陸を横断して、オクラホマ州、テキサス州、ネバダ州、カリフォルニア州で日本のリスナーに呼びかけてきた。州には路肩に車を止めて、ラジオのコーナーをやっていいところがあるらしく、二ヶ所でやった。あとは、オープニング・メールもなく、フリートークも車内の二人の会話という形で、これまでの放送中、一番、テーマにそった世界観を長く強く楽しく続けた回だと思う。

そう、みんなで、アメリカに行ったたな。ほんとに行ったたな、あの時は。

テキサスで、実際にルート66をハーレーダビッドソンで走ってきたという五十二歳のリスナーと電話がつながり、有名なステーキ・ハウス「ビッグ・テキサン」を紹介してくれた。このおっさん、最高だった。ネタだと思って電話した平子が、話のガチな感じにうお？　ってなって、年齢を聞いて爆笑した。俺の親父より年上なリスナーがいるなんて想像もしなかったよ。ラーメン屋さんなんだっけ？　深夜三時からの放送をほぼ毎週聴いてる人。ここのリスナー、大学生男子やニートやフリーターだけじゃないんだな。

このおっさんのおかげで、一気に臨場感がマシマシになったけど、ネタは相変わらずで、ＭＬＢジャーナリストのＡＫＩ猪瀬が各地でヒッチハイクしてて、クローンが増殖してるのがわかったり、正体はルパン三世だったり。テンガロンハットをかぶっていると銃撃されるということで、平子がハットを脱げ、酒井が脱がないのやりとりがしつこいくらいに繰り返され――つまり、銃撃のＳＥが必要なんだが、すぐに用意できなかったわけで――そのへんをメールでびしばしつっこまれていた。しかも、結果的に出てきた音のしょぼいこと。めっちゃ笑えた。いつものバカなおふざけ満載なのに、ガチなロマンも満載で。

俺、どうしても、我慢できなくなって、メール送ったよ。テーマ・メール。カリフォルニアに入った終盤あたり。読まれたぜ！　初投稿で、短いメールなのによく読んでくれたよなあ。タイミングよかったんだな。もう、脳内真っ白、めっちゃスパーキング、目の前に火花飛びまくりの衝撃。

人生初の採用メールは、『くりぃむしちゅーのオールナイトニッポン』の「ツッコミ道場！たとえてガッテン！」のコーナーだけど、その時の感動とはまた違った。一回死んだのに蘇《よみがえ》った感覚。復活の奇跡。ありえない奇跡。

ラジオネームなんて考えてる暇なかったから、くっさいのつけたよ。トーキング・マン。絶対にネタ元わかんないだろう。テリー・ビッスンのSF小説の登場人物で、自動車修理工で魔法使いのオヤジなんだ。この小説の原題が『トーキング・マン』、邦訳は『世界の果てまで何マイル』で、66号線じゃないんだけど、アメリカの州間高速道をがんがん走る、ぶっとんだロード・ノベルだ。ロードの感じはめっちゃリアルなんだけど、ストーリーはハチャメチャで面白い。

66号線は、スタンダード曲の「ルート66」、同名のドラマ、映画『イージー・ライダー』や『バグダッド・カフェ』とか、色々な使われ方をしてる。ただの道じゃない。ただの廃道じゃない。アメリカの昔ながらのロマンの象徴だ。

てなわけで、俺は、トーキング・マンとして、職人に復帰した。ごく限定的にね。

極秘で。アルピーのラジオにだけ、ちょこちょこメールを送っている。

ちなみに、俺は職人のくせに、パーソナリティの芸人を日常的に呼び捨てするが、これは異端かもしれない。投稿メールで意図的にディスる時以外は、名字にさん付けが基本だな。さん付けでリスペクト表現。愛称は別として。

リスナーとしての入り口が『知ってる？24時。』、職人としての筆おろしが『くりぃむしちゅーのオールナイトニッポン』、どっちのリスナーもパーソナリティを思いきり呼び捨てだったから、最初はそんなもんだと思ってた。

前のラジオネームでツイッターを始めたあたりから、まわりにならうようになった。ラジオ番組やパーソナリティのことをツイートする時は、さん付け。それに馴染《なじ》むと、テレビ見てても、頭の中で自然に、岡村さん、太田さん、伊集院さんになってくる。上田のすりこみはきつくて、上田さんには、なかなかならなかったけど。

職人をやめようと決意した時から、心の中で、パーソナリティの芸人から「さん」を取った。わざと取った。かなり苦労して取った。トーキング・マンでちょろっと復帰してからも、まだ、呼び捨てを続けている。たぶん、アイアム、ア、ショクニンと胸を張るだけの気概がないんだ。まだ。

今週のアルピ島、ルート66っぽくなりそうな設定でもあるけど、あんまりノリがよくないな。平子がイライラしている。そんで、そのイライラぶりが、もうネタにされてる。俺、ロビンソン・クルーソー的な世界観でメール送ってみたけど、読まれないな、たぶん。そういう方向性じゃねえんだな。

この島は平和で何も起こらない、らしい。リスナーに電話つないで若い男子と女子が登場した。海がイカ墨で黒かったり、二つの山がおっぱいの形をしてたり、やばくない貞子《さだこ》みたいな黒髪の女がいたり。電話番号書いてくるなら設定考えておけよと平子がキレてたけど、アイデア練らなくて番号書いて送れるヤツって、逆にすげえな。最後は、アルピーが島に行くことになり、次週に続くとなった。回またぎの深夜ラジオって、めずらしいな。

「また来週」と、アルピーの声が消えると、俺は二本目の缶にまだ半分以上残っていたビールを一気に飲み干した。

5

暦が六月に替わる。コンビニは新商品を次々出して、季節感をアピールする。今年の春からの新作アイスで俺のイチオシは、ジャイアントコーン〈塩バニラ〉とガリガリ君アイスコーヒーだ。めっちゃうまい。

五月末には、おでんの販売をやめる。揚げ物のホットスナックは変わらず強いけど、中華まんは落ちてきて、冷たいものが売れていく。ドリップコーヒーも、アイスを買う人が多くなった。明るくなるのが、日に日に早くなる。四時過ぎると、ぼちぼち明けてくる。朝が早く来る季節ってヤだな。なんのための深夜バイトって思うし。

やっぱ、海の近くって、湿度が違う。六月のパワーが違う。太陽も湿気も元気だよ。ギラギラ明るくて、空気がもったりしてる朝に、八時間か十時間勤労した身体《からだ》で家路につくと、だりぃわ。身体もだるいけど、頭がもっとだるい。だるだるで一日ずつ更新。この脱力感が、たぶん、今生きてる実感。ミミさんのことで、どうなるんだろうと思ったけど、とりあえずバイトは続いてる。

釣銭を渡す時に客と軽く手が触れることには、なんとか慣れつつある。混雑した道や電車の中で他人と身体が触れるのはイヤだけど、パニックにはならない。要は、偶然ではなく、相手がはっきりした意志を持って俺に触れるのがNG。そして、触れろと相手から求められる時も。

五日に関東地方が梅雨入りした。例年より少し早いらしい。そして、六日から怒濤《どとう》の豪雨&豪雨&豪雨。関東のあちこちで最多雨量を更新、神奈川も四〇〇ミリを超えてひと月ぶんの雨が三日で降っちまったとか。横須賀でデカい土砂崩れがあったらしい。このへんも崩れてきそうな崖あるよな。

八日の日曜日、雨はやみ、蒸すというよりはじっとり冷たく重い感じの夜気の中、俺はバイト先に向かった。別に雨降りは嫌いじゃないけど、あれだけ豪雨だと普通に歩くのも厳しいので、やんでくれたことにほっとしながら曇天の下をとぼとぼ行く。

日曜日は、ちょっと気楽だ。学校が休みかどうかは深夜はそんなに関係ないんだけど、通勤帰りの人が来ない。町自体が、休日は、ひっそりのんびりした雰囲気になる。ふわっとした気持ちで店に入った俺の耳を、副店長の大声が襲ってきた。

レジにいる宮本が怒られている。宮本は、この近くの大学の一年生で、俺ンチより、もっと追浜に近いアパート住まい、深夜要員の一人だ。四月の三週目くらいから来ているから、俺のほうが少し先輩。宮本が入る前は、やはり同じ大学の二年生の吉田がいた。吉田がやめて、宮本が入った。

副店長（名札、おおが兄）が、バイトを怒鳴りまくるのはいつものことなので、あんまり気にしないで、見ないようにして、バックヤードに入って制服に着がえる。

少しすると、俺と交代のはずの副店長のアニさんではなく、宮本のほうがやってきた。宮本は、ソフトテニスの同好会に入っている小柄な男で、鹿沢の三倍くらいまじめに見える。鹿沢のように自分から話しかけてこないから、一緒に働いていても、お互いのことをほとんど知らないけど、フツーのヤツだなと思って、ちょっと警戒してた。俺、ヘンなヤツより、フツーなヤツのほうが苦手だから。ヘンなヤツに痛い目にあわされても相手が悪いって思えるけど、フツーなヤツだと自己反省しちゃうだろ？　ヘンとフツーの定義や境界なんか知らねえけど。

宮本は、ひきつった顔で、制服を脱ぎ捨てるようにして帰り支度をするので、え？と思って横目で見ていると、

「俺、やめるから」

と顔をしかめて、つぶやいた。

「クラスのヤツが来て、ちょっとしゃべってたんだよ。それだけだよ。俺は、たしかに五分くらいサボってましたよ！　でも、関係ない女の子まで怒鳴らなくてもいいじゃんね」

クラスのヤツって女の子かよ。……そこじゃねえ。宮本って俺にタメ口なんだよな。俺が一歳年上で、一ヶ月先に採用されてるけど、デスマスで話してるぞ。どっちが間

違い？　両方？　って、そこでもねえだろ。

俺が返事をしなかったせいか、宮本は戦闘的な目で、こっちを見てきた。

「あのね、これだけじゃないから。これまで、色々、色々、あるから！」

やめる理由を弁解するように激しく言った。色々、色々というほど、アンタは長くここで働いてなくね？　俺に何を言ってほしいの？　同意？　賛意？　アニさんの悪口？

「お疲れ様でした」

言うべきことがわからなくて、とりあえず挨拶《あいさつ》みたいに俺が頭を下げると、宮本の目がますますきつくなった。そして、荷物をつかむと、突風のようにバックヤードから出ていった。

吉田も、似たような感じでやめたんだっけな。今みたいに現場には居合わさなかったけど、アニさんとモメたことは噂《うわさ》になってた。

なんだかなあ。そりゃ、アニさんが悪いんだろうけど、うーん、なんだろうな、素直に人を悪く思えて、うらやましい？　宮本のぜんぜん自分が悪いと思ってない感じが、俺には痛い。

十時を三分も過ぎていて、ぎょっとして店に飛び出していく。店内には、二人、客がいて、その一人のレジをアニさんは打っていた。アニさんと代わるはずだったので、宮本から引き継ぎしてない。まあ、いいけど。アニさんは、いるわけだし。宮本が担当していたレジの精算、確認をしてから、自分の名札のバーコードを読み込ませる。

俺のところに客が来たからレジを打っていると、アニさんは何も言わずにバックヤードに消えていく。十分くらいして戻ってくると、

「富山くん、明日、入れるか？」

と、ぼそっと聞いてきた。

明日、月曜日は、基本、俺は休みの日だった。金曜日みたいに絶対定休じゃなくて、鹿沢の都合が悪い時には代わりに入るけど。さすがに、深夜シフトの週六はきつい。鹿沢でも、週五だからな。

「宮本くんがやめると言うから、明日の代わりの人を探したんだが、すぐには見つからないんだ」

アニさんは、これまた自分のせいだとは思っていないような、えらそうな口調で言った。

「新しい人を入れるし、それまでは俺が入るが、明日はどうしても都合が悪い」

アニさんはバツイチ男だ。子どももいるはずだ。よく結婚できたと思うけど、この

男のプライベートって想像もつかない。

「はい」

と俺は答えた。

「入れます」

きつーと思う。代わりにどっかで休ませてくれるのかな。新人来たって、いきなり使えないだろ？ とか言ってる俺が新人みたいなもんだし。こんな感じで急にやめたり休まれたりして、鹿沢が一人で深夜シフトやりきったって話、前に聞いたっけな。一人はありえねえな。深夜は納品の嵐。レジをほっとくわけにいかねえし、挙動不審な客もたまに来るからヤバイ。

てか、俺、そのドタキャン、ドタやめをやらかすとこだったよな。鹿沢にもう一度、深夜ぼっちバイトやらすとこだったのかな。もし、逆に鹿沢がいなくなったらと思うと、震える、震える、西野カナよりもっと震える。この店って、鹿沢で持ってんのかな？ ある意味、そうだよな。キャリア四年か。俺がもし、大学やめてフリーターになって、コンビニの主《ぬし》みたいになったら？ なれる？ なりたい？ 深夜シフトのキング？ それって目指すものじゃなくて、気がついたら、なってましたってもんだよな。

鹿沢について考える。コンビニの夜勤シフトリーダーは彼的にはサブの顔で、メインは「歌い手」というのをやってるらしい。

丁寧に説明してもらったけど、「歌い手」のこと、イマイチ理解してない。鹿沢は、インターネットの配信サイトに、自分がうたってる歌の動画を色々投稿してるらしいんだ。そのニコニコ動画で人気が出ると、素人《しろうと》でも、マイナーなプロより知名度高くなったりするって。

鹿沢の知名度については知らない。客の女の子がファンだとアピってきたり、イベントやライブの話したりしてるのを聞くと、有名人かよってビビるけど。でも、夜勤でこれだけがっつり働いてるわけだから、今んとこ歌で食えそうなレベルじゃないんだろうな。

鹿沢大介の歌い手としての名前は、「だいちゃ」。すげーセンス。ニコ動を見ろと言われたけど、見てない。そんなの見ちまったらヤバイ。感想とか絶対言いたくないし。「だいちゃ」を検索したりもしないよ。鹿沢のオモテの顔は、知りたくない。知らないほうがいい。

アニさんと一緒に何度も働いてるけど、深夜シフトの十時間を二人きりというのは初めてだった。鹿沢が早い時期に、アニさんの取説《とりせつ》をくれて——つまり、副店長にしてはいけないことと、しなければいけないことを、要領よくまとめて話してくれたので、俺はそのマニュアルを厳守している。

　ミスをすれば怒られるが、態度が悪いと、もっと怒られる。怒られた時は、黙って聞く。同じことで二度怒られないようにする。そのくらい見逃してくれても……とか決して思わないようにする。最後の項目、大事よと鹿沢は念を押した。

　客が多くない深夜でも、バラエティに富んだコンビニの仕事で、ミスを出さないのは、初心者には不可能だ。スプーンやはしを入れ忘れるくらいは当たり前で、ホットスナックを床に落としたり、煙草《たばこ》の銘柄がわからなくて何度も聞き返したり、皿うどんについてるカラシの小袋をレンジで爆発させたり、レジの打ち間違いで桁《けた》が三つ増えてたり、二つ預かった宅配の荷物の配達先を取り違えたり、数え上げたらキリがない。もう最初から怒られ待ちでいる。どうぞ存分に斬《き》ってくださいという感じ。

　接客のことは何も言われなかったな。アニさん自身が、客に声掛けしてないもんな。イラッシャイマセを言わないことには、前から気づいていたけど、改めて確認した。

　客が入店したら、「いらっしゃいませ」と明るく挨拶する、でも、レジがたてこんでいたり、次々と来店したり、その他理由がある時は無理しなくていい、店内が一番いい雰囲気になるように各自で判断しろというのが、大賀店長の接客方針だ。敢えて、ガチガチのマニュアルにしない方針。

俺自身はコンビニに客で行く時に声なんかかけられたくないから、いまだに抵抗あるんだけど、よほど忙しくしてないかぎり、イラッシャイマセは言うようにしてる。とりあえず最低限、挨拶しとけば許されるかなと思って。アニさんが言わないのに俺が言うのはどうかと、今日は混乱してしまった。

ただ、アニさんは声は出さないけど、客に目を向けて、かなり丁寧に会釈《えしゃく》をする。これは、そっぽを向いて何かしながら、適当にラッシャイマセと声を張り上げているより、よほど、いらっしゃいませの感じになる。無愛想を具現化したような顔つきのアニさんに、年配の客なんかは気やすく話しかけてくる。

「唐揚げ、ないよね？」

「ああ、すいませんね。今きらしてます」

「そうなんだよねえ。この時間に残ってる時は大吉だよねえ」

こんな会話の時にもブスッとしてて必要最低限のことしかしゃべらないのに、客はそれで満足してるみたいだ。

かつてない長時間、同じ店内にいて、アニさんの不機嫌顔は、まんま不機嫌なわけじゃないのかもと認識を改めたけど、部下のバイトの身としては、あの顔から襲ってくる「圧」で削られるダメージはハンパない。無言の不機嫌圧に耐え、あげく、ふらふらになるまでこきつかわれたのが本日。

基本、二人でのコンビプレーのような深夜のルーティンワークは、相方次第で、ずいぶんやり方も変わる。日付が変わって客が減ってくると、アニさんは、納品、検品、品出し、廃棄などの合間に、鬼のように清掃業務をぶちこんできた。

まあ、いつも、それなりにはやってるよ。客も使うトイレ清掃、店内の床みがき、店外の歩道の掃除、ゴミ箱の片づけ。本日さらに増えた項目は、カウンター周辺のふき掃除だ。特にホットスナックのガラス棚や流し台をぴかぴかに磨《みが》きあげた。

とにかく、すべての清掃の項目において、徹底的に徹底的にやらされたんだよ。店外は、いつもやってる範囲よりずっと拡大して、もはやうちの店のまわりではないところまで、ほうきで掃いたしね。一番、徹底したのは、店内の床掃除だ。かける時間も丁寧さも、そもそもやり方自体が違った。

ゴミ取りをして、モップをかけて、ポリッシャーで磨く、基本的にこの手順は変わらない。でも、俺たち深夜バイトは、かなり、簡単にざっくり済ませていたね。ゴミが目立たないと、いきなりモップかけてたし。

アニさんは、ほうき、ちりとりでのゴミ取りに十五分はかけた。まず、俺が言われて始めたんだけど、いつもみたいに、三分くらいでざくざく終わらせると、

「なんだ！　そのナメた掃き掃除は！」

と一喝されて、ほうきを取り上げられた。それから、アニさんは、腰を深く折るようにして、すみずみまで、じっくり丁寧に店内を掃きあげた。

濡《ぬ》れモップをかけるのは俺がやったけど、これも、十五分くらいかけた。モップは、いつも、適当に濡らしてる。絞るのが面倒くさいし、びちゃびちゃになるのがイヤで、ちょっと水かけるくらいの感じ。アニさんは、しっかりモップを濡らして、かたく絞って俺に渡した。いつもより床が濡れたなと思ったら、ダスタークロスで拭《ふ》くという一過程を加えた。

最後にポリッシャーの出番だよ。円形のブラシがモーターで回転する清掃器具。こいつで、古いワックスをはがして、床を磨き上げるわけだ。そんなもんだと思ってたから、だーっと押して、すいすいっと進めてると、

「何やってんだ！　使い方を知らねえのか！」

アニさんの雷が落ちる。

アニさんによる実演は、どんだけーってくらい、ゆっくりじっくりポリッシャーを

押し進める。こんな速度でやったらいつ終わるんだと危惧《きぐ》したとおり、一時間近く、俺はこいつと格闘した。

もちろん、客が来たり、他の仕事があったりするんで、合間合間にやるんだけど。アニさんがバックヤードで休憩中に、俺はたいがいうんざりしてポリッシャーを少し速く進めていたら、アニさんは店内が映る奥のモニターで見ていたようで、すっとんで来た。

「それじゃ、きれいになんねえんだよっ」

落雷。

すげえな。雷雲に覆《おお》われた一夜だな。どす黒く曇っていて、しょっちゅう落ちる。

まあ、ぴっかぴかになったね、床。顔が映るって、比喩《ひゆ》じゃないぜ。カウンターまわりもね。なんなの、このお掃除ナイト。どんな、とばっちりなんだよ。

そういや、うちの店、かなりキレイかもね。初めて気づいた。コンビニって、店舗によって、清掃や整理《せいり》整頓《せいとん》の徹底でずいぶん差が出るんだよ。店をきれいに保つクリンリネスは、チェーン店として本部からの評価の大きなポイントになるんだけど、結局、オーナーの意識で変わってくる。

店長がどういう考えでいるのかは知らないけど、副店長のこだわりはよーくわかった。クリンリネスの評価云々《うんぬん》より、自宅をぴかぴかにしていたい主婦みたいな感じしたけどね。小姑《こじゅうと》的なね。

朝六時前に、アニさんと交代予定のパートの須山《すやま》さんが来ると、俺が代われと言われた。八時までの予定だと言うと、夜も来てもらうからと、気遣いを見せてるはずが叱《しか》っているようにおっかねえ顔になる。

「もちろん、二時間ぶんの時給が欲しいから、どうしても自分がやるというなら、無理には言わんが」

アニさんは、言えたら言ってみろというふうにギロリと俺をにらんだ。

「いえ」

俺はビビッた。

「帰ります」

パート歴二十年という五十代の須山さんは、たまに準夜勤で入るので、何度か一緒に働いたことがある。昼間の女性陣のボス格で、ボクササイズが趣味という体力派だ。

「お疲れ様あ！　よく頑張ったわねっ」

夜勤明けには聞きたくないパワフルな大声で、孫でもほめるように言う。

ベテランの須山さんは、アニさんとの八時間労働の内容がわかるんだろうし、宮本がやめたことも、すでに知っている感じだった。お疲れ様と言われて、急にどっと疲れを覚えた。

「すばらしいっ。きれいになったわねえ」

うれしそうに店内をみまわしてガッツポーズをする須山さんを見て、昼間の人たちは、もっと忙しい接客の合間に、このスペシャル大変な掃除をどのくらいやってんのかなと思った。


その夜の八時、俺は、また、コンビニの制服を着ていた。いつもより二時間早いのは、宮本が夜八時から朝六時の予定だったからだ。採用されてすぐの頃は、このくらいの時間に来ていたが、シフトが定着してからは、ずっと十時以降の勤務にしていた。

月曜の夜八時というのは、暗くはなってるけど、まだ、学生がわらわらいる感じだ。イヤだね。休学しているのに、わざわざ大学生なんか見たくもない。だったら、こんな大学至近のコンビニを選ばなければいいんだけど、電車で通ったりするのも面倒臭いし、深夜シフトの時はそんなに問題ないから。

十時に鹿沢が来るまでは、店長と女子大生バイトのたかぎさんが一緒だった。この店の名札は、基本、ひらがな表記なので、一度一緒になったくらいじゃ、たかぎさんは、高木さんなんだろうなと思うくらいで終わる。

緊張した。女子大生――生物の中で、一番嫌い。忙しくて助かった。無駄話をしてもいいくらい余裕があったら地獄だ。

店長はクリップボードを手に何らかのチェックをして店内をまわっていて、俺とたかぎさんは、二台のレジで客をさばいていた。女の子の顔なんて決してまともに見ないのだが、それでも、その人のキレイ度って、わりとわかる気がする。シルエットで？　気配で？　たかぎさんは、けっこう美人に思えた。客対応も、はきはきしていて、見てなくても、きっちり笑顔が作れているのがわかる。

ますます緊張する。他の仕事をして離れていても、店長がたかぎさんと俺を比べて、めっちゃ○×つけてるの感じられるよ。俺は最速で、丁寧に、袋詰めや精算をしようとするけど、そういう時にかぎってレジ袋のサイズを見誤ってやり直したり、ネット注文の商品の引き渡し方法がわからなかったりするんだよな。

わからないことを、たかぎさんに聞くのはイヤだった。バーコードを読み取ったあとのレジの操作をたかぎさんはちゃんと知っていて、代わりにてきぱきとやってくれる。覚えなければならないので、俺はたかぎさんのすぐ後ろで見ている。距離が近すぎる。シャンプーだか何だかの匂《にお》いがする。否応《いやおう》なく顔を見ることになったけど、思ったほど美人ではなく、だからといって安心できるほどのブサイクでもなく、女子は女子であり、おまけに女子大生であり、頭から血が引く感じがした。

十時を過ぎて、鹿沢と二人になる。やれやれ。二時間で、十時間ぶんくらい疲れた。昨夜の八時間より、もっと疲れた。週六日になってもいいけど、とにかく八時からはイヤだ。女の子と一緒にしないでくれなんて頼めないしな。

「宮本くんの代わり、すぐ見つかりますか?」

思わず、鹿沢に尋ねると、

「すぐのこともあるし、少しかかることもあるし。結局来るけどさ、結局やめるんだよ」

鹿沢は、悟ったような口調で答える。

「富山くんも、やめちゃうかと思ったけど、よかった、残ってくれて」

鹿沢は、人なつこい感じで、そう言った。俺はドキリとした。俺、やめる寸前だったの、わかってた? まあ、わかるか。ああ、そうか、だから、フォローしてくれたのか。いや、待て。あんなフォローの仕方があるか? 全部、悪い冗談で片づけたんだぞ。

特徴のあるぱっちりした丸い目、笑ってなくても笑っているような口元、手足の長いすんなりした身体つき、ポップな感じの言動。生きるのがうまそうって、鹿沢を見ると、いつも思う。イケメンじゃないけど、絶対クソメンじゃなさそう。こういうリア充っぽい男子、ほんとは女子の次に苦手なんだよな。

ともあれ、俺がここにいる間は、やめないでくれよな。「だいちゃ」が、ブレイクしませんように。

第二章　ミス・サイコ

I

そのチビな女は、パジャマみたいなパウダーピンクのジャージの上下にスウェットのリュックを背負って、雑誌のコーナーめがけて突進してきた。最後の一冊の週刊少年ジャンプをひっつかむと、立ち読み防止用にかけてあるゴムをためらいなくはずして自分の手首に巻き、がつがつ読み始めた。

うちの店は、一応、立ち読み禁止だけど、貼《は》り紙したり、厳しく注意したりはしない。ゴムをかけるのも、付録付きの雑誌とジャンプくらいじゃないか。だから、わりと多いよ、立ち読み族。深夜は特に。

鹿沢は、立ち読みは、オール・スルーだ。乱暴に扱っても、座りこんでも、長居しても。鹿沢が黙っている以上、俺もスルー。だいたいゴムをはずすようなヤツは、ヤバイのが多いから、モメるよりはスルーのほうがいいんだけど、そのガキは自分チみたいにくつろいで、しかもアタマからケツまで読む感じで、あまりに図々しくてムカついた。

中学生？　まさか小学生？　身長一五〇センチくらい？　あちこちピンピンはねた中途半端な長さの髪、はだしに濃茶の便所サンダル。客なんて、入店時にチラ見するだけなのに、めずらしくガン見しちまった。

そのチビ女は、一時間くらい、他のお客や俺ら店員がそばを通っても、邪魔そうにしても、気づきもしない感じで、がっつり読み切った。最後の一冊のジャンプだから、読みたそうにちらちら見ている客もいて買う気あったならヤバイよな。ツイッターとかで店名出してチクるヤツもいるからな。どこそこのコンビニでジャンプ買おうと思ったら立ち読みされてて店員はスルーで……みたいな。ヘタすると責任問題。そりゃ、夜勤シフトリーダーの鹿沢の責任になるんだろうけど、気分悪いじゃん、晒《さら》されたら。晒すって、ほんとサイテーな言葉だな、言葉ってより行為がな。

立ち読み女は、いつの間にか、ドリンク・コーナーに移動していた。せめても何か買おうという良心はあるのか。めっちゃ読んで喉《のど》かわいたって感じかな。少しして、俺のレジにやってきて、ドデカミン ストロングをカウンターに置いた。

え？　栄養ドリンク？　てか、ドデカミン！　いや、別に、元気の出る炭酸飲料なんだけど、女の子が栄養ドリンクを買うか？　というより、俺的には、それはアルピーのラジオのネタとして強烈にインプットされていた。リスナー発で流行《はや》って、色んなネタに無意味に多用されたドデカミン。ドデカミンって出てくるだけで、アルピーもスタッフもバカ笑いだったな。俺も笑ったよ。今も笑いそうになって唇をひきしめた。

急いでレジを打とうとすると、女の子の手首にジャンプを縛っていたゴムが、まだだらんと巻かれている。こいつ、これ、持って帰るつもりか？　やべえ。ウケる。

「お客様……」

注意できることがうれしすぎて俺にしてはありえないほどウキウキと声をかけた時、カウンター前の荷物置きのネイビーのリュックに目が留まった。リュックにつけたバッジに。

白地に黄色い星。星にはニコニコマークのような顔があり、バッジの上のほうに手書きのカタカナでカンバー。

どこにでもあるような、いや、ちゃちいというか、安っぽいというか、かっこよさのカケラもない缶バッジなのだが、これは、もしや、まさか、まさかの……。

「カンバーバッヂ？」

俺は思わず叫んでしまった。さっきの「お客様」という呼びかけとは、えらい違うトーンの声で。うわずるというか、地声というか。「お客様、カンバーバッチ？」って、つなげると、何の問いかけだよ？

「ぬお？」

とチビ女は言った。

ばっちり目があった。

なんだ？　この目力《めぢから》。ギラッと鋭く、真っ向から見据えてくる。にらんではいない。喧嘩《けんか》上等のヤンキー・アイじゃない。ただ、よく光る目で、射抜くように、俺の顔を突き抜けるんじゃないかってくらいにガーッと見てくる。

まつ毛の長いクリッとしたつり目だ。色白で、むきたてのゆで玉子みたいな白いつるんとした肌をしてる。そこそこかわいらしいお子様というような顔の中で、目つきが尋常じゃない。あぶねえヤツ？　なんか、あぶなくねえか？

「リスナー？」

そいつは聞いてきた。声はスペシャルかわいい。ソプラノのアニメ声。子どもの声というより、声優が出した子どもキャラの声って感じ。

顔と目つきと声と、どれも微妙にズレているような。間違った取り合わせで組み立ててしまったロボットみたいな……。

混乱した俺の目に衝撃映像！　てか、最初から気づけ。

バッジ、二個だ！　リュックに缶バッジが二個ついてるぞ！

二個あるんだ！

カンバーバッヂ二個だって？　今、リスナー？　って聞かれたよな？　で、ドデカミンを買ってるんだよな？　こいつ、アルピーのリスナーだよな。てか、職人だ。それも、すげーヤツだ。このガキが？　ちょっと待て。

カンバーバッヂというのは、アルコ＆ピースのオールナイトニッポンのノベルティ・グッズだ。番組の投稿ネタから、パーソナリティが「最高」と思った人にあげるプレゼントのことだ。ノベルティは、番組によって、充実してるところとあまり出さないところと色々なんだけど、アルピーANNは、このいかにも手作りっぽい缶バッジを、放送のノリでノベルティとして出すようになった。もともと番組側が熟考して鋭意製作するものと違って、むしろ、適当さがウリだった。しかも、これ、めったに出さない。

白状しよう。俺は、欲しくて欲しくてたまらない。が、まだ、もらえない。というか、もらえる気がしない。かつては、色々な番組でノベルティをゲットしまくりの俺だったが。

シャーロック・ホームズのドラマなどで有名な俳優のベネディクト・カンバーバッチにちなんで命名されたであろうカンバーバッチは、「家族」というコーナーで一番よく出る。このコーナーは、番組終盤に、でんと鎮座している。

ネタには、「お父ちゃん、兄ちゃん…聞いて欲しいことがあるんだ」という書き出しが求められる。平子が父で、酒井が兄で、アルピーは、リスナーを家族だと思っていて、本当の家族に言えないことを相談してほしいというメール募集のコーナーなんだ。

とんでもねえ。

どの頭が考えるんだ？　という、わけわかんない、ぶっとんだ、狙《ねら》いも見えない、オチすらないような、かなりの長文だったり、物語化していたり、スカしきっていたり、とにかく、何でもありなんだけど、ひたすら謎《なぞ》でカオスなコーナーなんだよ。

太鼓の叩《たた》き方を教えて噛《か》み合わない、二通りの音だけのネタは面白かったな。平子が笑って読めなくなっちまった「ポポゴリラ」のネタも。ポポゴリラって何なんだろうな。

二部で番組が始まったばかりの頃は、アルピーも、本当に家族としてのガチな相談が欲しいと言い続けていたが、実際にマジな質問メールが一つ選ばれた時に、コレチガウデショとなったね。当時のこのコーナーは、本当にアウトでイカレてたよ。今もイカレてるけど、グロさが減ってセンスアップした。職人もだいぶ変わったし。ま、とにかく、「家族」でネタが採用されるのは、むずかしい。不可能とは言わない俺も三個くらい採用されてる。でも、俺のネタは、たぶん、まともすぎる。どんなに歪《ゆが》めてみても、歪めてみました感が出てしまう。違うんだよ。始点と終点が見えない感じがいいんだ。なんで、おまえは、それを思いついたんだ?! というのが見えない感じが。展開もオチも読めない。ただ、ヘンで無意味というのではなく、笑えるネタとして成立してるハイクオリティ。

ハードル高いのか、番組がケチなのか知らないけど、カンバーバッヂはめったに出ない。二個もらってる職人は、限られるぞ。

誰だよ?

おまえ、誰だ?

カンバーバッヂ複数個ゲットの職人は二人、三人だっけ? ラジオネームが読まれる前に、たいていは県名がつくので、神奈川県、とラジオネームの前につく常連職人、

「家族」でよく読まれるヤツを脳内検索する。一件ヒット！

神奈川県、ラジオネーム……。

「虹色《にじいろ》ギャランドゥ？」

すると、つり目のゆで玉子肌のガキの顔が崩壊した。なんか、うっかりレンジに入れて卵が爆発したみたいな一瞬の感覚。

笑ったんだけどな、単に。歯をむいて、目や鼻が顔からはじけ出るみたいに豪快っていうか、めちゃめちゃに笑うんだな。

「ワタシを知っているおまえは誰だ？」

ガキは俺の鼻先に人差し指をつきつけてきた。女王みたいな、アニキャラみたいな台詞《せりふ》まわしだ。声優っぽい。感心してる場合か。ビンゴか？　虹色ギャランドゥか？　こいつが？　マジで？

衝撃で頭が働かなくなってる俺に、チビ女はとんでもない言葉をぶつけてきた。

「アルピ島で、おまえ、食ったか？　チンコ型ヤシの実」

そういうネタはあったよ。三週くらい前か？　けど、あのラジオのネタって、リアルで口にすると、ありえねえ。絶対ねえな。絶対的禁句だな。

「オッパイ山にのぼったら、ぶよぶよしてて、スニーカーめりこんだぜ」

怒濤《どとう》の連続攻撃。

カンベンしてくれよ——頭の中で、平子の声で俺がうめいた。リスナーにふりまわされてオタオタしている（あるいはフリをしている）平子の声。

ラジオネタをリアルで連打するなんて、こいつ、ほんとにガキだぜ。なのに、なんで、俺、のっちまったのかな？

「イカ墨の海が生臭《なまぐさ》くて、ウミガメが泣いていたな」

ネタで返してしまった。

すると、ガキの目がぴかっと光った、ほんとだぜ。なんか発光源があるんだ、きっと。

「あんた、誰？　名前、教えて？」

かわいいアニメ声で、尋ねてきた。

「とみやまです」

俺は自制心を取り戻して、機械的に答えた。

「じゃなくてさ、私は、虹色ギャランドゥ。お兄さん、ラジオネームあるでしょ？」

「お客様、ジャンプにかけてあったゴムを返していただけますか？」

俺はピンクのジャージ姿の立ち読み（してた）客に、店員とみやまとして話しかけた。

「はずされたら困ります。以後、控えていただけると助かります。よろしくお願いします」

「ああ、これ」

虹色ギャランドゥは、手首から白いゴムをはずして、おとなしく俺に差し出した。

「ごめんです。今月こづかいヤバくて。前借りしたから、六月分、親くれないし、友だちも貸してくれないし、もう闇《やみ》金融のブラックリスト扱いで。だけど、読みたいし。ジャンプが残ってるコンビニ探して、ここ三軒目で」

まともなのか、まともでないのか、さっぱりわからない言い訳をして、なぜかうらやましそうな目で俺を見つめた。

「私も、バイトしたいのだけど、ガッコが厳しすぎて、見つかったらクビッ、退学。マジなんデス。もう詰んでるワケデス。立ち読みか万引きの二択デスか？　月アタマからこんなで、一ヶ月をどう生き抜きまショウや」

リズミカルな早口で、ところどころヘンなアクセントにする。

バイト？

「君、中学生……じゃなくて？」

おっと、また、しゃべっちまった。

虹色ギャランドゥは、鼻の頭にキュッとしわを寄せて笑って答えた。なまいきな小学生男子の笑い方だ。

「高二ッ」

「チビは損だね。でも、子ども料金で、映画館入れるよ。金ないから行かないけど。バスは子どもで乗るー」

レジに他の客が来たので、虹色ギャランドゥを追っ払えたが、すっかり俺に興味を持ってしまったようで、ドデカミンストロングを店内でぐびぐび飲んで、また、寄ってきて、話しかけてくる。

鹿沢と交代して、バックヤードにひっこんだ時には、くたくたになってた。汗びっしょりかいてる。

アルピーのリスナーって、全国に何人くらいいるの？　職人は？　偶然に会う確率って、ナンボよ？　出待ちとかイベントとかオフ会とか、そんなんじゃなくて、こんなふうにまったくの偶然で店員と客として出会う確率チョー低いだろ？　ほぼねえだろ。しかも、カンバーバッヂ二個の虹色ギャランドゥだぜ。ハンパなくイカレてたけど、小学生にも見えるような女だなんて、誰も思ってねえだろ。

「衝撃の出会いだね、富山くん」

虹色ギャランドゥがようやく立ち去ったあとで、一部始終を店内および防犯カメラで見ていたらしい鹿沢に、さっそく言われた。

「いいね。ファン同士が出会うって」

ファン同士？なに、この違和感。まちがっちゃいないけど、確かに、番組のファン同士だろうけど。いや、だが、しかし、虹色ギャランドゥと、どんなくくりでも一緒にされたくないぞ。

「面白い子だったなあ」

鹿沢は楽しそうに言った。

「リラックスしてしゃべってたじゃん、富山くん」

俺が返事をしなくても、鹿沢は気にせずに言いたいことをスースー言う。

「女の子と」

一番触れられたくないところを最悪の感じで突かれて、俺は頭の何かがはじけとんだ。

「女の子じゃない！」

俺は叫んだ。

「あれは、サイコだ！」

『サイコ』ってタイトルの古い洋画がある。俺はモノクロ映画が好きで、ヒッチコックはほとんど全部見たけど、この有名なサイコホラーは、今、どのくらい知られてるのかな？ 怖いよ。アンソニー・パーキンスがマザコンの精神異常者の役で、次々と衝撃的な殺人を犯していく。絵面がもっとグロいホラーはいくらでもあるけど、ヒッチコックは雰囲気で強烈に追い込んでいくからな。この映画から、サイコって言葉が一般化したって認識してる。

アルピーのラジオに送られてくるネタの多くは、「家族」のコーナーに限らず、アウトで、ぶっとんでる。アウトなネタや、そういうのを連発するハガキ職人は、「サイコ」って呼ばれてる。特にヤバイと平子が判断したメールは、サイコボックスというものに入れられ、サイコポイントがつく。五ポイントたまると何か罰則くらうんだったかな。まだ五まで行ったヤツいないけど。

まあ、このサイコボックス行きとカンバーバッヂは紙一重《かみひとえ》だったりもするんだよな。現に、虹色ギャランドゥは、サイコポイントも三くらい稼いでるはずだ。

帰って睡眠をとってから、ＵＳＢメモリに保存してあるアルピーのオールナイトニッポンを二部時代から聴いてみた。「家族」に絞って聴いていくと、虹色ギャランドゥは二〇一三年、ゼロ時代の七月に初登場している。しばらくは「家族」専用機だったよな、こいつ。少しとばして、十一月あたりをアタマから聴いてみると、他のコーナーやテーマ・メールも読まれるようになってて、常連職人としてしっかり定着してる。

高二って言ったか？　十六か十七歳か。三つくらい年下になるのかな。俺自身が小学校から深夜ラジオのリスナーで、中学生でネタを送って読まれてるから、早熟なほうだ。そんな自分をけっこう特別だと自負してきたんだ。あんなガキみたいなヘンな女の子がアルピーの凄腕《すごうで》職人だなんて、すっげえムカつく。

ラジオネームのギャランドゥって、これ死語じゃねえの？　俺は知ってるけど、チョー古い歌だし、チョー古いネタだぜ。歌は西城秀樹で、途中の経緯はすっとばすけど、ネタの意味するところは、へそからシモまでつながった体毛のことだよ。実際に会ってなけりゃ、虹色ギャランドゥが、十代の少女だなんて絶対信じられないよ。

十代の少女ね——あれが十代の少女って、生物学的には正しい表現なんだろうけど、人間学的には致命的エラーだぜ。

2

月曜日の代わりの休みを火曜日にもらった。俺の代打はアニさんのようで、そのしわ寄せは日中のシフトにいくらしい。結果的に、休日と勤務時間がちょっとズレただけになったんだけど、俺は火曜日はまるまる眠り倒したよ。朝六時に解放されて六時半から爆睡。夕方ぐらいに一度起きて、半分眠りながらなんかのカップ麵《めん》を食って、すぐまた寝て、起きたのが水曜日の午前五時だった。

あー、しまった、カーボーイ聴けなかったって、まず思った。悔しい。録音はしてある。アルピーANN以外はナマで聴かないつもりだから。でも、家にいれば絶対起きてて聴いちまう。無理だよ、聴けるのに聴かないって。月曜の『馬鹿力』も結局毎週聴いてる。月曜休みが火曜にズレたから、久々、『カーボーイ』をナマで聴けるってうれしかったのにな。

疲れてたんだろうな。いや、マジで疲れてるよ。深夜シフトは、やっぱり体力的にきつい。やっと仕事に慣れてきたタイミングで色々あったし。

一日飛ばしてしまうと、身体《からだ》がもっとだるくなって、猛烈に腹が減って、脳みそがセメント化した感じ。録《と》り貯《だ》めしたラジオを聴きたかったけど、家に食い物がなかったので仕方なく外に出た。出たからには、たまには外で飯食うかって思ったけど、朝五時過ぎって、どこがやってるんだ？

また雨だった。梅雨だからしょうがないけど、よく降る。この前みたいな大雨じゃなくて、しょぼしょぼ降って、ちょっとやんで、みたいな感じ。

追浜《おっぱま》の駅のほうに歩いて、なか卯《う》で親子丼《どん》を食った。やっぱ二十四時間営業って、ありがたいな。俺、基本、コンビニの食い物で生きてるから。たまに飯くらいは炊《た》くけど。あとは蓑田さんの謎飯な。料理しようと頑張るほど、食事に興味がないんだ。空腹さえ満たされれば何でもいいんだけど。むしろ、食いながら、ラジオの録音聴いたり、本読んだりする時間が楽しい。ながら食い、みたいの。

けど、久しぶりに店で食う親子丼、めっちゃうまかったな。早朝で店ががらで気楽だし。たまには、もうちょっと外食増やすかな。ささやかな幸せをかみしめて、さて、フリータイム、と思う。昼夜逆転生活から、ひょいと戻ってしまった朝のフリータイム。なんか貴重な感じする。これから眠るんじゃなくて、ずっと起きている一日の始まりの朝の時間だ。何しようかな。

いつか休日に、六浦《むつうら》の一つ先の神武寺《じんむじ》駅から鷹取山《たかとりやま》にでも登ろうと思ってたけど、今日は天気が悪い。この前の記録的な豪雨で登山道やばいかもしれないし。別に山登りとか趣味じゃないけど、せっかく違うところに住んだからには、その周辺を攻めておこうかと思ったんで。

服でも買いに行くかな。まだ、引っ越してから、日用品以外の買い物に出かけたことがなかった。家賃、生活費を払うとなると、夜勤でそれなりに給料よくても、さすがに高い服を買おうという気持ちはなくなる。

俺、服の趣味、偏《かたよ》ってるんだよな。とにかくシンプルなデザインで、ラインのきれいなヤツがいい。オフホワイトがメインカラーで、アクセントにグレー、ブラウン、ネイビー。黒は着ない。似合わないっていうか、感覚的に合わない、暖色系の色やポップなテイストのものも、無理だな。鹿沢なんて、すげえキャンディ・カラーやコミカルなイラストなんか着こなすんで、あ、いいなって思う。別世界へのあこがれみたいにね。

ブランドにこだわったりはしないけど、欲しいものを追っていくと、けっこう同じ店で買うことになるし、金もかかる。これから、どうしようかな、服。古着はダメだから、誰かが着たものとかありえないから。安くても自分っぽいものを探さないとな。

天気と時間があまりにアレなんで、駅前のコンビニで食料品を買って一度帰宅する。

ラジオの録音を聴き、昼飯を食ってから、またぶらりと出かけた。横須賀へんをぶらぶら。このへんは初めて。

アメリカ海軍の基地があり、ベースと呼ばれていて、昔から独特の雰囲気があるらしい。アメリカか。俺、リアルでは、小学生の時に家族で行ったハワイだけだな。唯《ゆい》一《いっ》の海外旅行体験。旅行も金かかるよな。自宅住みで、普通に大学行って、バイトに励んでいれば、金浮いて、服も買えるし旅行もできるのか。

平日昼の横須賀は、そんなに人いない。たまにいるカップルうざっ。大学生っぽいカップルを見るのって、マジきつい。顔とか、ぱっと出てきちゃったりするから、あのコ、元カノの。シーンが頭をよぎったり。道とか、店とか。腕組まれた時の感触も。触れられると冷や汗出てきて、会話できなくなるんだけど、俺の緊張を彼女はたぶんずっと違う意味で感じてたよな。

どのくらいから、おかしいって思ってたかな。最後の最後にいきなりわかったのかな。一度聞かれたっけ、「私のことほんとに好き?」って。代々木の裏通りの彼女のお気に入りのカフェで聞かれた。俺、答えられなかったよ。

彼女から好きって言われて、映画やショッピングや遊園地に誘われて、キャンパスで一緒に飯食うようになって、いつのまにかサークルでカップル認定されてた。付き合おうってどっちも言葉にしてないし、俺のほうから気持ちを言ったことがない。そのまま終わった。

シャイな人が好きって彼女が、ずっとリードして、俺がオタオタするのを「かわいい」って言って。腕組むまでが限界だった。手をつなぐのは無理だったんだ。俺からあわてて離してしまって。それでも、最初は彼女も笑ってたんだ。「ちょっとー、まじー？」みたいに。「かわいいー」って。

やっぱ、悪い子じゃなかった。一緒にいる時間が楽しくなかったわけじゃない。もう少しゆっくりだったら。友だちから、ゆっくりゆっくり恋愛になっていけてたら……。

違うか。友だちって感じじゃなかった。気が合うとか趣味一緒とか、そんなんじゃない。大学のお笑いサークルの同期だったけど、彼女はライブの音響志望で、合唱サークルとの兼部で、お笑いに詳しくないし、ラジオも聴かない。俺は俺のラジオネームを知っていた当時のネット仲間に誘われて入部して、ネタを書いてと言われていた。

彼女にとって、俺は、マニアックな世界でちょっと有名で、文才やセンスがあるとサークルで言われているシャイな眼鏡男子。理想だかタイプだか、とにかく虚像に恋心を持ってしまい、俺は俺を好きというかかわいい女の子にそれだけでボーッとなってた。お互いに恋愛したかったんだ。俺だって、そうだよ。うれしかったし、楽しかったよ。でも、なんでかな、同時にすごくイヤだったんだ。

わかんないな。今でもわかんない。彼女のどこがダメだったのか。同じサークル仲間として、ちょっとしゃべるくらいの距離感でよかった。あのコはおまえが好きみたい、くらいの噂《うわさ》でうれしがっていればよかった。

　病気、なのかな。接触恐怖症をネットで調べてみても、あんまりぴんとこない。すごく個人差があるみたいだし、症状というか拒絶反応に。

　彼女が特にダメだったんじゃない。ただ、彼女が初めて、俺に本気で触れようとしたんだ。心と身体に。恋愛ってことで。恋にあこがれてたくせに、求めていたくせに、ダメだった。

　何がダメだった？　無限ループだよ。答えの出ない問いだ。恐怖？　嫌悪《けんお》？　分析不能。そんなに彼女を好きじゃなかったって簡単に考えられれば楽になれるのにな。

　わかんねえんだよ。どうしても。

　大学生っぽいカップル、見たくねえんだよ。

記憶はなくならないし、時間がたっても、自分のことわかんないし、きついだけ。

どぶ板通りは、思ってたよりイケてた。和洋折衷でレトロで雰囲気がある。自分のファッション的にミリタリーってありえないけど、アメリカ海軍の放出品が並んでる店とか、見るぶんには面白い。ライトにアメリカンな服や雑貨も見て、缶バッジを二つ買った。

いつか、アメリカ行ったりするかな？

いつか、カンバーバッヂもらえるかな？

虹色ギャランドゥを思い出して、あいつ、アメリカに行ったことがあんのかな？とか考えてたら、だいぶ気分がよくなってきた。

ベタに海軍カレーを食って普通にカレーだなと思い、海のほうに歩いて艦艇を眺めて、横浜港と違うなと簡単に思い、また違う海のある八景に戻った。

「昨日は、休みだったんだね」

虹色ギャランドゥは、レジ・カウンターの前の荷物置きに肘《ひじ》をのせて、中腰というか、ほぼしゃがんでいる。なんで、わざわざ、そんな疲れる体勢をとるんだ？何も買わないのに、そこにいられると困る。荷物置きに「座らないでください」と注意書きがあるが、「寄りかからないでください」とも書いておくべきだな。

今日は二十四時からの勤務。虹色ギャランドゥは、日付が変わってから十分後くらいにやってきた。この前と、同じピンクのジャージ。足元は、便所サンダルじゃなくて、白が灰色になったようなデッキシューズをはいてる。ネイビーのリュックを今日も背負ってる。見下ろす形になるので、カンバーバッヂが二個、ばっちり見える。光ってるみたいに見える。クソ。見せつけやがって。どのネタでもらったのかをしっかり聴いちまったし。うっかり笑っちまったし。

「もう一人のお兄さんは親切だね」

虹色ギャランドゥは、荷物置きに肘をおいたまま、膝《ひざ》を曲げてヘンなスクワットみたいなことをやりながらしゃべる。

「トミヤマが、昨日休みで、今日は十二時からだって教えてくれたよ」

トミヤマ？　いきなり呼び捨て？

「遅い時間に来ちゃダメだって言われたけど、キターッ！　オレはキターッ！」

人の休みや時間を教えておいて、遅くに来るなもないだろう、鹿沢ァ。あいつは、そういうヤツだ。無責任に面白がってる。外の掃除をしてやがるが、入ってきたら、とりあえずにらんでやる。文句つけても、たぶん喜ぶだけだもんな。クソ、なんで、今、客が来ねえんだよ？

「ねえ、トミヤマって、口が不自由な人？」

スクワットしながら聞かれて、

「この前、しゃべったろうが！」

俺はうかつにも口をきいてしまった。

「おおーっ！」

虹色ギャランドゥは、静物が口をきいたくらいのデカいリアクションをとる。

キラキラした目玉は、真っ黒じゃなくて茶色っぽい。はねまくってる前髪がもうじき目まで届きそう。なんか小動物っぽいな。リス？　モモンガ？　でも、眼光《がんこう》鋭いから獲物じゃなくて捕食動物のほうかな。ネコ科？　子猫？　そんなかわいいもんじゃねえ。サイコネコ。わりかし怖いな。改名しろ、サイコネコに。センスないけど、虹色ギャランドゥみたいに、時代錯誤のシモ系よりマシだろ。

「ずっと夜働いてて眠くなんないの？」

虹色ギャランドゥは、わりと普通のことを尋ねた。眠い日もあり、そうでもない日もある——ということを別に言う必要もない。俺が沈黙してると、

「リスナーは夜強いけどな」

虹色ギャランドゥは勝手に決めつけ、さらに質問してきた。

「日比谷公園、行った？」

アルピーがサブステージを仕切った、四月末のニッポン放送のイベントのことだ。

俺は黙って首を横にふった。永川に誘われたけど、断った。「ＬＭＦＡＯのエビバディ、サイコー盛り上がったぜい。おまえも来りゃーいいのに」と後からうるさかったよ。職人の誰それに会ったと話してたけど、虹色ギャランドゥの名前はなかったな。

「行ったの？」

なんで、しゃべるかな、俺。

「行かない」

虹色ギャランドゥはあっさりと答えた。ちょっと意外な気がした。

「金ないから？」

「金もないけど」

虹色ギャランドゥは、ヤンキーキャラがキメ台詞をとばす時みたいに、首を傾《かし》げ眉《み》間《けん》にしわを寄せて目を細める。

「ヤバイんだぜ。オレさ、ああいうとこ行って、テンション上がっちゃうと、勝手にステージに乱入してアクションしちゃうんだぜ」

誰キャラをやってるんだよ？　おまえ。

「ゆるいイベントみたいだったし、飛び入り、アリなんじゃないの？」

小芝居につきあわずに会話を続けると、

「ぶち壊すよ。ぜんぜん、ぶち壊す。何するか、わからんもん、私」

虹色ギャランドゥは、自分に戻って答えた。

「ほー、ぶち壊したらいけないってくらいの良心はあるんだな」

皮肉たっぷりに感心してみせると、

「アルピー、好きだから」

シンプルに言う。

サイコ職人のよく光る目が、その視線がなんだか一途《いちず》で、そんなにサイコな感じじゃなくて、普通に高校生女子に見えて、いきなり、すげえ動揺した。

「平子、酒井、どっち？」

動揺を隠そうとして聞く。

「どっちも好き。トミヤマは？」

ソプラノのアニメ声が、マジでかわいい。この声で素直に好きと言われたら、アルピーもうれしいだろうなあ。

好き。蘇《よみがえ》る声。富山くんが好き。呪縛《じゅばく》のような声。拷問《ごうもん》のような声。富山くんが好き。

「どっちも」

と俺は答えた。

苦しい。この記憶を消したい。

アルピーは本当にどっちも好きだが、あのコのことを俺は少しでも好きだったのか？　いや、好きの意味が違うぞ。でも、ラブでなくてライクでも、どうだったのかな？　この自問自答、答えの出ない自問自答、いいかげんやめろって。不毛だし。無駄に苦しい。

客が二人、目の前に並んで、ボケッとしてる店員をにらんでいて、俺はぎょっとして、「すみません」とつぶやいて、カゴから商品を出してスキャンした。

虹色ギャランドゥは、いない。あ、いた。店の隅のほうで、鹿沢としゃべってる。

木曜日は、また雨。虹色ギャランドゥは、十時十五分に来店して三十分ステイ。金曜日はやっと晴れ。俺休みで、宮本の代わりは、またアニさん。鹿沢の休みは土日で、そこも、アニさんが埋めるらしい。よほど深夜要員がいないのか、アニさんが責任を取っているのか、よくわかんない。とにかく、早いとこ新しいバイトに来てほしい。

宮本のこと好きじゃなかったけど、アニさんと働くよりは、やっぱり、ぜんぜん楽だった。

土曜日も、まあまあ晴れたから、虹色ギャランドゥが来なければいいなと思った。なんか、あいつ、雨っぽい日に来てる気がする。正体は、妖怪《ようかい》アメフラシなのか、雨《あめ》降《ふ》小僧なのか。

雨は関係ないらしい虹色ギャランドゥは、十時二十二分に出現した。俺はドリンクの在庫の品出しをしていた。客の多い日中は、納品された新規の弁当、総菜などのナマモノや、冷凍ものの陳列を優先するから、日持ちする在庫のドリンクやカップ麵や調味料などを古いものから出していくのは、深夜シフトに任されることが多い。棚にカップ麵を補充していく単純作業は、そんなに重要そうには見えないだろうが、雑談しながらやることではない。ましてや、レジにはアニさんがいる。宮本が友だちの女子と私的な会話をしていて、アニさんに怒鳴り倒されたのは、ごく最近のことだ。そもそも、その宮本の代打でアニさんは来ているわけで、まだ新しい人員すら決まっていない。

虹色ギャランドゥは、昨日のアルピーのラジオの話を怒濤のごとくしゃべりだした。昨日のスペシャルウィークは、ジャニーズのアイドルグループA.B.C-Zの二人がゲストで、ミュージカル仕立てのコントをやって、すごく面白かったんだ。一部になったらジャニーズ？　って、ちょっとひいてたんだけど、二部時代、害虫駆除ネタが最高だった小峠《ことうげ》みたいなパンチのあるゲストを呼べよってな。でも、ぜんぜんよかった。アイドルをナメたらいけない。ノリがいいし、明るいし、感じがいいし、番組の独特の雰囲気にも違和感なく馴染《なじ》んでいて……的な話を別に俺だって、ヒマなら付き合ってもいい。昨日の話なら俺も少しはしたい。だけど、タイミング悪すぎるよ。

最初は無視してたけど、虹色ギャランドゥの話がまったく途切れないので、

「すみませんが、お客様、仕事中なので、私的な会話はできません」

と俺はアニさんにも聞こえるような声で、はっきりと言った。それまで五分以上しゃべり続けられていたから、注意してもいい、そろそろ言わないとダメだと思った。

「なんで？」

虹色ギャランドゥは、これまた店内に響きわたるようなクリアボイスで聞いた。

「なんで？」って、その返しはねえだろ。仕事中だって言ってんだよ。真性《しんせい》のバカかよ、おまえ。

「いつも、話してんじゃん」

いつもって、これまで二回、三回か？　俺、全無視はしてねえけど、そこまで長く

雑談してねえぞ。

「してませんが」

俺は氷のような声を出した……つもり……。だが、そんなことでツブれるようなサイコ女じゃなかった。

「おーっ、今日は、しゃべってると、あのハゲのオッサンに怒られるのか？」

虹色ギャランドゥは、レジのつるつる頭の副店長を見て、そう言った。俺は頭の中の何かがぶっとぶのを感じた。

サイコって、日常的にもう少し内気な感じじゃねえのか？　内向して偏向してヤバくねじ曲るんじゃないの？　こんなストレートのアホのあけっぴろげの非常識なのも、アリなのか？

レジで、弁当があたたまるのを待ってた大学生くらいの男性客がふきだして、あわてて下を向いた。その客が弁当を手にして逃げるように店外に出ると、アニさんは俺と虹色ギャランドゥのほうに視線を向けた。

「早くしろ」

アニさんは、俺にいつもの声で命じた。

「返本処理が終わってないだろ。ちゃっちゃと片づけろよ。弁当もアイスもチルドも来るんだぞ。什器《じゅうき》の清掃も徹底しろって言ってるだろ。ぼやぼやしてるヒマはないぞ」

「ハイッ」

俺は軍隊の一兵卒が上官に対するように答えた。すると、虹色ギャランドゥは、ニヤッと笑って、頭の横に手を当てて敬礼みたいなポーズを取り、腿《もも》を高く上げて勢いよく両手を振って店を出ていった。シンクロしたようなヘンな気分になった。俺の頭の中に、あのポーズのイメージがあったから。

アニさん、怒ってねえのか？　雷落ちないのか？　ハゲは禁句じゃないのか？　あんなヘンな女とからんでて注意されないのか？　そんな恐怖をかかえてチラ見したが、通常モードの不機嫌面《づら》でわからない。

清掃、納品、レジと休みなく働いて、四時過ぎにやっと余裕ができて休憩をもらった。バックヤードで廃棄の明太子クリームパスタを食っていると、アニさんがストアコンピュータで何かの作業をしにきて、後ろ向きでぼそりと言った。

「さっきの女の子は、君の友人じゃないのか？」

「いえ、違います」

ここで説教来るのかと覚悟して返事をした。でも、それっきり、アニさんは黙っている。こっちから謝るのを待ってるのかな？

「友人じゃないですけど、趣味が……共通するものがあり」

同じ趣味だと言いたくなくて口ごもった。

「そのことがたまたまわかって、彼女が話をしたがることがあり……」

やべえ。俺のコミュ能力を超える難題だ。友人でもないサイコが、ハゲと失言してすみませんでしたって、カドたてないで、どうやって謝るんだ？

「宮本くんは、レジでお客が並んでいるのに友人としゃべり続けていたので注意した。でも、今日は、そういう状況ではなかった」

アニさんは、なお俺に背を向けたままで言った。

「君は店員として、きちんと対応したし、俺も仕事をしろと言ったが」

何を言いたいのか、さっぱりわからない。

「頭髪の問題ではないのだ」

やっぱり、そっちか。いや、そっちって、どっちだ？　フリか？　気にしてないと言いつつ、気にしているというフリか？　そこを謝れと？

アニさんは、バックヤードから店内に戻ってしまい、俺は不可解なまま取り残された。

次の日の日曜日深夜、俺の相方は、アニさんではなく、鹿沢だった。俺が驚いた顔をしたんだろう、鹿沢は、

「アニさん、昼間もけっこう店出てるんで、かわいそうだからね」

と、さくっと説明した。

自業自得《じごうじとく》じゃと言いかけて、昨日のアニさんの言葉を思い出した。宮本はレジの客を待たせていて私語してたって言ったな、そりゃ怒るよな。宮本、自分は悪くないってガンガンに主張してたけど。

鹿沢に、昨日の虹色ギャランドゥとアニさんのからみを話してみると、肩をゆすって死ぬほど笑った。

「おもしれー」

笑いながら、鹿沢は言った。

「あの子、本当に面白いね。サコッティ」

「誰？　サコ……」

「佐古田さん。佐古田愛っていうんだって」

「はい？　サコダアイ？　本名？」

「そーそー、本名。なんだっけ？　芸名」

「いや、芸名ってか、ラジオネームですね、あの……、虹色ギャランドゥ」

「ギャランドゥ？　そんな歌あったよね？」

「はあ、西城秀樹の……」

「頭いいみたいよ。偏差値高いんだよね」

と鹿沢が口にした、虹色ギャランドゥの学校名を聞いて、俺はフリーズした。マジかよ？　都内にある、けっこう有名な中高一貫の私立女子高だ。実家からわりと近いこともあり、校名を知ってる。制服も知ってる。

「ネタですよね？」

希望をこめて鹿沢に聞き返したが、

「ガチと思うよ」

と答えられた。

俺もそう思う。そんなまっとうな嘘《うそ》はつかない、あの虹色ギャランドゥは。

俺は女は嫌いだ。女ばかりがいる女子高なんて地獄だ。だけど、俺的に地獄でも、一般的にはバラ園だろうよ。バラ園にサイコが咲いていていいのか？　いいか悪いかはともかく、一輪咲いちまってるらしい。

3

月末になると、曇りでも、ずいぶん蒸し暑い。金曜日の休みに予約を入れて、下北沢の行きつけのヘアサロンでカットしてきた。

このサロンは、母の行きつけでもある地元の美容室がイヤになった高校一年の時、雑誌で見つけて、おびえながら行った。まだアシスタントだったカズキくんのカット・デビューが俺だったんだよな。お互い、ビビッてたよ。お互い、ビビリながらワクワクしてたよ。すごく時間をかけた丁寧なカットのあと、いかがですか？　と聞いてきたカズキくんの心配そうな真剣な顔を、今でもよく覚えてる。ハイッと俺はやけに力んで答えたよ。それで、二人でなんか笑っちゃったな。めっちゃ解放された感じで。

カズキくんは、五年のキャリアを経て、一人前のヘア・スタイリストになり、どんどん指名を増やしてる。俺は何も言わずお任せなんだけど、カズキくんの腕が上がって年々かっこよくなってる。髪型がな。

ベースは、ずっと、ショートレイヤー。高校時代は前髪を下におろしてたのが、大学生になってからは、トップを短めにして、つむじから左右に分けてフロントを長めにおろす感じ。茶色っぽい細い直毛なんで、カラーもパーマもやったことないバージンヘアだよ。チェリーヘアか。

カズキくんは、無理に世間話をしてこないからラク。大学どう？　とか聞かれないし。オープニングトークみたいに俺の髪の毛の状態について少し会話し、フツオタみたいな身のまわりの出来事をカズキくんが一つ二つしゃべり、あとはお互い無言でOK。俺は適当に雑誌を読んだり、カズキくんのしなやかに器用に動く手を見てたり。

引っ越して一時間半かかるようになったって話もしなかったね。

ここまで来ると、実家近いけど、寄る気はなかった。下北沢の町自体が、忘れていたい過去だらけだな。高校以前のことはいいんだけど、大学時代に彼女とショッピングでうろついた記憶がNG。

俺は自分の服に絶対的なこだわりがあるのに、彼女は彼女で俺に着せたい服があって、これにしなよとか、買ってあげるとか、うざかった。そのくせ、自分の服は自分で決められなくて、どれが似合うって必ず聞いてきて。俺はファッションって自己表現だと思うけど、彼女はお互いの服を相手が選びあうカップルになりたかったみたいだ。

しかし、うるせえ街だな。久しぶりに来ると、ハイテンションにくらっとするな。わかりづらく交差する狭い道に店がぎっしり。あの路地感、迷路感、生命力、生産力、生活感。地域住民っぽい中高年男女もいるけど、やっぱり若者の街だし。

東京都から横浜市へと電車に揺られ、金沢八景駅に降り立つと、すぐ近くの横浜市立大生とおぼしき若者がわらわらと。大学が二つもあるここもまた、若者の街だ。

下北の若者より、ちょい地味でまじめに見えるけど、たぶん、先入観ってヤツ？　比べる意味ねえし。ポップでも地味めでも、大学生っぽい人、みんなイヤだからな。威張って宣言することじゃねえな。大学で痛い思いして、大学生みんなキライとか馬鹿すぎだろ。でも、そういうのって頭でわかってても、心がついていかない。特に女子大生を見ると、トラウマ発動して身体が固まって、自分で制御できないんだから、しょうがねえんだよ。

今日、髪切ってもらいながら、カズキくんの成長について考えて、その物差しで自分を測ると、五年かけて、ただ、ずるずる後退しているようで、けっこう情けなくなった。

別にスペシャルじゃなくていい。人より秀《ひい》でてなくてもいい。人と同じでありたいとも思わない。枠の中にいなくてもいいけど、わざわざはみだしたいわけでもない。

何かをがんばりたいけど、何がやりたいのか、わからない。大学って、そのへんを見つめたり、見つけたりする場所なんだろうな。外にこぼれ落ちても、中に留まってても、わからなさは一緒な気もする。

俺の唯一のわかりやすいアイデンティティは「職人」だった。それを奪われたっていうか自ら降りて、「リスナー」ではあり続けて、でも、今はそこも削ってる。自分からラジオを減らすことで、何か見えてくるかなって考えてみたよ。

そんなタイミングで、ヘンなのに出会っちまった。虹色ギャランドゥ。「リスナー？」って聞いてきた、あいつのソプラノが、ずっと耳にこびりついてる。あんなヤツが同じリスナーで、俺より腕のいい職人かもしれないんだぜ。一応、「かも」って言っておくよ。虹色ギャランドゥのネタは、クセあるからな。

あいつの声だけじゃなくて、姿まで脳にインプットされて勝手にアウトプットされるのかと思った。耳の次に目もやられた……みたいな。そいつのこと考えてる時に、そいつに会うと、そんな気持ちになるよ。

「トミヤマ？」

この声、俺、識別できる自信ある。声もそうだけど、しゃべり方が独特なんだ。クせあるんだ。また呼び捨てにしやがって。

虹色ギャランドゥを実物じゃなくて幻みたいに思った理由は、もう一つあって、同じ格好してたから。薄汚れたピンクのジャージの上下に、デッキシューズ。制服かよ？　ていうか、もはや、アニメ・キャラクターの設定資料にしか見えねえよ。

金曜日午後五時くらい、金沢八景ダイエー三階。俺の目的地は百均のダイソー。生活雑貨を買う前に、ちょっと同じ階の書店に寄ろうとしたのが運のつきだ。虹色ギャランドゥと入口のへんで、ばったり顔をつきあわせた。

まあね、お互い、棲息地《せいそくち》なわけで。いる時はいるだろうし。ダイエーだし、本屋だし、夕方だし。

「なんか、違う人みたいだね」

虹色ギャランドゥは俺をじろじろ眺めて、そう言った。

「コンビニの服着てないと」

どうせ出くわさないといけないなら、せめて、こいつが制服着てる時にしたいもんだ。名門女子高の。

「佐古田さんは」

俺は鹿沢が聞きもしないのに教えやがった、虹色ギャランドゥの本名を口にした。

本名がわかりゃ、あのしょーもないラジオネームなんか死んでも呼ばない。

「ほかに服、持ってないんですか？」

実は、こいつの一番我慢できないポイントが、そこだ。

「いつも、それ着てるけど、ねまき、おきまき、よそいきまき、なんですか？」

このフレーズは、おばあちゃんがよく言ってた。早口言葉でも、ことわざでもなさそうな、ただの古い言いまわし。

「あー、えーと」

虹色ギャランドゥ――佐古田愛は、軽く考えた。

「前会った時は、えっと弐号機を着てたと思う。これはね、初号機」

話、通じてる？

「だから」

虹色ギャランドゥ――佐古田愛は、いつものように、俺の目をはっしと見据えた。

「ジャージピンクは、3号機まであるのだ。叔母さんチが洋品店で、売れ残りをくれるのだ。Sサイズが三個売れ残ったのさ」

戦隊物？　エヴァンゲリオン？

「ネタかよ？」

「ネタじゃねえよ。つまんねえよ」

すぱっと言い返されて、ムカついた。どうせ、俺はカンバーバッヂもらってねえよ。つまんねえんだよ。

「サコダ」

俺は、どういう発作を起こしたんだろう。

「ちょっとつきあってくんね? おまえのそのボサ髪、切ってやるワ」

カットモデル募集中で、とさっきカズキくんに聞いたばかりの言葉が頭の中でスパークしたんだろうな。サロンに電話すると、七時過ぎに来てくれるなら大歓迎と言われた。最初、強烈に嫌がっていた佐古田がOKしたのは、タダじゃなくて千円のバイト料が出るとわかったからだ。通学定期が使えて電車賃もほとんどかからないし。

問題は、ジャージピンク初号機だ。こいつを装着したままの佐古田を連れて行ったら、俺のセンスを疑われる。

「いらねえよっ、服なんか!」

「俺がいるんだよ!」

「トミヤマが着るのかよ?」

「おまえに決まってるだろっ。その初号機でサロンの椅子《いす》に座れると思うな」

「じゃ、やめろよ」

「千円欲しいんだろ？　服はやっすいのを俺が買ってやる。選んでやる。おとなしくついてくりゃいいんだ」

「トミヤマ。一つ聞いていいか？」

佐古田は、ちょっとマジな声を出した。

「なんだ？」

「このワタシ改造計画は、誰得《だれとく》なんだ？」

「俺だよ！」

叫ぶように返事をすると、佐古田は不審そうに目を細めた。

「なんで？　トミヤマが得する」

「いいか。二つに一つ、選べ。金輪際《こんりんざい》、俺の目の前に現れないと誓うなら、このまま勝手に家帰れ。またコンビニに押しかけてくるつもりなら、気持ちの悪くない見た目になれ」

言いながら、俺は心の中で首を傾げた。俺、マジで何やってんだ？　ていうか、俺、キャラ崩壊してねえか？　この俺様キャラ、誰だよ？　何をえらそうに命令してるんだ？

「私って、気持ち悪い？」

佐古田は、ちょっとナーバスな感じで聞いてきた。おいおい。やめてくれよ、マジな感じになるなよ。急に女子高生すんなよ。普通っぽいこと聞くなよ。

「ジャージピンクと髪がな」

俺は答えた。たぶん、俺以外のヤツは、佐古田のサイコキャラのほうが「気持ち悪い」と思うぞ。でも、俺は、そのへんは平気なんだ。

「どっちも毎日洗ってるぞ。清潔なんだよ。気持ち悪くないぞ」

なお、ぶつぶつ文句を垂れる佐古田を連れて、下北沢の古着屋で、Tシャツとパンツを三枚ずつ買った。最初は自分で選ばせるつもりだったけど、ジャージピンクの斜め上を行くチョイスをしやがるんでNG。紫の地に黄色のドラゴン、緑と黒の縞《しま》のパンタロンとか。古着屋って、冗談みたいなものを売ってんだな。まあ、適当に入った店だし、知らない世界だけど。

ちょっと突き抜けた不思議議ワールドで、カラーやイラストにインパクトはあるけど、かわいさもある、という路線にまとめた。品質や状態は二の次という、自分のファッションにはありえない買い物をして、なんだか服に酔ったようにふらふらした。

試着室で着替えさせたのは、カナリアイエローの地にゴールドの千手観音イラストをプリントした七分袖《しちぶそで》のTシャツに、黒のストレッチ・ツイル地のクロップドパンツ。千手観音は、俺的にはすげーイヤだったけど、佐古田があまりに食いつくので妥協。まあ、ジャージピンクよりはいいんだけどさ、足元がなあ。どうしても、脛《すね》まである白の靴下とよごれたデッキシューズが許せなくて、黒のバレエシューズを買って素足ではけと言うと、かなり抵抗された。

そんなに薄い生地でもない長袖ロングパンツのジャージを着こんだ佐古田は汗をかいていたようで、季節相応の服装にして「寒い」と言いやがった。サロンに着いた時には、俺のＨＰは底をつきかけていた。

佐古田の洗ってはいるらしいが、整えようという意志の見えない怪しい髪に挑むのは、十代に見えるアシスタントの女の子だった。カズキくんは、他のお客さんのカラーをやっていて、俺たちに明るく声をかけてくれた。

俺は入口のソファーでＨＰの回復に励みつつ、アシスタントのエリカちゃんと佐古田がかわす漫才のような会話に耳をすませていた。「どんな感じがいいですか？」とエリカちゃんに聞かれて、佐古田は「千手観音っぽい髪」と答えたんだ。俺は髪の毛が蛇でできてるメデューサをとっさにイメージして身震いしたよ。けど、エリカちゃんはすごくて、「そのTいいですねっ。それが似合う感じにしましょう」と神対応だよ。俺、心の中で拝んだよ、千手観音、じゃなくて、エリカちゃんを。

　髪型、校則、学校のあれこれ。現役女子高生と数年前女子高生二人の会話を聞いていて、佐古田はいちいちヘンなんだけど、やっぱり、それなりのガールズトークで、俺は落ちつかなくなったね。バリバリNGワールドだぜ。

　くせ毛を生かしたルーズなマッシュ・ショート。前髪は軽くおろして、外はねシルエット。ゆるマッシュはわりと流行《はや》ってて――エリカちゃんの解説は、佐古田には外国語のように聞こえるみたいで、ぽかんとしてる。乾かしてムースをもみこむだけでいいという説明も、たぶんわかってないな。ムースも買ってやらないといけないな。使い方も教えて。

　エリカちゃん、いいスタイリストになりそう。佐古田の特徴のあるデカいつり目に、すげー似合うキュートな髪型だな。

「かわいいじゃん」

　俺は感想を述べた。

　佐古田は、デカい目をいっぱいに見開いて、落ちつかなげにもぞもぞしてる。バイ

ト代として千円をもらって、

「こ、こいつは受け取れねえ。だって、こんなに良くしてもらっちまって」

と、おまえ、いつの時代の誰だよ、という断り方をする。あくまで突っ返そうとするのをなだめて、サロンをあとにした。

もう夜だ。八時半。めっちゃ腹減ってる。

「飯食おうぜ。おごるから」

俺は言った。

「いいよ」

佐古田は首をぶんぶんと横にふった。

「だって、服とかいっぱい買ってもらったじゃん。来月分の小遣いもらったら返すから。マジで」

こいつ、まともなところは、案外まともなんだよな。

「んー、いや、返さなくていいから。安かったし」

なるべく軽い感じになるように言う。

「新しい靴を買えよ。おしゃれなスニーカーとかな」

「そんなに」

佐古田は立ち止まって、俺の目をのぞきこむようにして言った。

「見た目って大事？」

俺が答えを考えていると、

「私ら、リスナーなのに」

と佐古田は独り言のように付け加えた。

「ラジオは音だけの世界だけど。パーソナリティもサイトに写真アップとかなけりゃ、どんなカッコしてるかわからないしな」

俺は言った。爆笑問題は当日の服装について、たまに言及するが、写真は出さない。アルピーの二人の写真は、毎週アップされる。ナインティナインやおぎやはぎもそうだ。伊集院光は裸で放送してるという話もあるが、もちろんそれをサイトでは見れない。

「でも、だらしないカッコしてると、声もだらしなくなるような気がする。ていうか、別にかっこつけろっていうんじゃなくて、自己主張してほしいっていうか。放棄してる感じって、俺、気持ち悪いんだよ」

なんか力説してるし。

「悪いな。俺の価値観、すげー押しつけてるよな。今日は、ほんと、俺の勝手でひっぱりまわしちまったな」

「落ちつかねー」

佐古田はうめいた。

「オレ、ちょっとかわいくなっちまって、どんな顔したらいいか、わかんね」

俺は笑った。

「いいぞ。変顔で」

「いいよな？」

佐古田は、ものすごい必殺変顔を作り、俺は不覚にもウケてしまった。

それから、マックに入って腹を満たし、渋谷、品川経由で金沢八景につくまで、俺たちは、ずっとラジオの話をしていた。今夜のアルピーのオールナイトに、虹色ギャランドゥが、どのコーナーにいくつ投稿したかも聞いたよ。

「トミヤマは、ネタ送らないの？」

と佐古田に聞かれた時、極秘にするという決意が一瞬揺らいだ。なんだか、嘘をつきたくなかった。

俺も送ってるしな、ネタ、虹色ギャランドゥの半数以下だけど。

「内緒」

と答えると、

「くっせ」

と鼻にしわを寄せて言われた。

「おまえ、絶対、職人だろ」

佐古田は断言した。

「におうのか？」

俺が聞くと、

「チョーくっせ」

と佐古田は歯をむいて笑った。

服と髪型をキュートにしても、こいつは、やっぱり野生の小動物に見えるな。すばしこくて、かたい木の実がかじれて、鼻がききそうだ。

4

今週金曜深夜のアルピーのラジオでは、トーキング・マンは採用メール一、虹色ギャランドゥは四。四のうち二は、リアルタイムでのリアクション・メールだったので、佐古田のヤツ、聴いてるな、送ってるなと思った。

人気作家の朝井リョウがこの番組をほめていたという平子の話から、例によって、愛と悪ノリのディスりメールが殺到したようで、まあ、わりと早めに打ち止めしてたけど、虹色ギャランドゥも、その流れで一発きついのを送っていた。ジャンプには執念を燃やしていたけど、本も読むのかね、あのサイコ娘は。そういや、本屋の前で会ったんだっけね。

昼間にヘンな会い方をした女の子のネタをラジオで聴くって、ミョーな気分だなあ。今時、ハガキ職人って、オフ会とかイベントとかで普通に交流あるみたいだけど、お互いの顔やキャラを知っちまって、気持ち悪くないのかな。ラジオでネタ聴く時、余計な成分が混ざるだろ。俺はイヤだね。

そういや、佐古田愛は、人見知りゼロな感じで、いきなり年上の男を名字呼び捨てするヤツだけど、ラインIDやメアドを教えろって言わねえな。深夜のコンビニに押しかけるより、IDとか聞くほうが普通じゃね？　俺は絶対教えないけど、鹿沢がてろっとバラしちまいそう。

鹿沢が休みの土日は、またアニさんとのハードなお掃除ナイトで、佐古田は現れず、俺はほっとしたような、もやっとしたような。

なんか、無理やりヘアサロンや古着屋連れて行って、外見改造とかやって、友だちでもないのに。少し……だいぶ、後悔した。悪いことしたなって。リスだかモモンガだかに毛糸の服を着せてカワイーとか言う馬鹿女みたいじゃん。犬の散歩服見ても、そこそこ嫌悪感《けんおかん》あるのに。百パー俺の自己満足でしょ。嫌がらせレベルのおせっかい。何やってんだ。ほんと、何やってんだ。

月曜は俺がバイト休みで、火曜日に会うと、けっこう久しぶりの感じの鹿沢が、俺の顔を見るなり、

「スタイリスト、トミー」

と言って、親指を立てて見せた。

「グッジョブ!」

死ねと言いかけて、弁解をしかけて、あやうくどっちも飲みこんだ。

トミー?

「サコッティ、めっちゃかわいくなってんじゃん。すンげービックリしたよ」

鹿沢はニコニコしてそう言った。

サコッティ?

なんだっけ?　アリエッティ?　ジブリ?　いや、スコッティ?　ティッシュ?

ツッコんだら負けだ。

「昨日、来たんですか？　佐古田」

なんで、俺が休みの日にという、もやっとした疑問がわいてきたことに自分でビビッた。ああ、月曜の休みは知らなかったかな。俺、佐古田って呼び捨てにしちまったけど、鹿沢、なんか誤解しねえかな？　すでにしてるかな？

仕事に入ると、いきなり忙しかったので、鹿沢と雑談する暇はなく、三十分ほど過ぎた頃に、佐古田がチャッとやってきた。おいおい、日付変わってから来るんじゃねえよ、十代の女子が。いくら佐古田でも。ていうか、改造の成果で、ちゃんと十代女子に見えてるし。

木にぶら下がったナマケモノがぷっと屁《へ》をこいている、コミカルな線画のピーチカラーのTシャツに、一見スカートに見える膝上丈《ひざうえ》の白黒チェックのフレアキュロットパンツ。白無地のスクールソックスにいつものデッキシューズ、足元最悪で、ぶちこわしだな。髪もさ、もうちょっとうまくスタイリングすればいいのに、もさっとさせちゃって。まあ、いいカットだから形は保ってるけど。

俺がすばやくファッション・チェックをする間に、先に鹿沢が声をかけて、遅い時間に来たことを注意した。

「へーき、へーき。チャリで飛んでくるからね。もう空飛んでるから。E.T.だから」

佐古田は声量たっぷりのアニメ声で答えて、入口付近のコーヒーマシンの前で、手を上と横に伸ばしてバレリーナ的な回転をする。フレアパンツがひらっと揺れる。

鹿沢は声をたてて笑った。すげーうれしそう。すげー気に入ってるね、佐古田のこと。そういや、前に鹿沢の彼女の写真をスマホで見せられたことあって、めちゃくちゃかわいかったけど、レイヤーでビックリした。コスプレイヤー。アニメや漫画や映画や有名人の姿を真似《まね》て仮装する趣味を本格的にやってるヤツ。俺の知らないアニメキャラの女の子の扮装《ふんそう》してたけど、目つきとか、雰囲気とか、電波ぽかったな。鹿沢、ヘンな女、趣味なのかよ。

「おォい」

佐古田は、レジの客がはけると、俺の前にやってきて話しかけた。

「この服、オレ、仮装してる気がするぜ」

「普通だろ?」

と俺は言い返した。仮装っていうのは、鹿沢の彼女みたいなのを言うんだ。

「ムース使ってる?」

と聞くと、「うんにゃ」と首を横にふる。

「あれ、くさいんだもン」

無香料のムースって、あったっけ？　まったく動物っぽいコだよ。そういや、昔家で飼っていた猫を風呂場《ふろば》でシャンプーしたら、香りを嫌がって、乾いても、ずっと毛をなめてたな。で、なめるたびにピッて激しく首振って顔しかめて。かわいそうだけど、おかしくて笑ったな。

またレジに客が来たので、佐古田は店内をさまよいはじめ、結局、おにぎりを品出し中の鹿沢のところで話しこんでいる。二人できゃらきゃら笑ってる。

えーと。俺は別に佐古田と話をしたいわけじゃない。鹿沢が勤務中に女子と交流するのは、いつものことで、適当にうまくやるから、俺に迷惑がかかったことはない。

じゃあ、この微妙な不快感はなんだ？

ジェラシーはありえない、俺の場合。ていうか、相手が佐古田だし。とすると？

ああ！　ラジオかな。

虹色ギャランドゥ、イコール、佐古田愛じゃないんだよな。職人であることは、佐古田の人生の一部だ。名門女子高生という（どうしても信じられない）表の顔がある。他に好きなものも色々あるだろう。俺はそんなこと何も知らないし、知りたくもない。

でも、なんか、佐古田にとって、ラジオとかリスナーとかのランキングが低いとしたら、がっかりする。

それは、俺のラジオ愛だ。

佐古田は、また、レジの空きを見て、ぱたぱた走ってきて、

「四コ、読まれた！」

と報告する。

「知ってる」

俺は佐古田の顔を見ないで答える。言いたくなる。俺は一つ。でも、言えない。

佐古田が黙っているので、思わず顔をあげてしまう。また、荷物置きにとりついて、俺を見ている。目玉がピカピカしてる。なんかのエネルギー、好奇心、期待、なんかの喜びみたいなのが、あれこれ光ってる感じ。

ガキみたいって思うのは、主に、この目のせいなんだ。世界に対する興味や期待に満ちあふれていた頃。今日一日、どんな面白いことがあるのかわくわくしながら目覚めた朝。蟻《あり》の行列を踏みつぶして全滅させ、蟬《せみ》の抜け殻をコレクションし、横断歩道は白線しか踏まず、歩道の石ころを片っ端から蹴飛《けと》ばし、鳥が飛んでいく夕空を見上げて、どんどん形を変える雲を何かに見立てていた。

「おまえ、他の番組にはネタ送らねえの？」

俺は尋ねた。

「違うラジオネーム使ったりしてる？」

虹色ギャランドゥは、アルピーのオールナイトでしか聞かないラジオネームなんだ。

「送らない」

佐古田はシンプルに答えた。

「アルピーしか聴かねえの？」

俺はまた尋ねた。

「聴くよ。ほかの番組も」

佐古田は答えた。

「メール送ったりするの最近だし。自分がネタを作れるとか、読まれるとか思ってなかったし」

なんとなく、それはわかる気がした。アルピーの職人レベルは高いんだけど、それでも、入りやすい感じがあるんだ。初めてでも、練り上げた傑作じゃなくても、くだらなくても、むしろ、くだらないほうが……くらいの。

「中学からラジオ聴いてて、すげーオレ的ヒーローな職人がいて、そいつ、すげー色んな番組で読まれてたんだ。なんつの？　ワザありな？　オールマイティな？　頭いい感じ？　職人のイメージって、そいつだから。でも、私は、そういうふうじゃないから。ビビッときた時にビビッと攻めるよ」

佐古田は早口で、てきぱきと話した。

ああ、なんだ、ラジオ愛、じゃん。佐古田愛。ラジオ愛。

「トーキング・マン」

俺は言った。

「ほわ？」

佐古田は、一瞬ぽかんとした。

「俺のラジオネーム」

言ったとたんに赤面しそうになったし、奈落に転げ落ちたような気がした。

「あ、そか」

佐古田の目が、パッと点灯した。

「あ、そかそか。そうなのか！　『一週間』！　酒井ちゃんが銭湯で逮捕されるヤツだな。あれ、笑った！」

佐古田は、俺のネタの内容と採用されたコーナー名を、速攻ですらすらと言った。

正式には「アルコ&ピースの一週間」だ。

腹のあたりがヘンな感じする。ぎゅうって押し込まれるみたいな。こんな当たり前みたいに、壁にボールぶつけたみたいに、即座にきっちり返ってくると、照れる暇もなくて、反応できねえ。

こいつ、ネタと職人名、そんなにすぐに言えんの？　覚えてんの？　それとも、印象強かった？　やべえ。顔が発火しそうだ。

俺がダメージ受けて固まりながら、顔面の温度上昇を抑えようとやっきになっていると、第二の攻撃が来た。

「トーキング・マンって、テリー・ビッスンか？」

「……よく、知ってんな」

あの虹色ギャランドゥが？

「SFとか読むのか？」

「読むよ。図書館と中古本の安いヤツ。翻訳の新刊を我慢できないとやばいな。『空襲警報』買って飢えたぜ」

「ああ、コニー・ウィリスなあ。シリアス系の短編もいいよなァ」

俺はため息が出た。

「てか、おまえ、全部、金ない話になるな」

猛省《もうせい》、だな。俺、猛省して、人知れず土下座しろ。佐古田愛は、本当に自分が必要なところで金を使ってるんだ。

「悪かったな。服のこととか、余計なことして」

とりあえず謝った。

「SFとジャンプ読めよ。ジャージピンクでいいよ。悪かったよ」

「やっ」

佐古田は、ハネた声を出すと、一瞬ためらったように目玉をぐりっとさせた。

「髪さあ、ガッコでほめられた。イケてる女が、かわいいじゃんって言ったぜ。イケてない女に、何があったのか小一時間問いつめられたぜ」

話し出すと、がんがんいく。

「ちょっとした知り合いの兄ちゃんに美容室に連行されて、みたいな話したけど、信じねえんだよ。家でも、オレの話、信じてくれねえの、誰も」

そりゃ、そうだな。俺の行動、常軌を逸してるし。

「虚言癖とか言われてるし、オレ。歩くモーソーとか。ないことないこと言うから」

佐古田は言った。

そうなのか。やたら正直な印象があるけど。

アニさんがいたら絶対落雷なほど佐古田と話しこんでしまった。店に客が入ってきて、イラッシャイマセと声をかけようとした俺は、イラッくらいで言葉を飲みこんでフリーズした。

ド黄緑色のストレート超ロングヘア、は、いいとして、あの黒と白の戦闘服みたいなの、ノースリーブに短パン、赤い帯たらして、白いブーツみたいな靴下みたいな、黒い手甲みたいな、何？

コスプレ？　コンビニに？　深夜に？　なんかイベントの帰りとか？　それとも、レイヤーって日常でも、こんなカッコしたりするわけ？　頭の中に疑問が浮かびまくっていたら、佐古田が、俺の視線を追って、

「ぎゃっ、シーツー！」

と叫んだ。

「知ってるのか？」

「『コードギアス』の『C.C.』じゃん！」

じゃん！　と力まれても、俺、知らねえし。佐古田のヤツ、守備範囲広いなと妙に

悔しくなり、そのへん競ってみてどうすると瞬時にアホらしくなり、店内を高速移動中のコスプレ娘に注目する。

なんで、そんな速足？　棚見ねえし。顔怖《こえ》えし。なんか怒ってんな。なんかじゃなくて絶対怒ってんな。すげえ怒ってんな。怒気《どき》ってよか殺気？　コスプレだけでも異様なのに、やべえ。やべえヤツ来ちまった。刃物とか持ってないよな。戦うか、逃げるか？　いや通報だろ、ブザーどこだっけ？　鹿沢は？

掃除を済ませた鹿沢が、スプレーと雑巾《ぞうきん》を手にして、トイレから出て来た。コスプレ娘は鹿沢を見るなり駆け寄っていき、ビシッと音がするほど力を入れて鹿沢の頬《ほほ》をぶったたき、そのあとで胸に抱きついた。鹿沢が取り落としたスプレー缶が、からからと床を転がった。

「誤解だってば」

と鹿沢はつぶやき、彼女の背中に手をまわした。その瞬間、皮膚がざわっとして、胃のへんが気持ち悪くなった。あわてて目をそらす。

人のでもイヤだな。カップルの触れあい。リアルのヤツはイヤだな。てか、勤務中の店内で抱き合うなよ。これ、防犯カメラに映ってるよな。録画されてるんだよな。あ、防犯ブザーの場所、思いだした。レジ下の……。押してやろうか。

店内には、佐古田のほかに、もう一人、中年の男性客がいたが、二人とも、凝固して凝視している。目をむいている佐古田のわきを、彼女の手をひいた鹿沢が通行する。

「富山くん、ごめん、五分だけ」

鹿沢は、俺にむかって拝むように片手を立てて、そう言った。俺は黙っていたし、うなずきもしなかった。わざとじゃないんだよ。そこまで悪く思ってるわけじゃないんだ。

男性客が、ビールとカルビーのポテチを持ってレジに来たので、応対して、フリーズから回復する。

佐古田が、店の入り口にしゃがみこんで、外をのぞき見ている。男性客は邪魔そうに佐古田をよけて出ていく。しばらくして、佐古田は「ひゃっ！」と小さく叫び、俺のほうを振り向いた。

「もう一発、ハタかれたぜ」

「おまえ、帰れよ」

俺は強い口調で言った。

「何時だと思ってるんだよ」

鹿沢が取り落としていったスプレーや雑巾を拾いにいく。用具入れに片づけてから、レジに戻ると、佐古田の姿はなく、帰れと怒鳴るように言ったくせに、急に消えるなよと思う。あいつ、こんな時間に外に出かけて、家の人に怒られないのか。

それから、すぐに鹿沢が入ってきて、俺の前に来て、深々と頭を下げた。

「すいません。色々と」

謝られてもな。

「別に」

俺は言った。

恋愛とか交際とか、そこで動く感情って、なんだか理不尽なものだな。百パーセントどっちかが悪いって、あるのかな？　まあ、あるよな、そういうケースも。

「あの人のこと、好きなんですか？」

俺は鹿沢に尋ねた。唐突だな、質問。

人を好きって気持ち、俺には、よくわかんなくて。目の前で抱き合うシーンの衝撃の余波で聞きたくなっちまった。

「うん。好き」

鹿沢はシンプルに答えた。スッと言えるほうが、思い入れたっぷりな感じより信用できる。

「でも、フラれた」

もっとスッと言われて、俺はたじろいだ。鹿沢はいつもみたいにニヤッとするのかなと思ったら笑わない。

そう言えば、人の恋話《こいばな》って聞いたことないな。彼女できるような友だち、持ってなかったし。大学入ったばっかの頃は、そういう話もしたっけ。主に、サークルで、誰が誰を好きとか、先輩カップルの関係とか。でも、結局、自分が一番、修羅場をやって、ノーコメで通した。

「そうですか」

と俺は言った。言ってから、少しひやっとする。自分の無感情な感じの口調で、たまに相手がすげえムカつくのがわかるんだ。なんて言ったらいいのか、わからないだけなんだけど。

鹿沢は、そういうのは気にならないみたいで、

「俺、手間のかかる女が好きなのよ」

ため息をつくように言う。

「めんどくさい感じのコ。かまってちゃんとか、ふしぎちゃんとか」

電波ちゃんとかサイコちゃんとか、俺は頭の中でつけたしてみた。

「でもさあ、ちゃんとしてあげられたことないんだよ。幸せにしてあげられないんだな」

鹿沢は自嘲《じちょう》気味につぶやいた。

「そのループだなァ」

すごいモテそうなのにな。かわいくて、ラクで、いい感じの彼女とか、簡単にできそうなのに。

「そーゆー女って、結局は、自分が好きなだけの自己中なんじゃ……」

俺は言いかけて口をつぐんだ。

「いや、すみません、いいです」

俺に恋愛を語る資格なんかねえし。

「ナルシストよ、人間みんな」

鹿沢は軽い口調で断言する。

「俺はね、お互いのクセを知ってさ、理解しようとして、面白がって、刺激して、フォローして、一緒にいて楽しければいいって思うんだけど」

首をひねる。

「生き物なんだから、思い通りになんかならないだろ、男も女も。でも、どんどん要求が増えちゃう。優しくしてあげたいけど、全部言うことをきけないよね」

優しいのか冷たいのか、わからないな、この男。

「二発、ぶったたかれたとか？」

俺は薄笑いして聞いた。だって、どんな幕切れも俺のよりはマシと思う。みっともなくても、みじめでも。

「そうね。別れ話っぽくなってから、五発くらい、くらってるかな」

「え？」

思わず、マジな声を出してしまった。

「やばいだろ、それ。そのＤＶ女」

「パーで叩《たた》くくらい、どうってことないよ」

「え？　それって、グーで腎臓にくらったとか、チョキで目ェつぶされたとか」

「富山くん、見かけによらず、過激な人生なんだね」

「ネタですよ」

俺が言うと、鹿沢は急にククッと笑った。

「金曜日のラジオで、君のそういうネタが聴けるの？」

ヘンな方向に話をふられて、

「俺より、佐古田のほうが」

と答えた。

「へーえ。一度聴いてみようかな」

鹿沢がそう言うと、俺はなんだかとても落ちつかない気持ちになった。

「金曜は、鹿沢さん、ここでしょ？」

「ああ、そうだね。一時からだっけ？　休憩時間に聴けるかもね」

このイヤな感じは、なんだ？　そうだ。もう一つの世界。ラジオ。俺の聖域。現実の日常から切り離しておきたいサンクチュアリ。虹色ギャランドゥが現れてから、二つの別世界が目に見えない領域でじわじわと重なっていくみたいで恐ろしい。

これはダメだ。絶対にダメだ。

一時に届いた雑誌を検品して、付録付きのものにゴムをかけながら、俺は佐古田にラジオネームを教えてしまったことを、心の底から後悔していた。真《まこと》の名前を知られてはいけないのだ。おまけに、俺には過去に封印したもう一つの真の名がある。こっちは、永川が知っている。

まあ、永川と、佐古田&鹿沢の接点はないし、そこまで深刻に考えなくてもいいか。

第三章　二つの名前

バイト明けでアパートに戻り、眠る前に、俺は、『シーツー』をパソコンで検索してみた。不老不死で特殊能力を持つ緑の髪の少女のことは、すぐにわかった。今度は、ＹＡＨＯＯ！の検索窓に、「だいちゃ」と入力して、四十秒くらいためらってから、ボタンを押した。複数のツイッター・アカウントやニコニコ動画関係の記事やリンクが出てくる。検索でトップに出てきた、ツイッターのアカウント、「だいちゃ（@daich）」をクリックしてみる。

　プロフィール画像は、写真ではなくイラストで、鹿沢に似てないこともないかわいい三頭身キャラ。フォロワーが八五二一人！　一般人基準からすると、すげー多いけど、芸能人基準からするとどうなんだろうな。

　ツイートを少し遡《さかのぼ》って読んでみる。短い文章が多い。おはよう、おやすみの挨拶《あいさつ》、食ったものや買ったものを写真で紹介、ライブやネット放送のお知らせ。自分がツイするより、他の人のを紹介するリツイートのほうが多い。インスタグラムと連携させてるんだな。インスタは、写真に特化したSNSってことくらいしか知らない。俺はSNSトラウマ持ちのアレルギー体質なので、この方面、ぜんぜん詳しくない。

自分の写真も載せてるから、鹿沢だってわかるけど、でも、知った顔なのに、知らないヤツに見える。「おはよう」とツイートされてても、鹿沢の声で響いてこない。中目黒でロシアのビールを飲んでても、外苑前でウニのパスタを食っていても、富ヶ谷でブリキのダストボックスを買っていても、浅草寺にお参りしていても、「だ」と大きな黒い一文字の白いTシャツで新宿のステージで歌っていても、知らねえな、こいつ。

コンビニの話とかしてないし。当たり前か。そのへんの裏表、オンオフの切り替え、よくわかんねえな。日常をさらけだしたほうが親近感を持ってもらえるのか、それとも一般人のにおいは絶対にさせないほうがいいのか。コンビニのにおいはしないほうがいいだろうな。コンビニのにおいって、比喩《ひゆ》じゃなくてあるよ、バイトから帰ると服にしみこんでる。ホットスナックやおでんがメインな感じの雑多な独特のにおい。

「ふられた」とか「失恋した」とか、ツイートしないのかな。しないよな。この八五二一人のフォロワーのうちの何人が、だいちゃにレイヤーの彼女がいたこと、知ってるのかな。意外と、そういう噂《うわさ》って出てきそう。共有されちまうんだよ、ちょっとでも有名だと。俺や佐古田が噂の発信源にもなれちゃうわけで。怖いな。

検索画面に戻って、ニコニコ動画の「歌ってみた」のページに飛ぶ。知ってる曲ないし、適当に選んだけど、またためらう。ずっと、知ってはいけないことのような気がしてたんだ。パソコンの中でセミプロっぽく歌ってる鹿沢を見てしまったら、まともに口がきけなくなりそうな……。

じゃ、なんで、今、見ようとしてるんだ？　ヘンな彼女を見ちまったから。抱き合うとこまで見せられた。それで、封印が解けたみたいな感じ。

再生ボタンを押すと、まず、あれ？　となった。動画って、鹿沢が歌ってる映像だと思ってたけど、違うんだな、アニメみたいなヤツ。正確に言うと動画じゃなくて、静止画をどんどん入れ替えてるみたい。かわいい女の子のメルヘンワールド。この絵も鹿沢が描くのかよと思っていると、もう歌が始まってる。こんな声だっけ？　まあ、しゃべる声と歌う声は違うよな。

日常の鹿沢の声は、やや高く、よく通り、滑舌がいい。歌声は、もっと低い。やわらかい。この曲はアップテンポで、リズミカルに歌っているけど、バラードもイケそうな。

ロリ系コミカルな少女たちが、果物をぽんぽん投げまくっている絵の上に、視聴者が書き込んだコメントが流れていく。カラフルな大小の文字で「声いいぃぃぃぃ」「さわやかイケボ」「いけぼ♪」「かわいい」「ビミョー」「ここ、好きー」「キターッ、パイナップル！」「だいちゃ、あいしてるーーーーー」「みっくすいい」「てんさい」「歌うまい」「８８８８８８８８８８８」「パチパチパチパチパチパチ」

みっくすって、ＭＩＸ？　揺らしたり、ハモッたり、色々いじってるみたい。これだけ加工してあると、もともとの歌がうまいかどうかわかんないな。ああ、この８の連打は拍手なのか。

ボーカロイドの曲で、タイトルは「フルーツ合戦」。アップテンポで歌詞の言葉数が多くてラップ的早口。演奏は打ち込みっぽい。キーボードが目立つ。これは弾いてたりするのかな。ほかにも、ボカロを二曲、アニソンを一曲聴いて、もういいやと思った。

疲れた。削られた。

思ったほどひどくなかったけど、思った以上に気持ち悪かった。俺、カラオケに連れていかれても、人の歌聴いてると、けっこう気持ち悪くなる。うまい、へた関係なく。歌唱ってさ、なんか、そいつの中味、出るよな。

だいちゃの歌は、動画サイトってメディアの問題もあるだろうけど、なんか、鹿沢の中味がなんも見えなくて、別の意味で、すげー気持ち悪かったんだ。

七月になって、やっと、新人が夜勤シフトに入ってきた。荒井さん。ここでは新人だけど、コンビニ経験豊富な二十六歳フリーターさんで、無口な落ちついた口ヒゲ男だ。コミュニケーションを取らない前提だと、問題のなさそうな人だ。

とりあえず、ほっとした。アニさんの負担を減らすために、俺と鹿沢が交替で一日休みを減らして週六ペースにしていたんだ。アニさんは年寄り扱いするな、大丈夫だとむしろふてくされた顔をしていたが、店長にはえらい感謝された。

隔週でも週六の夜勤はきつかった。これが、いつでもやめられるバイトじゃなくて、正規雇用の仕事だったらとついつい考えてしまった。

今は休学中でも、一応本分は学生だ。気持ち次第で大学に戻れる。卒業して、もっと労働条件のいい仕事を探すこともできる。もちろん可能性としての話だけど。今の俺には、卒業、就職なんて想像もつかない。

でも、こういうバイトは、いつクビになるかわからず、ボーナスも有給もなく、慣れれば効率よく動けるだろうけど、所詮《しょせん》は便利屋で技術が身につくわけじゃない。学生じゃない鹿沢が、そのへんをどう考えてるのかわからないけど。

荒井さんの採用のことで、店長と改めてシフトの話をした時、富山くんは金曜日はどうしても無理なのかと聞かれた。鹿沢が月から木の勤務時間を増やしてもいいから、金曜深夜をはずれたいらしく、でも、俺に無理をさせないでくれとも言ったらしい。俺はその場では断ったものの、だんだん落ちつかない気分になった。

「金曜のことですけど」

俺は、休憩に入る前、店内に客がいないのを見計らって、鹿沢に話しかけた。

「大事な仕事の時は休んでください。俺、入りますから」

あまりしょっちゅうじゃイヤだけど、鹿沢が仕事よりバイトを優先して、俺が趣味のラジオを聴いているというのも、どうかと思った。それが、いくら俺の生き甲斐《がい》でも。

「そんな優しいこと言ってると、君の人生は簡単に侵略されてしまうよ」

鹿沢は言った。

なんだよ。人がせっかく思いきって親切に申し出たのに、感謝もしないで。

「そっちこそ、俺なんかに気ィ使わないで、上昇志向でガンガン攻めたらいいじゃないですか」

俺は言い返した。

「富山くん、俺が何やってるのか知らないでしょ?　歌聴いたことないでしょ?」

鹿沢に聞かれて、

「三曲、聴きましたけど」

俺は勢いで答えちまって、シマッタと思った。

「へーえ」

鹿沢は目を丸くして驚いた。

「いつのまに」

「はい」

「どうだった?」

「はい」

適当な言葉とか出てこない。

「だいちゃと鹿沢さんが結びつかなくて、よくわからなかったです」

やっと言うと、

「でもさ、フツーの人は、鹿沢さんを知らないじゃん?」

鹿沢はツッコんだ。

「知らない前提で想像しろと」

俺が言い返すと、

「いや、そうじゃなくて」

鹿沢は言いかけたが、俺はかぶせるように、

「だいちゃより、鹿沢さんのほうが面白いです」

と、けっこうアウトな感想を口にしてしまった。

鹿沢は真顔になって俺を見つめた。あれ？ 彼女にフラれたって言った時より、マジな顔してねえか。やべえか？

「きっつい感想」

鹿沢は目を細めた。

「すみません」

あわてて謝ると、

「俺、富山くんのネタにぶつかるまで、金曜日のラジオ聴いてみるよ」

とヘンなことを言いだした。

「は？」

「ずりぃじゃん。俺ばっか言われてさ。俺も君を批評したくなった」

「はい？」

「なんての？　本名じゃないんでしょ？」

「ラジオネームは……」

俺はテンパリながら言った。

「永遠の秘密です」

「隠されると、暴《あば》きたくなるね」

鹿沢はイヤなことをすらっと言った。

俺のラジオネームを鹿沢に言わないようにすぐに口止めしたかったけど、佐古田が店に来るまで待つしかなかった。その間に、ラインか何かで聞かれたらしく、佐古田はあっさり鹿沢にバラしちまって。

くそぅ。弱いな、俺。SNS的コミュニケーションを制限して自分を守ってるつもりが、逆に情報がなくて弱点になってる。制限じゃなくて全拒否ならむしろいいんだけど、最近ガード崩してるから、なんかボロボロ漏れてくみたいで。

あーあ。

別に聞かれたっていいけど、俺のクソネタくらい。ラジオネームだって、ひた隠すほどのもんじゃない。特に、鹿沢みたいに基本深夜ラジオ聴かないヤツに知られたって、どうってことない。

……はずなんだけど、なんか気になる。

鹿沢が聴くかもしれないってだけで、メールの採用数が気になっちまう。虹色ギャランドゥばっかり読まれるのはヤだなって。やっぱり競争心あるんだな、俺。

バイトの休み時間に聴いたり、録音したりはないと思ったけど、ニコニコ動画に棲《せい》息《そく》するヤツだから、そこらで放送終了分を聴けることには気づくかもしれない。違法なんだけどな、アップするヤツも聴くヤツも。

七月も三週目が終わり、鹿沢はずっとノーコメで、俺は安心しつつ、ちょっと気が抜けつつ。結局、深夜ラジオなんて、鹿沢みたいなのは聴かないんだなって思った。リア充っぽい、あーゆータイプは。そこでがっかり感が強いってのは、聴いてほしいわけか。なんでだ？　俺。

一年で一番夜が短い夏至《げし》を過ぎ、空が明るかろうが暗かろうが労働時間は同じで、帰宅する道には、ぎんぎんのまっ白い日差し、呼吸で水分補給できそうな湿気、ああ、今日もクソあちい一日が始まるんだなと思いながら、締めきってもんもんしている部屋に入ってエアコンをつける。電気代をケチッて常時二八度キープだ。シャワー浴びてる間に少しだけ部屋が涼しくなってる。朝のシャワー。寝る前のシャワー。色んなものを洗い落とす。一日の終わりで始まり。腹がへってれば軽く食って、なにがしかのラジオ録音を聴き、爽健美茶《そうけんびちゃ》を飲んで、時にはアイスを食べて、カーテンを閉め切った部屋で寝る。俺の夏。二十歳の夏。

「個性モロ出しだったなあ」

と鹿沢は言った。

「トミーとサコッティね、メールが、まんま当人だよね。あ、ネタって言うんだっけ。面白いね。作ってるのに、短いのに、なんで、個性出ちゃうのかな」

俺はどこからツッコんでいいのかわからなくてフリーズした。トミーとサコッティって、芸人のコンビ名なのか、アメリカのコメディ映画のダブル主人公なのか。いや、そこじゃなくて。

「えっと、いつ……」

いつの放送なのか、いつ聴いたのか、たぶん両方の質問をしたかったと思うが、鹿沢は、ちゃんと答えてくれた。七月の三回ぶんのアルピーANNを、YouTube

で聴いたこと。

「ラジオ面白かったよ。君らのネタも」

鹿沢は素直にほめてくれた。

「どうも……」

俺はそう言って、なんか恥ずかしくて目をそむけてしまった。ネガな感情じゃないな。かなりアガるな。やべえな。うれしかったのは、ネタの評価だけじゃない。三回、聴いてくれたんだよな。アルピーのラジオは、ハマるかハマらないかのどっちかで、ダメなヤツは三回聴かない気がする。

「俺、ニコ生やツイキャスでしゃべるんだけど、ま、ね、しゃべりが仕事じゃないから、適当にやってるけど、やっぱりうまいもんだね、プロのトークって」

鹿沢の言葉に、ハッとした。ハマるかどうかの二択じゃなくて、違う視点があるのか。

「芸人さんのラジオは、基本、番組アタマで、フリートークやるんだけど、アドリブ重視な人と、わりと話まとめてくる人といて、うまいへたも、やっぱりあって、プロでも」

俺は自説を展開した。

「アルピーは、フリートーク、練ってきてる気がします。どんどんうまくなってる感じしますし」

「そうなんだ」

と鹿沢はうなずいた。

「練習するの？」

「いや、たぶん練習はしないんじゃないかな。トークに台本はないと思うけど、でも、平子は、けっこうオチつけますね。家族の話とか多いし、仲良しファミリーなんで、ほのぼの系だったりするけど、ラストは落として笑わせてくる。ガチのクレームみたいな話でも、やっぱり、最後は落としてくる」

「なるほど」

「酒井のトークは、わりと型がない感じするけど、何の話なんだってヤツでも、なんか味がある。スーッときてスーッと抜けても、なんか残る。俺、酒井のトーク好きですね」

「富山くんは、しゃべんないの？」

鹿沢に聞かれて、俺はぽかんとした。

「なんで……俺が？」

「しゃべったら面白いんじゃないの？」

「なんで、俺が？」

「今の分析、面白かったよ。日ごろ、言うことも面白いよ」

「いや、それは……」

「今、誰でも、簡単に発信できるんだよね。色々、情報とか、芸とか、自己表現あれこれ」

　鹿沢は言った。

「ま、俺がやってるのも、そんな感じだけど」

「違うでしょう」

　俺は思わず口調を強くした。

「手間暇かけてるでしょう、鹿沢さんは」

「なんでもアリだよ。めっちゃ手間暇かけた素人《しろうと》作品も、めっちゃ手抜きのプロ作品も。カテゴリも、なんでもアリでしょ」

　鹿沢はさくさく語った。

「そうですけど。そこは、もう少しプライドを持たないと。八千人もツイッターのフォロワーいるんだし」

「そう？　別に力むところじゃないでしょ。なんでもいいんだよ。つまり、面白ければ。発信する側と受信する側が楽しければ、ぜんぜんＯＫ」

「はあ」

よくわからないけど、鹿沢のスタンスがなんとなくぼやっと飲みこめた気もした。

「で、どんな話するんですか？　そのツイキャスとかで」

俺はけっこう興味を持って聞いた。

「いつも、あんまり決めてないよ」

鹿沢は答えた。

「そうだ。今度の土曜日、ニコ生でしゃべるから。昼だから、よかったら聴いてよ」

ニヤッと笑った。

「てか、トミーに聴かれると、めっちゃダメ出しくらいそうだな。怖《こえ》えな」

「トミーゆーなっ」

俺は言った。

酒井が、五歳年上の平子に、たまにタメ口になる時みたいに、するっと言ってみた。

もちろん、そんなのは知らない鹿沢は、ちょっと驚いた目をして、面白そうに笑った。

2

八月九日土曜日午後二時、鹿沢に教えられたとおりコミュニティに登録して、パソコンで、ニコニコ生放送を視聴する。コラボ配信だと聞かされていたけど、理解してなくて、始まってから、だいちゃだけでなく、他の人もしゃべってることがわかった。やはり、歌い手の「青蜥蜴《あおとかげ》」。

だいちゃが使っているイラストは、友だちの絵師（と鹿沢は表現してた）が描くらしい。かわいいし、うまいけど、一目で素人とわかる絵だ。

鹿沢がこの前言っていたように、今、表現者が何かを発信する場は多く、自由度も高い。色々なジャンルで、プロとアマの境界が、どんどんなくなってる。才能があり、効果的な発信ができれば、多くの人に伝えられる。既存の組織に加わらなくてもメジャーになれる可能性がある。一方で、友だち、知り合い、狭いジャンルのマニア同士など、「身内」の賞賛で満足して伸び悩んでしまう永遠のマイナーも増えているのかもしれない。

リスナー周辺で言えば、ハガキ職人はアマで、構成作家はプロだ。でも、現役の職人をやりながら、抜擢《ばってき》されて、構成作家見習いになる人もいる。作家が何をやるのか、実はよく知らない。

一日の大半を費やして、数多くの番組に数多くのネタを送りつけていた十代の職人時代でも、採用されてパーソナリティにいい感じで読んでもらい、リスナーに笑ってほしいという以上の野心は俺にはまったくなかった。

職人である前に一リスナーだと思ってる。ネタの採用に一喜一憂して番組が楽しめなくなったら、本末転倒だ。だけど、それは理想。どうしても一喜一憂するのが現実。読まれたい。読まれないとチョーがっかり。読まれる頻度の高い番組を愛してしまう。

十四歳から十九歳までの五年。職人にとって五年なんて、たいした時間じゃない。ガキだったし。でも、それなりに積み上げて築いたものはあって、野心は薄くても、プライドは高く、意地もポリシーも美学も煩悶《はんもん》も抱えていた。そのすべてが瓦解《がかい》して十代職人の俺は土にかえり、二十代職人のトーキング・マンは、はずみでうっかり生まれた。日の目を見ないはずの存在だった。極秘のUSBメモリーみたいな、ちょっと使って、すぐ消すみたいな。

俺自身がトーキング・マンのことをどう扱っていいのかわかってないのに、うっかり佐古田にバラし、鹿沢に伝わってしまった。

今、「ハガキ職人やめてます」って、厳密には嘘《うそ》じゃん。でも、「ハガキ職人やってます」って、事実でも、俺的にはもっと嘘になる。すげーハンパで矛盾したことやってる。

だいちゃが青蜥蜴と、内輪なダラけたトークをしているのを聴いていて、なんだかムカついてきた。だいちゃはほとんど聞き手にまわっていて、青蜥蜴が仲間うちの飲み会の話をえんえんと展開し、そいつらの中では通じるんだろうけど、俺にはわからないエピソードやキーワードで、やたら笑いころげてる。笑いながらしゃべるせいで、よく聞こえねえ。それでも、ファンは満足らしくて、コメントは盛り上がってる。

クソだな。

ていうかさ、俺が場違いなんだろうけど。

萌《も》え心があれば、こいつらのどんな話でも楽しく聴けるよな。熱烈なファン以外は来たらいけない場だな。

でも、そうなのかな？　ちょっと興味を持った人に、もっと売り込む場でもあるんじゃないの？　もっと効果的なアピールしなくていいのか？

なんとなく二人で気まずくなるのもイヤで、でも、面白かったとは死んでも言いたくないし、佐古田がいる時を選んで感想を述べた。

「新規や初心者に優しくないです、と思いました。一人しゃべりだとどうなのか、わかんないけど」

俺が言うと、

「まあ、蜥蜴くんは、ああいうキャラだし」

鹿沢はちょっと苦笑した。

「でも、俺が一人ですげー面白い話、できるわけでもないしね」

「トミヤマが助けたらいい」

佐古田が、ぽんと言った。

「カザーが話すこと考えてあげたら」

「ハッ？」

俺は通常より一オクターブ高い声で聞き返した。

俺と佐古田の不毛なやりとりが続いているうちに、たまたま、こいつが現れなければ、きっと、俺が百回くらい「ハッ？」と言って終わった話だろう。

客として、のっそり入ってきたのは、永川だった。

「富山あ」

永川は俺をみとめるなり声をかけた。

「冷えピタって売ってる？　義さん、なんか熱だしてよ」

義さんとは、俺のアパートの大家で、永川の大叔父の蓑田義夫氏だ。

「あるよ」

俺はレジカウンターから出て、日用品売り場に永川を案内した。

「大丈夫か？　熱高いの？」

いつも、超絶まずい料理を作ってせっせと持ってきてくれる、心優しい蓑田さんが具合が悪いのは心配だった。

「うーん、なんかね、八度五分くらいあるし、俺、泊まってこうかなって」

永川は答えた。

「それがいいよ。夏風邪かな」

俺は言った。

「明日、医者に連れてくわ」

と永川。

「うんうん。それがいいよ」

永川は、色々欠点の多いヤツだが、大叔父には親切なようで、けっこう見直した。

「トモダチ？」

佐古田がちょっと興味を持ったふうに聞いてきて、あ、やべえと思って、でも、無視もできなくて、

「まあ」

とぼそっと答えると、

「高校の時の同級生」

と永川がうれしげに補足し、

「なんだよ、おまえ、女子ダメとか言っといて、かわいい子と遊んでんじゃん」

と非難してきた。

「遊んでねえ。見りゃわかるだろ。バイト中だ。こいつは客だ。買わないけど」

俺はムカついて早口で答えた。

「なんで、客に親しげに、こいつとか言ってんだよ」

永川は、しつこい。特にこの方面にかけては、人並み外れたしつこい好奇心をぶつけてくる。早めに誤解をといておいたほうが身のためだ。

「この人は、アルピーのリスナーで、カンバーバッヂ持ってたからわかって、それで少し」

俺の話を永川はさえぎった。

「カンバーバッヂ？　すげえ！　職人なの？　女の子で職人？　すげえ！　誰さんですか？」

「虹色ギャランドゥ」

佐古田は答えた。

「ええええー？　マジでえ？」

永川の反応のデカさは、まあ、俺と大差なかった。

「サコッティ、有名みたいだね」

鹿沢が笑った。

「あ、こいつね、富山、今は引退しちまったけど、前は結構すっげえ職人で」

永川が話し始めて、俺は自分の致命的なミスに気づいた。ラジオという俺と佐古田の接点を持ち出すのは、アウト。永川と佐古田がかかわったらダメだ。知り合わせたらダメだ。そんなの、わかりきってるだろ！

「黙れよっ」

かすれた声が必死だった。

「引退？」

佐古田はふしぎそうに永川を見つめた。

「もったいないよな。早熟な天才って呼ばれてて……」

永川の言葉を俺はさえぎった。

「黙れって。つまんねえこと言うな。頼むから黙ってくれ」

俺は懇願した。

「トミヤマ」

佐古田は、今度は俺を見つめた。いつものよく光るまっすぐな目で。

「トミヤマのフルネーム何？　下の名前、何？」

「下の名前なんかないっ。上から下までトミヤマだ！」

俺はやぶれかぶれで叫んだ。

「何言ってんだよ。なんだ、名前、知らないの？　あ、ほんとに、そんな付き合いなの？」

永川はふしぎそうに言った。

「こいつ、一志《かずし》っていうの。富山一志」

この無神経の大迷惑者は、おせっかいでもあり、人に情報を与えるのが大好きなのだ。

「トミヤマカズシ」

佐古田は嚙《か》みしめるようにつぶやいた。俺は丸裸にされた気がした。だけど、それ知って、どうする？　なんで知りたい？

佐古田は、なぜか口をつぐんで、見たことがないようなシリアスな顔になってて、俺はもう頭がマッシロというかマックロというか。永川はぽかんとしてる。このチョーたまんねえ空気の中で通常営業なのが、鹿沢だった。

「富山くん」

のんきな調子で呼びかける。

「俺の放送、手伝ってよ。ほんとに」

「何も……できません」

俺が声をしぼりだすと、

「できる！」

急に佐古田がスイッチが入ったように、ソプラノで、きんと叫んだ。

「トミヤマ、トークの台本、きっと書けるよ！」

「書ける、書ける。こいつ、大学でお笑いサークル入ってて、他の部員のネタ作ってたんだよ。ライブでやる漫才やコントのネタ。高校の放送部でも、台本書いてたよな。

有名人だもんな、ラジオでがんがん読まれてる……」

「永川あ！」

俺の悲鳴に反応したのは、またもや鹿沢だった。

「とりあえず、ミーティングしない？」

まとめるように言った。

「俺ンチで。サコッティもナガカワくんも遊びに来ない？」

そのありえない話を俺がＯＫしたのは、永川を一秒でも早くここから追い払いたい一心だった。


八月十五日金曜日、夕方五時。世の中は終戦記念日で、学生は夏休みであるこの日、俺は休みで、鹿沢は夜十時からのシフトだった。

鹿沢の住み処《か》は、六浦四丁目の住宅地にある。金沢八景駅にも六浦駅にも、バイト先のコンビニにも、まあまあ近い、便利なところだ。オートロックで、清潔感のある小さなマンションだ。その気になれば泥棒がひょっこり窓から入ってこられそうな、でも、わざわざ来ねえだろうというハイツみのだとは別世界だ。

佐古田と永川は、まだ来ていなくて、鹿沢と二人きりのプライベート空間が、気楽なのか気づまりなのか、よくわからない。

１ＬＤＫのフローリングの床は薄い色でつやつや光っていて、どこも掃除が行き届いている。六畳くらいの奥の部屋は、音楽的、コンピュータ的なもので埋まっていた。大きなスピーカー、大きなキーボード、マイク、ヘッドホン、パソコン二台、名称のわからないミキサー的なもの複数。それらがデスクや収納ボックスの上にあって、たくさんのケーブルでつながっている。

ＬＤＫの一つの壁は、一面にボックス収納箱を組んで大きな棚のようにしている。漫画や雑誌、ＣＤやＤＶＤがぎっしり並んでいて、下のスペースにはテレビなどのＡＶ機器がある。美少女フィギュアが、ワンボックスに一つという贅沢《ぜいたく》さで六体くらい飾られているのが、鹿沢らしかった。ソファーとしても使っていそうなロータイプのベッドが、収納ボックスと反対側の壁際《ぎわ》に置かれ、その前には円形のローテーブルとカラフルなクッションが三つ。ダイニングセットがなく、キッチンはあまり使われていなそうで、冷蔵庫も小型だった。生活臭のない、趣味と仕事の空間だ。

好きなところに座ってと言われて、俺は赤とオレンジの幾何学模様のクッションを選んだ。ベッド脇《わき》に貼《は》られたポスターの美少女と対面するので、そのピンクの長い髪やエロいほどキレイな足や宇宙的な背景を眺めていたら、知ってる？　と鹿沢に聞かれた。知らないと答えると、ボーカロイドの巡音《めぐりね》ルカだと教えてくれた。俺は青いロング・ツインテールの初音《はつね》ミク以外のボーカロイドを知らなくて、そう言うと、鹿沢はボーカロイドのキャラクターについて、ひとしきり説明してくれた。そもそもボカロというのが、キャラそのものじゃなく、音声合成技術のソフトウェアであることすら、俺はわかっていなかった。

鹿沢は、紙パックのリキッドコーヒーを冷蔵庫から取り出してカエルキャラのコップに注いで渡してくれた。そして、俺の隣りのクッションにあぐらをかいて座った。レモン色のタンクトップにロングチェーンのコインのシルバーペンダント、ヤシの木模様の派手なハーフパンツ。膝《ひざ》出しやがって。自分チだからいいけど、外でも平気で膝出すんだろうな。俺は脚をむき出す野郎は嫌いだよ。

「あの」

佐古田と永川が来て、それぞれのテンションで話をややこしくする前に、当人に確認しようと話しかけた。

「台本とかって本気じゃないですよね?」

「なんかアドバイスしてよ。わりと、どうでもいいことダラダラ話してるし」

鹿沢は、必ずしも冗談ではなさそうな調子で言った。こいつ、いっつも、そう。冗談か本気かわかんねえ。面白く思える時もあるし、気楽に感じることもあるけど、今はなんだかイラッとした。

「無理でしょ！　鹿沢さんのこと、よく知ってるわけでもないのに」

「コンビニのネタくらいしかないし」

とつけくわえると、

「バイトねー」

鹿沢は、何か考えるように言った。

「あんま、しゃべんないね。別にNGじゃないけど。お客さんネタとか、やばいかな」

俺も大きくうなずいた。

「それは、特定される可能性ありますよ。具体的な話はやばいです。日常の話はいいと思うけど、話題は選ばないと。ファンの人たちのイメージってあるでしょう。鹿沢さんも、こう見せたいっていうのがあるでしょう」

「キャラ作り？」

鹿沢は聞いた。

「あんまり無理してもね。続かなくね？」

「キャラを作り込むならガッツリ作って、素で勝負するなら、惜しみなくさらけ出す勢いが。どっちかで方向性を……」

俺は熱心に言いかけて、ハッとして黙った。やべえ。なんか言わされてる……。

「ハンパ？」

鋭く理解されて、俺はあせった。黙っていると、

「そうかもしれない」

鹿沢はうなずいた。

「どっちにも振りきれてないかも」

「いや、その……」

「富山くんは鋭いよな」

「いや、いや、いや、いや」

俺は首を小刻みに横にふりまわした。その時チャイムが鳴って、永川が、ほとんど一分もたたないうちに、佐古田も到着した。

なんて無意味なメンツなんだ――俺は鹿沢のリビングに集った四人、俺以外の三人を眺めてつくづく思う。同年代とくくるには微妙に幅のある十代、二十代。全員とつ

ながりがあるのは俺だけ。でも、俺が集めたわけじゃなくて、むしろ、一番集まりたくなかった。

永川には俺の昔話をしないように、特に昔のラジオネームを間違っても口にするなと厳重注意しておいた。でも、この無神経なお調子者は信用できない。

ムカつくのは、俺以外の三人がラインのＩＤを交換して、いつでも気やすく連絡が取れるようになっていたことだ。この集まりだって、日時は決まっていて、俺は最後に知らされた。最初は行く気なんかなかった。でも、結局、来たのは、俺が監視してないと永川が何をしゃべるかわからないからだ。ラインのコミュニケーションの感じは知らないんだけど、リアルで集まってわいわい雑談してる時のほうが、余計なことをしゃべりそうじゃん。

しかし、簡単だよな。ちょっと知り合っただけで、気やすくどんどんつながっていく関係。リアルからＳＮＳを経由してリアルへ再突入。カンタンにズブズブだ。油断も隙《すき》もない。

あの万年金欠病の佐古田でさえ、スマホ持ちで、ラジオネームでツイッターやってる。佐古田は、まあ、都内の私立行ってる時点で、金欠ったって当人だけの問題で、家が貧乏なわけじゃないんだろうな。

佐古田と永川が並んで座っている眺めは、最悪だった。現在と過去の俺のラジオネーム、絶対に共存しないはずのものが、並んでいて、しかもコミュニケートしているみたいで。あってはならない絵。

「ナガカーの配信に、昨日、乱入したんだ」

佐古田がしゃべってる。話題は、永川がハマってるアメーバピグのこと。ソーシャルゲームの一種で、俺は、強制的に入会させられて、永川にマイピグを勝手に製作された。ピグというのは、ユーザーが自作する二頭身のキャラだ。自分に似せることも、理想に走ることもできる。永川が作った俺のピグは、けっこう俺に似てる。永川自身のピグは、当人の要素がヒトカケラもない悲しいイケメンだ。この二頭身の自己投影ネット人形を動かして、ゲームしたり、会話したりする。出会い系として使うヤカラも多いらしい。俺は触ったことがない。

「アイーンちゃんは、すげえ面白くて」

永川はうれしそうに話す。アイーンちゃんって佐古田のことみたいだけど、アイからアイーンって、どうにかなんねえの、このセンス。なんか、もう、いきなり、この二人親しそうじゃん？

「コラボしたの？」

鹿沢が尋ね、

「客で行って暴れただけ」

と佐古田が答えた。

「今度、コラボしようよ。してくださいよ。アイーンちゃん」

ピグのコラボ配信に必要なマイクを佐古田が持ってなくて、鹿沢が余ってるからあげると言い出して、じゃあ、この四人でコラボしてみようかという話になりかかる。

なんで、そうなる？

鹿沢のトークの台本云々《うんぬん》は、どうした？

俺は話の流れが色々イヤで大爆発したいのだが、状況が読めなすぎて、黙っているしかなかった。SNSから身を引いていると、話が頭のはるか上空をほいほい飛んでいくことになる。

それにしても、一番、基本的なことがわからない。俺たちは、なんで、ここで集まってるんだ？ 鹿沢の気まぐれ？ それだけ？

3

八月十九日、火曜日午後六時五十五分。

アメーバピグにログインする。二頭身の眼鏡キャラが、何もない四角い部屋にぽつんといる。こいつが、カズという名前をつけた俺のピグだ。俺が動かし、しゃべらせ、俺の意志を反映する自分キャラ。このゲーム内ではピグと呼ばれるが、一般的にはアバターと言ったほうがわかりやすいかも。

ピグの部屋の外、パソコンの画面の右下に操作用のアイコンがあり、そのうちの一つのピグともをクリックする。その名の通り、ピグの友だちのことで、互いの部屋に行ったり、メッセージを送ったり色々交流ができる。俺のピグともは、永川と佐古田と鹿沢の三人。永川のピグは詩音、佐古田はアイーン、鹿沢はＤＡＩだ。ピグとものタブで、詩音のキャラの丸いアイコンをクリックすると、永川ピグのいる場所に飛ぶことになり、そこはヤツの庭だった。

庭には、色々な形の椅子《いす》がたくさん並べられ、ステージもあり、野外の小さなイベント場みたいな感じになっている。客席に、二頭身キャラが、五、六人座ってる。ステージ上には、三人いる。イケメンが二人と、ブサイクが一人だ。一昔前の少女漫画に出てくる薄幸の美少年みたいなサラサラ金髪緑目が、詩音。銀色短髪でポップなコーデがＤＡＩ。ハゲで色黒で泥棒ヒゲで殺人犯のような凶悪な目つきで上半身裸で白パン一丁なのがアイーン。

配信は七時スタートで、音を聞くためにどうしたらいいのかを、詩音が、吹きだしの台詞《せりふ》で、繰り返し説明している。まだ、七時前なので音は出ていないようだ。

「カズ、適当に座れよ」

とアイーンから話しかけられた。このキモ親父《おやじ》はリアルなら、職質ものだな。俺と鹿沢が名前も外見もリアルに寄せていて、佐古田と永川は強力なフィクション。まあ、俺と鹿沢のピグは、永川が製作したわけだが。

職人を完全にやめてた半年間、俺は小学校時代よりハードなゲーマーと化していたけど、ソーシャルゲームはほとんどやらなかった。たまにプレイしても、ずっと初期アバター。もちろんコミュニケーションツールとして使ったことはない。

鹿沢の家に集まった終戦記念日、皆で持ち寄ったお菓子や注文したピザを食べ、バイトを控えた鹿沢と未成年の佐古田までビールを飲んで、それなりに盛り上がった。

佐古田と永川が元気にしゃべりまくり、鹿沢は時々口をはさみながら楽しそうに聞いていた。俺はほとんど黙っていた。

話題は、ピグ、配信、ツイキャスのあたりをぐるぐるまわり、ラジオ方面に向かわないのがありがたかった。その場で、鹿沢がアメーバに登録してピグを作り、歌い手のだいちゃじゃなく、プライベートでＤＡＩとして一度フリーにしゃべってみるって話が、今日のこの場につながる。

鹿沢のヤツ、何を素人と遊んでるんだか。結局、あの謎《なぞ》の部屋飲みにしても、鹿沢の気まぐれとしか言いようがないし。なんとなく気が向いたところに、軽いフットワークでひょいと出かけ、たいした意味もなく、楽しければよくて、何かを拾うことがあっても、別にそれが目的じゃないんだろうな。

俺は、とにかく声を出すことだけは断固として拒否った。それなら一時間の配信の台本を書けと言われて、マジ死ねと思いながら、三人のフリートークのテーマとイベントの大喜利のお題を考えた。なんでもいいと思いつつ、いざとなると、意外とむずかしかった。三人の共通点も、聞き手の年齢や数もよくわからない。そもそも、ピグの配信というイベントが想像もつかなくて、永川が一人でやるのを一度しぶしぶ聞きに行った。

永川は時間と金を費やして、課金しないと手に入れられないアイテムでこのアナザーワールドをめっちゃ充実させてて、ピグともの数も多い。詩音が配信やるなら顔出すというピグともが何人もいるらしく、二頭身ピグたちは入れ替わり立ち替わり現れる。すぐ消えるヤツのほうが多いけど、そこそこ聴いていた総数が十人くらいかな。アイドルの音楽を流して、適当なMC。どっから仕込んでくるのかわからないけど、ナントカのナントカちゃんがナニナニをして……みたいな。俺みたいに興味ないヤツには、かすりもしないネタだけど、客もみんなドルオタなのかな、わりと盛り上がってたな。

こんなの参考にならない。四人で何をやるにしても、アイドルネタはない。ただ、ピグというのがどんな動きをして、どういうふうにコミュニケートするのかだけはわかった。

俺が五分で考えたトークのお題は、「究極の金欠時のサバイバル」だ。佐古田にしゃべらせておけば持つだろうよ。実家住みで、重課金者の永川は黙っとけ。鹿沢は知らない。

七時を過ぎて、音声が入り、パソコンのイヤホンから、三人の声がわりとクリアに聞こえてくる。二頭身キャラの見た目と関係なく、佐古田と鹿沢は、俺が知ってる当人らしくしゃべっている。永川は詩音になる時、声が変わる。性格も変わる。マイクを通した声は、なかなかさわやかで愛嬌《あいきょう》があり、挨拶《あいさつ》も客への声かけもうまかった。サラサラ金髪の緑目のイケメン二頭身が、これをやると、「ステキな男性」になっちまうぜ。怖いな、ネット。

しかし、詩音ってキャラをここまで作りこんでおいて、リアル知ってる俺ら（特に俺）をこの世界に呼びこんでいいのか？　アナザーワールドの中で、別人イケメンとして勝手に人気者になってろ。そこで世界を閉じろ。きっちり閉じろ。漏れるぞ。バレるぞ。じわじわと崩れるぞ。

声を出すのは、ステージの三人だけ。客は永川一人の配信の時より多く、ひっきりなしにやってきて、その多くがすぐに姿を消す。その都度、グッピグとかいう挨拶を互いにしていて、マウス操作で相手のピグに触れてポイント・ゲットする。新しいヤツが来ると、俺のピグも触れられる。すげーイヤ。いちいちビクッとしちまう。絵的にはチョクに触られる感じじゃなくて手のイラストが現れ、星みたいなのがキラキラするだけ。でも、この向こうから来る、いきなり来る、挨拶もなしに来る接触の感じは恐怖だ。

俺は――ピグのカズは、ステージから遠いすみっこのガーデンチェアに座っていて、何も操作せずにいたら、くたりと寝落ちしてる。寝てるヤツに触んなよな。

慣れた様子の客は、笑い方一つでも、色んなバリエーションを持っている。そんな動きや、服装の凝り方で、やりこんでるヤツか初心者かはすぐわかる。ガチの初心者には、若葉マークがつく。俺と鹿沢についてる。

ステージ上のピグは、操作する余裕がないのか、詩音とアイーンはくたばってるけど、ＤＡＩはたまにちょろちょろ動いている。

永川がうまいのはＭＣ（挨拶と客いじりと司会進行）だけで、自分の貧乏エピソードを一生懸命に話しても、面白くない。貧乏ってより、欲望エピソードだよな。課金やばい、ピグのあれこれがチョー欲しいって。でも、客が共感してるから、こいつら、みんな課金者なんだな。月にいくらくらい使うんだろ。

最初はおとなしくしていた佐古田だが、スイッチが入ると存分に破壊的トークを炸《さく》裂《れつ》しだした。こいつのしゃべりは独特でインパクトあるし、内容もかなりアウトで面白いんだけど、フリートークとしては、ちょっと聴きづらい。テンションが高すぎるんだ。時々、話を盛るのも、逆効果だ。こういう話は、盛ってもつまらない。盛るなら、あくまでリアルの話として、だまさねえとな。客もウケてるのと引いてるのと半々くらいのリアクションだ――と思う。ピグの動作と文字になった短い言葉は、反応がわかりづらい。

この前の部屋飲みミーティングでもそうだったけど、佐古田と永川というおしゃべりで押しの強いのが二人もいると、鹿沢は聞き手にまわっちまう。ニコ生のコラボでもそうだったな。こいつは、おとなしい性格じゃないけど、前に出ていくタイプでもないんだ。ダメだよ、黙ってたら。

アイーンの話が一瞬とぎれた隙に、俺はキーボードでカズの台詞をタイプした。

「DAIさん、金に困ったことある?」

配信側は、客が書きこんだ発言のログを追いながら話すので、少しタイムラグが生じる。

「あ、DAIに質問がきてる」

詩音が気づいて言った。

「あるよー」

鹿沢――DAIはふわっと答えた。

「一番やばかった話、教えて」

俺はタイピングする。

「あー、そうね」

DAIは迷うように答えた。

「つきあってた子に、金も家具もみんな持ってかれたアレかな」

まさかの発言に、十人くらいいた客は、えー？　うそ？　なんで？　ひえーーとか怒濤《どとう》の書きこみをして、詩音は「マジすか？」と、アイーンは「どんな女だよ？」とストレートに聞いた。

そこから始まったDAIのトークは、良かった。めっちゃひどい女なんだけど、恨んでる感じじゃなくて、でも、笑い話に落としもせず、あったことを淡々と語る。なんだろう、ふんわりした暖かさと物悲しさがあって。聴いてるほうは、こいつ本気で馬鹿だなと思いながら、ちょっと感動する。つまりは、鹿沢らしかった。

鹿沢って、ほんとに女見る目がない。わざわざきつい思いしそうなのを選んで特攻する。だけど、それで致命傷にはなんなくて、刺激を求めるドMかよと思うけど、ちょっと違う気もするし。

しゃべりは、うまいな。永川と佐古田とは、別格だと感じた。慣れてる。よどみなく、力みなく、テンポもよくて聞きやすい。だいちゃは、たぶん、これでいいんだろう。さすがにこのネタは公式では無理だけど、やばくない話を鹿沢らしく、さらっと話してたら、それで、ぜんぜんＯＫじゃん。無理にキャラ作る必要もないし、自然体が、こいつの魅力だな。ただ、たぶん、芸能の世界では、ある程度の押しの強さは必要かもしれないんだよな。鹿沢の良さを引き出してやれるヤツが仕事仲間にいるといいのにな。

大喜利のコーナーになって、お客さんも参加してくださいということで、俺が考えたお題が発表される。詩音のピグがわかりやすく文字でも伝える。

客は、相変わらず入れ替わっているけど、だいたい十人前後はキープしてる。これが、多いのか少ないのか、わからない。

その場で何も出てこないとシラけるから、絶対にネタは一つずつは作っておけと、永川に命じておいたが、ちゃんと伝わってるか？　やってきたか？

フリートークでかなり時間使って、残り二十分くらい。時間配分は特に決めてなくて、流れに任せるつもりだった。大喜利も、無理にウケようとしなくていいとみんなに伝えた。欲張ると、考える無言の時間がどんどん増える。どうせ素人なんだ。発言が途切れず、場の空気が沈まないほうがいい。しょうもないことを言って、誰かが「つまんねーよ」とツッコめば、それで十分だ。

このツッコミ役を俺にやれと言ったのは、佐古田だ。客席にいる俺の役目じゃないって反対したけど、佐古田だけじゃなくて、鹿沢や永川もツッコミならおまえだって言いだして、結局やらされることになった。

　こうした打ち合わせは、スカイプというソフトウェアを使った。インターネット回線を使って無料で、十人まで同時に通話できる。スカイプのソフトをダウンロードすれば、スマホはそのまま使えるし、パソコンはマイクとイヤホンのヘッドセットがあればいい。鹿沢がマイクを俺にもくれたので、俺もパソコンでスカイプが使えた。

　イヤだって思ってるのに、いつのまにか、色々参加するハメに陥ってる。強く言えば断れるはずだけど、文句を言いながらも、そのまま流されてる。隠しごとがバレるのがイヤで見張っていたいのは確かだし、はっきり断ることはエネルギーがいる。でも、もしかして、そこまでイヤじゃないのかもしれない。配信ってものにも、ちょっとだけ興味がある。

　大喜利が始まっている。フリートークと大喜利だけって、企画としてクソすぎだけど、やる気を見せるのがイヤだったんだ。この四人での配信、何回もやったりしないだろ、一度つきあえばいいなら何だっていいと思ったんだけど、いざ、この場にいると芸がねーなと思った。大喜利のお題も、もっとよく考えればよかった。

　最初は答えやすいのがいいと思って、「恋人からもらって一番うれしくない誕生日プレゼントは？」にした。回答一番手、詩音の「カップラーメン一週間分」って普通すぎる。一週間分とつけたぶん、まだいいけど。DAIの「別れたあとでストーカー許可券」って、最初意味わかんなくて、わかった瞬間、皆で怖えーっとなった。「女選べよ」と俺が発言すると、賛同の嵐《あらし》がわきおこった。でも、女にひどい目にあわされるって鹿沢のキャラ、相当面白いな。作りじゃなくてガチらしいのが特にいいな。案外、これは表に出すのもアリかも。女子、ひくよりハマるかも。どうだろう。女心わかんねえし。歌い手のファン年齢って、十代とかだっけ？　十代女子の頭の中なんて、想像もしたくないよ。

まぎれもなく十代女子である佐古田――アイーンは、くだらないネタを連発していた。

「黒曜石で作った巨大ゴキブリのブローチ」

「いっそホンモノで加工しろ」

「リアル101匹わんちゃん」

「保健所も受けつけねえよ」

「ペアルックのゾンビ・コスプレ」

「ハロウィンにラブホ行って受付が気絶……って、どんだけマジのコスプレだよ」

俺はとりあえずツッコんだ。ノリツッコミまでやった。そして、漫才みたいと客に言われた。鹿沢が素でゲラゲラ笑っていた。

このあとも、全部、そんな調子で、佐古田が出してくるアホネタに俺がツッコみ、間があくと、俺も回答してみて、すると佐古田がツッコんでくれた。

二十分が一瞬のように終わっちまった。何だったんだ？　すげー疲れたけど。

八時過ぎに、打ち上げ兼反省会というのを、スカイプでやった。

「トミーの声がないのって」

開口《かいこう》一番、鹿沢が言った。

「残念だったね」

「そうだよ」

永川も言った。

「富山とアイーンちゃんの掛け合い、面白かったから、声で聴きたかったよな」

「ネタで完結してねえんだよ」

俺は佐古田に怒った。

「明らかに、ツッコミ待ちじゃん」

「だって、トミヤマ、ツッコむって言ったじゃんか」

佐古田は言い返した。

「わざとかよ?」

俺が聞くと、

「んーと」

佐古田は迷うように言った。

「よくわかんない」

実は、完結してないというほど、佐古田のネタはつまらなくなかった。永川や鹿沢が出してくる回答よりずっとインパクトがある。逆に、だからこそ、ツッコミの余地がありすぎた。つまんねーよの一言では返せなかった。

「富山参加で、またやろうよ」

永川が言い、鹿沢と佐古田がやろうやろうと言い、

「冗談じゃない」

と俺はキレた。少し面白かったけど、もうたくさんだ。

「鹿沢さん、トークうまかったです。永川や佐古田と一緒にしゃべらせてみると、違うのわかりました。もっと磨いてください。で、俺らと遊ぶのは、ごくごくごくたま

に気晴らしってことで」

「富山くん」

鹿沢はまじめな声でまじめに俺を呼んだ。

「ごくたまでいいから、一緒に遊ぼう」

パソコンから離れて、狭い部屋で、ふうと長く息をついた。物理的には一人でいたのに、やたら大勢でいたような気がする。ピグだけ置いておいて、イヤイヤ最低限の参加をするつもりだったのに、すごい出てっちまったよ。テンションあがったのが、わかる。そのぶん削られた。

だまされた感じ。罠《わな》にかけられたような。気まぐれとノリで、あいつは、俺を構《かま》った。

する。部屋飲みのあたりからだな。鹿沢のターゲットは俺だったような気がする。

メンヘラの女とつきあうように、メンヘラの俺を構うわけ？　ていうか、鹿沢の人間関係の宿命的なもの？　磁石と鉄釘《てつくぎ》のようにひきつけあうとか。

わかんねえな。特別におせっかいでも、面倒見がいいわけでも、救世主タイプでも、兄貴タイプでも、何かしてやることで自分の存在価値を見出《みいだ》すタイプでもなさそうなのに。

何か抱えてる、精神に傷があるようなヤツのことが気になるんだ、あいつ。面白がってるのと手を差し伸べるのと、あんまり違わないのかもしれない。だとしたら、すげーやばいヤツだ。悪気がないぶん、もっと始末が悪いや。女に色々されるの、あたりまえだよ。偽善者のほうがまだマシ。

俺は釣られねえぞ。

「富山くん」

鹿沢の声が頭の中でリフレインしている。わかるんだ。この声が伝えてくる混じりけのない好意が。あいつはけっこう本気だ。ドライなのかウエットなのかわからないマイルドなハートで。

まあ、いいや。俺、女じゃねえし。うっかり鹿沢に惚《ほ》れることないし。ほっとこ。

「トミヤマ！」

今度は佐古田の声がよみがえる。鋼鉄の鎧《よろい》を突き破るような声だな。刺さるんだよな。残るんだ、あいつの声。面白かったな、大喜利の掛け合い。お互い、とっさによく出てきたよな。素人《しろうと》のアドリブにしたら上出来じゃん。

「富山ァ」

永川の声までしやがる。あいつ、楽しそうだったな。まったく、詩音なんて、詐欺《さぎ》ってより犯罪だろ。つまり、ヤツがなりたい男って、センシティブな美形なわけ？　少女漫画の相手役になりたいの？

あーあ、人間って、面倒くせえな。

俺は人間をやりたくないよ。猫にでもなって、冷たいタイルの床の上で丸まって寝てたいよ。ほかのヤツのこととか、あれこれ考えたくない。疲れるから。削られるから。最後は自分に返ってくるし。一番考えたくないのは、俺自身のことだから。

鹿沢とは何事もなかったかのようにバイトをこなし、佐古田がコンビニに現れた時、俺は聞いてみた。

「おまえ、わざわざ、ここにしゃべりに来るけど、俺のラインとか聞かなかったよな。そっちのほうが簡単なのに」

鹿沢や永川とは、さっさとそっちからつながったじゃんとは言わなかった。

「来ちゃえば、ちょっとはしゃべってくれるかなって。ラインだと、絶対返ってこないと思った」

佐古田はためらわずに答えた。

ビンゴだ。

こいつは、無茶苦茶に見えるけど、頭いい。偏差値高い学校に行ってるだけある。

いや、そういうお勉強的頭の良さとは関係ないか。

「俺としゃべって、面白いの？」

と聞くと、

「面白い！」

すごい勢いで返ってきた。

「ま、ラジオの話とかできねえか」

女子高じゃ、十代女子じゃ、そのへんを省略して話しつつ、

「永川も色々聴いてるし、イベントもよく行くし、職人と知り合いだったりするし、オフ会なんかもツテあるみたいだし」

「トーキング・マンじゃないじゃん」

佐古田の言葉に俺は目をみはった。

「え？」

「トミヤマは、トーキング・マンだから」

「トーキング・マンって、別に、そんなに……」

俺は言いかけたが、最後まで言えなかった。ラジオのネタのことで自虐《じぎゃく》的になりた

くない。昔は本気で今は遊びとか、心の中で言い訳したくないし、虹色ギャランドゥに負けてるとか卑屈になるのはイヤだ。

「永川に言った？　俺のラジオネーム」

ずっと聞きたかったけど、なかなか口にできなかった質問をした。

「ナガカー、知らないの？」

佐古田は驚いた顔をした。

そうか。そうだよな。永川がトーキング・マンを知らないほうが不自然だよな。

「秘密なんだったっけ」

佐古田は思いだしたように言った。

急に胸がざわざわしてきた。

「トミヤマがイヤなら言わないよ」

と佐古田は約束してくれて、俺は「ああ」とかつぶやきながら、なんだか罪でも犯しているようなろくでもない気分になった。

4

二〇一四年のお笑いの賞レースは、暑い夏の間に熱く進められていた。賞レースと業界的に言われてるけど、要するに、予選から決勝まで勝ち進み、優勝すると賞金がもらえるお笑いのビッグな大会のことだ。漫才をやるTHE MANZAI（M－1グランプリの後継大会）。コントをやるキングオブコント。ピン芸人の出る（一人で芸をする大会なので、コンビの片方が出ることもある）R－1ぐらんぷり。

芸人の多くは、これらの賞レースに参加する。優勝すれば、五百万、一千万円を手にしてすごい注目を集め、仕事も増える。中には、賞をとってもあまりご利益《りやく》がなかった地味な芸人がいたり、決勝で負けたほうが優勝者より断然売れることもある。

何かが保証されるわけじゃない。でも、まちがいなく、注目される大きなきっかけになるので、若手、中堅（時にはベテランも）芸人は、賞レースを暑苦しいほどガチで狙《ねら》っていく。アルコ&ピースもそうだ。オールナイトニッポンのレギュラーという、夢のようなポジションを手にしながら、アルピーの芸人としての知名度はそれほど高くない。もっともっと活躍して認められて、揺るぎないステイタスを手に入れ、ラジオを続けていきたいと、平子や酒井は時々口にする。

ラジオリスナーの俺としては、アルピーがどれほどテレビに出るかに、そこまでこだわらない。超有名コンビとなったくりぃむしちゅーのテレビのレギュラー番組を俺はあまり見ない。テレビ出演を少しおさえて、またオールナイトをやってくれないかと切実に願うくらいだ。くりぃむがオールナイトを降板した理由はわからない。テレビでどんどん売れていって、そっちに向かったんだろうって想像するだけだ。ナマが命のオールナイトをよく休んでいたし、そのスケジュールを許されるほどの聴取率は取れてなかったのかもしれない。まったく別の理由があったのかもしれない。

アルピーは、休んだりしない。だけど、彼らのレギュラーが続くのかどうか、その不安は、リスナーとしてずっと抱えている。メジャーなラジオ番組でレギュラーを長く続けるのは、大変なことだ。

アルピーのラジオは面白い。そのことはリスナーだけじゃなくて、かなり幅広い色んな業界の人たちからも認められている。圧倒的な個性と存在感。だけど、それでも、レギュラーがずっと続く保証はない。その保証に少しでも近づくためには、やはり、賞レースで結果を出すことは大きいかもしれない。

昨年、アルピーは、ＴＨＥ　ＭＡＮＺＡＩで三年連続認定漫才師（本選へ進める50

組）に選ばれ、キングオブコントで初の決勝進出を果たした。一昨年は、キングオブコントは準決勝止まりだったものの、THE MANZAIの一回戦で審査員全員の票を集めるという史上初の快挙をなしとげた。最終順位は三位。決勝一本目のネタ「忍者」のインパクトは、すさまじかった。今年、とにかく、THE MANZAIもキングオブコントも決勝に残り、いや、どっちかでぜひ優勝してほしい。俺は賞レースの結果にも、それほど興味はない。だけど、アルピーの名前を誰もが知ってるようになってほしいんだ。俺がアルピーのリスナーであり続けるために。

去年の今頃は、番組継続の不安はありつつも、ここまで怯《おび》えてなかった。二部時代は、ただただ楽しくて、こんなに面白かったら昇格して一部もありだなと夢見ていた。夢がかない、本当に一部昇格して、変によそゆきになることもなく、独自の世界観をキープしながら、裏番組のJUNKのバナナマンにはかなわないが聴取率もまずまず取って、注目も集めている。アルピーもスタッフもリスナーも、とにかく番組はめいっぱい頑張ってる。

ただ、ニッポン放送深夜一時から三時、この枠は、あまりに黄金の大ブランドでありすぎる。そして、世の人々は、どんどんラジオを聴かなくなっている。一部のマニアが支えるだけじゃ局の顔のような番組は成立しない。政治でいうところの浮動票が必要なんだ。話題性、知名度、スペシャル感、ブランド力、そんなもので、日ごろは聴かない層を引きこんでいかないと……。

なんて、えらそうにわかったようなこと言ってるけど、俺らリスナーにできることなんて、オンタイムで聴いてネタを送るだけだからなあ。

なんで、そんなにラジオなのかと。お笑い系が好きなら、テレビやライブイベントのほうがインパクトが強くないかと。

お笑いラジオが、ネタを送って読まれる、双方向性を持つ参加型のメディアであることは確かだ（オールナイト木曜二部のウーマンラッシュアワーは、リスナーからのメールを読まない主義を貫いているが）。昔は、テレビももっと視聴者参加型の番組が多かったらしいけど、今は、俺がちらほら見るバラエティでこっち側の存在を感じることはほとんどない。

ラジオパーソナリティって、リスナーをけっこう覚えてくれるからね。ラジオネームだけじゃなくて、年齢、性別、どんなネタを送る人か、まで。しばらく名前聞かなかった職人が読まれて、「久しぶりだなあ」なんてうれしそうに言われてると、他人《ひと》事《ごと》でも感動しちまう。爆笑問題の常連のハガキ職人が、太田や田中に認識されてる、愛されてる感じ、いいよな。ナインティナインの番組からは、職人が何人も業界デビューしてるし。アルピーも、そんなに番組では言わないけど、出待ちしてる職人のこととか、ちゃんと知ってる感じする。そういうオフシーンで何があったとかじゃなくて、読まれたネタに対する反応に「知ってる感」が出る。おまえ、またかよとか、そりゃねーだろとか。聞きなれないラジオネームですべったネタの時とか、酒井が「おまえ、誰だよ」とクソクールに言い放つ、あれ、いいな。

虹色ギャランドゥは、絶対に認識されてる。破綻《はたん》したネタ読んだあとの、あのいいかげんにしろよって感じが平子から出るのが、すげーうらやましいぜ。

鹿沢ンチに行った日も、アメーバピグの配信をやった日も、ピッカリ晴れていてバカ暑かった。その八月も最終週には、雨や曇りで、ずいぶん気温が下がり、そのままずるずる九月になだれこんでいく。暑くないのは大歓迎だが、湿っぽくてローテンションな晩夏だ。これまでの猛暑の疲労が出てくる。毎日、身体《からだ》が重く、微妙に頭痛がした。

体調が悪いと、マジでバイトがイヤだ。仕事そのものはだいぶ慣れてきて、ミスも減ってバタつかなくなってきたけど、緊張感が薄れたぶん、だるさマシマシだな。鹿沢が相方の時は、ヤツは基本的に元気な男なので、俺のテンションもやや上がるんだけど、荒井さんの時は下がる。

荒井さん、落ちついた、わけのわかった、物静かな人という印象だったんだけど、わりとすぐに、サボりたがりで、接客も雑な、最低限の仕事しかしない人なのが判明した。何かと、俺に仕事を押しつけようとする。本当は一時間交替なんだけど、ずっとレジにいたがって、俺は検品、品出しをえんえんやってることになる。こっちから言わないと替わらない。掃除もやりたがらない。深夜のレジはそんなにはりついてなくてもいいし、仕事の中心は次々とさばかなければならない納品だ。きちんとコンビプレーしてくれないと、能率が悪くなる。店長にチクればいいんだけど、でも、俺が文句を言えば、この人はすぐにやめちまいそうだし、シフトに穴が開けば、結果的にみんなが疲れる。しわ寄せは、たぶん、鹿沢に一番行く。

鹿沢と荒井さんのコンビの時は、どうなんだろう。鹿沢が夜勤シフトリーダーだけど、年下だし、この怠《なま》け男をちゃんと働かせられてるのかな。それとも、俺だけがナメられていて、やりたい放題とか？

火、水、木は鹿沢と、土、日が荒井さんとで、心身の疲労が天地の差だった。副店長ににらまれながら、こきつかわれていた時でも、ここまで疲れなかった。荒井さんに交替ですと言ってムッとされて、その空気がイヤでついつい納品を必死でさばき続け、やればできるみたいになると、そのまま定着してしまう。労働自体より、勝手にやられちまってるのに文句も言えない状況、その状況に甘んじている弱い自分にメンタル喰われる。状況は微妙にエスカレートして、休憩時間に明らかな差が出てくる。俺は一時間、荒井さんは二時間近く平気で休んでる。

土曜日は最悪の曜日になった。アルピーのラジオから一番遠くて、荒井さんとのシフトが始まる日だ。ただし、佐古田が来る確率の高い日でもある。前夜のアルピーのラジオの話をしに来るんだ。俺は十時から入るんで、レジ接客の減る十一時過ぎによく来る。

六日の土曜日は、十一時半くらいにチャリで乗りつけてきた。俺は、ドリンクの納品をやっと終えて一息ついたところで、入荷してきた菓子、雑貨に取り組んでいるところだった。

レジに入っていて客が来れば、当然しゃべれないので、佐古田は俺が検品や品出しをしているとうれしそうな顔をする。なんだか、俺は、まじめにやってるのがアホらしくなっちまって、仕事しながらじゃなくて、完全に手を止めて佐古田と話した。佐古田の声はデカくてよく通る。俺らの会話は、たいがい荒井さんに筒抜けのはずで、マニアックなラジオリスナーだということで、輪をかけてナメられてんのかな。

佐古田が十五分くらいいて帰ったあとで、菓子と雑貨の陳列を一人で終える。次の納品が来る前に店内の清掃というタイミングで、俺はじくじく迷ってから思いきって荒井さんに声をかけた。今日は、フライヤーもやれと言われてる。あれ、面倒くさいし、ここんとこ、荒井さん、清掃方面いっさいやってない。

「店内清掃、一緒にお願いします」

どうせ、トイレやフライヤーなんかのイヤな仕事はやるはずないけど、床掃除くらいしてほしい。本当は、レジ替わるから掃除しろって言いたいよ。アンタがゼンブやれってね。どんだけ掃除してねんだよオメーって。でも、今、店内に客いないし、「一緒に」くらい言わないと、たぶん無理。

荒井さんの返事はまさかのものだった。

「イヤだよ」

表情も変えずにだるく答えた。

「富山くん、さっき女の子とおしゃべりして、いっぱいサボってたじゃない」

それは事実だ。今日については、かなりアウトな状況だった。もちろん、イチから議論して、どっちがどう悪いか戦うことはできる。だけど……。

俺は言えなかった。

仕事の分担は、店の決まり事ではあっても、曖昧《あいまい》なところはある。状況次第で臨機応変にやらなければならない。俺のほうがこの店のキャリアは長いから指示することはできる。でも、年齢がかなり下で、人生トータルのコンビニバイトキャリアなら荒井さんのほうが長くて、なにより俺は人として完全にナメられているわけで。

ワルいヤツ。

けど、金や商品を盗むなど犯罪行為を働くわけじゃなく、客に失礼な態度をとるとか、自分のミスで損害を出したのに報告しないとかはっきりしたルール違反をするわけじゃなく、ただ、サボるだけ。

せめて俺に落ち度がなければ。佐古田としゃべってたのが十五分じゃなくて五分くらいなら。手を止めずに仕事しながら話してたら。

そうなんだけど。そうじゃないかもね。

上から目線で高圧的に出られると、引いちまう。争ったら負けるというより、争うこと自体がストレスで、いいやってなっちゃう。けど、丸ごと飲みこんで平気なのかっていうと違う。要するに、ただ、うじうじしてる。荒井さんはレジに籠城《ろうじょう》して、俺は本日も清掃要員。

日曜日、THE MANZAIの認定漫才師五十組が発表になる。アルコ&ピースの名前がない。目を疑った。パソコンの画面を何度も何度も見直した。決勝進出はともかくとして、ここで選ばれないなんて考えてもいなかった。どうした？　何があった？　なぜ？　なんで？　ていうか、このことがどのくらい「ありえない」のか、俺には本当のところはわからない。俺のお笑いの知識なんて、その程度のもんだ。

気分はめちゃめちゃ落ちた。ただじゃなくても、落ちてる。もう底だ。バイトなんか行きたくない。急病で行かないことにしようか。いや、マジで喉《のど》痛いし。風邪ひいたかも。

一人でやりゃーいいんだよ、荒井さんが、ぜーんぶ。でも、そうはならなくて、たぶん、鹿沢かアニさんが駆り出されるだけだよな。

ああ、喉痛ぇ。なんで行くんかな。シフトだからな。明日は休める。そうだ。荒井さんがやめたら、月曜日は休めなくなる。

さすがに、納品をすべて一人でやるわけじゃなくて、時間内に処理できる程度には荒井さんも手を貸す。まったく、ことは微妙だ。荒井さんはうまくサボりたいだけのズルい人で、俺を少しチクチクいじめて楽しんでいるのかもしれない。

そのうち慣れるのかな。ずっと、このままかな。もっとひどくなるかな。もう少しひどくなったら、逆にチクれるのかもしれねえな。

月曜日は、休みを有効に使って気分転換したかったけど、また雨で、出かける気にもならなくて。結局、ラジオの録音をあれこれ聴いて、ネタ書きに没頭して過ごした。トーキング・マンをもっといい職人にする。佐古田にほめられた時、そーだろそーだろってうなずけるくらいに自信の持てる職人にする。

雨の日に、深夜ラジオの録音聴いて笑って、くっだらねえネタを量産してると、なんか、なごむよ。くつろぐよ。二部時代のアルピーの初期のポッドキャストも聴きなおしたんだ。アルピーANNのポッドキャストは、本編終了後にアフタートークを収録して後日配信されている。今はわりとゆるくなってて、本編の流れからの軽い雑談が多いけど、最初のうちって、平子主導で、学校のカーストの話とかガチガチにしてるんだ。リスナーからのメールもマジなヤツあって。

平子がガタイがデカいのに、いじめられっ子だったってエピソードは、なんかため息出るな。喧嘩《けんか》すれば勝てそうなのに、強気に出られると逆らえないっての。まあ、色んな時代があって、ラグビー部で活躍した高校の頃はいい感じになったみたいだけど。それでも、イケてるヤツになりたい、ナメられたくない、そんな強い思い、おのれの存在主張や団体での位置取り、そこまでか？ってくらい、あれこれこだわったり一喜一憂したりしてたのな。酒井は、あんまりそのへんの自分の話しないけど。

俺は、どうだったのかなあ。自意識過剰でひねくれてるし、臆病《おくびょう》でほっといてほしいくせに、評価はされたいんだよな。目立ちたくない、目立ちたいって、まったく相反する二つの気持ちがあるよ。弱っちいくせにプライド高かったりね。

自分を変えたいかな？　どのへんを変えたいかな？　ちゃんとしたいって気持ちはあるんだ。でも、どこに向かって「ちゃんとする」のか、よくわかんね。世間様じゃない気がするし、自分自身かというと、そこまで腹をくくれてないかも。

そんな重いこと考えながら、口に出して読めないくらいアホらしいネタを書き散らして、そのどっちも、アルピー発、アルピー着なんだって思うと、やっぱ、あのラジオすげーよ。うん、キングオブコントは、いけるだろう。きっと大丈夫だ。

火曜日、晴れて三日ぶりに暑い。

コンビニのバックヤードで鹿沢を見ると、なんだか力が抜けて膝《ひざ》が折れそうになった。こいつに話せばいいんだ。たぶん、何とかしてくれる。やり方は想像つかないけど、俺も荒井さんも傷つかないような、一番荒れない形で、何とかしてくれる。店長にチクるより、ずっと、いい感じで。

言おうと思った。でも、いざとなると、言葉がダメだった。荒井さんに面倒な仕事を押しつけられて困ってるんです。荒井さん、問題ある人で、うまく連携できてないんです。荒井さん、とにかくズルいんです。——何言っても、くだらねえ悪口にしかなんない。いいじゃん。悪口上等じゃん。言えよ、鹿沢に言えよ、がんがん言え、チクれ。でも、ダメだった。一言も言えなかった。

水曜日、曇り。夕方のＹＡＨＯＯ！ニュースで、キングオブコントの決勝十組が発表になる。アルコ＆ピースの名前がない。マジかよ？　賞レース、両方、決勝行けないって、ちょっとやばくないか？　どんなネタやったんだ？　てか、俺、そういうの知らないのって、これだけラジオ好きなくせに、どうなんだ。会場に行って、ちゃんとネタを聴いて笑ってしっかり応援すればよかった。

バイト中に暗黒オーラを出していたらしく、鹿沢にどうかしたのかと聞かれた。アルピーのことで落ちてたくせに、荒井さんのことを言いそうになった。「なんでもないです」と答える。そんなふうに言ってしまう自分に、また一段落ちる。

木曜日、また雨になって、夜半は大雨や雷の予報が出てる。デング熱の患者が百人を超えたらしい。代々木公園が発生源らしくて、ここらより実家のほうがやばいのかな。すげー雨や雷がくればいいな。歩けないほどの。このへんのあちこちの崖《がけ》が崩れて、道が埋まっちまうくらいの。神奈川全部埋まっちゃうくらいの。東京も、関東も、日本も、世界も。そんで、みんながんがん高熱出して、関節ガチガチ痛くしてしまえ。明日は、金曜日、バイト休み、ラジオの日だ。アルピーは、賞レースの落選について、何か語るかな。まあ、言うな。そういうのスルーするタイプじゃない。

明後日の土曜日はまた荒井さんとの仕事。鹿沢とは火曜日まで会わない。そんなことを思った時、頭や心でパッと切れた。何かが切れて、暗いような明るいような。

「今日、徹底的に掃除していいっすか？」

俺は鹿沢に聞いた。

「アニさん流で」

なんで、そんなこと考えたのかな。無理やり前向きになりたかったのかな。前の向き方が、それしか思いつかなかった。自分が今いる場所がここだから、ここを大事にしてみる？ 何かが壊れろとか思いたくない。俺、簡単に思うから。簡単すぎるし、つまんねえ。むしろ、磨いてやる。

鹿沢は、ちょっと驚いた顔をして、でも、理由は聞かずに「いーよ」と軽く答えて、アニさん流チョー時間のかかるチョー面倒くさい徹底掃除を一緒にやってくれた。普通の顔して、ポリッシャーをじっくりゆっくり押してる鹿沢を見てると、こいつは色んなこと実はわかってるんだって思えてくる。

九月十二日、金曜深夜。平子ザウルスが咆哮《ほうこう》した。平子ザウルスとは、酒井博士が発見した新種の恐竜で、ジュラ紀のものの復元らしい。元ネタはまたしても映画で『ダイナソー in L.A.』、現代のロスに蘇《よみがえ》った恐竜たちが暴れるパニック映画だ。平子は恐竜なんじゃなくて、探す人なんだけど、まあ、そのへんの設定や世界観はとりあえずそっちのけで、平子は吠《ほ》えた。最初は設定に忠実だった酒井も吠えた。SEの恐竜もわめいていたし、コンテストものをもりもり食べる恐竜とか、ファイナリストを食べるとか、現実が茶番設定を突き破っての感情の爆発だった。

そうだよな。ラジオを続けるためとか、お笑いコンビとしての未来のためとか色々あるだろうけど、とにかく、彼らのナマの声が伝えるものは、巨大な悔しさだった。ただ、ただ、全力でチャレンジして敗れた切実さだけが胸に迫った。

フリートークで、演者がいつどんなふうに結果を知ったか、どのくらいの確率でキングオブコントの決勝に行けると思っていたか、落ちたあと何をして過ごしたかなど色々詳しく話して、そうか……といちいち印象的だったけど、とにかく、何よりも、彼らの咆哮が、耳にこびりついて離れなくなった。

土曜日、夜に雷が鳴る。もし来たら（きっと来る）超絶ハイテンションでしゃべりまくるはずの佐古田が現れる前に、俺は、俺の咆哮をしようと決めた。

荒井さんの顔を見るなり、宣言した。

「これからは、仕事の分担をきちんとしてください。休憩時間も規定を守ってください」

俺は人の目を見るのが苦手だが、荒井さんの生気《せいき》のない黒目をじっとにらみつけた。

「店のルールです。守ってくれなければ、店長に言います」

「適当でよくね？」

荒井さんはダルそうに答えた。

「君ばっかり働いてるふうに言うけど、そんなことないでしょ？」

たやすく言い負かされそうになる。俺は目をそらして、店内を見た。一昨日、鹿沢と一緒にピカピカにした床はもう普通に戻ってるけど、レジまわりはまだいつもより少しきれいな気がする。

「やりづらいです。効率が悪い」

俺は踏ん張った。目をあげた。

「とにかく、今日は荒井さんがトイレ掃除をしてください」

へっと荒井さんは笑った。なんか、こいつ、やべえ。悪いこと、たくさんしてきてるヤツみたいだ。ただのサボリ野郎じゃなくて。コンビニから何かくすねるとかより、もっと悪いことしてるのかもしれない。このくすんだような、よどんだような空気感、ほこりくさい、ヤニくさいみたいな空気感。最初はわかんなかったな。

俺は、今日、トイレ掃除をしない。結果的に、このシフトでやらなかったら、その事実を店長に報告する。俺も怒られるかもしれない。賢いやり方じゃないかもしれない。いざこざを起こすかもしれない。

佐古田がやってきた時、俺は言った。

「ごめんな。今日は、しゃべれない。ここでは、しゃべれない。明日、時間があったら、どっかで会って話そう」

佐古田はきょとんとしていたが、時間があえば駅前で飯でも一緒に食う約束をした。

5

佐古田をコンビニから追い返した翌日の日曜日、俺らは結局会わなかった。鹿沢に佐古田のラインを聞いて、連絡をしたけど、返信あったの、夜の八時くらいだよ。「パフォドー終わんねー」パフォドーって何？　当ててみたくて軽く考えたけど、パフェを食いながらテコンドーをやるくらいしか思いつかねえ。佐古田がそれやる図を想像して笑った。パフォーマンス同好会だって後からわかったけど、俺の想像かすってたかもな。

それで、佐古田とラインでのやりとりを数回やって、そこから、なぜかグループラインをやることになってた。例のメンツだよ。永川の仕切りだろうな。

あいつ、ネットを起点とした薄いつながりのグループとか色々やってそう。大学のクラスやサークルで、あいつがいいポジションにいるとは思えないんだよ。まったく話題にしないから。休学中の俺に遠慮してるとも思えないし。

でも、あいつは、とりあえず、ちゃんと大学生やってるし、会社員もやりそうだ。ブサイクな嫁をもらいそう。娘とかできて嫌われそう。それで心はずっと「詩音」だったりするんだよな。前は、俺、そういうヤツ、ある意味、リア充より嫌いだった。今は、頑張ってるんだなって、ちょっと思える。

また、この四人か。謎《なぞ》のグループ。謎のグループライン。もう拒否らなかった。受け入れるってより、受け流すって感じかな。メッセージが来ると適当に読むけど、反応はしない。もちろん発言もしない。メッセージを読むだけで既読マークつくのは、やっぱうざい。あいつ、すげーイヤイヤ参加してるのに、結局読んでんじゃんって思われてそう。

永川と佐古田は、ラジオネタを普通に展開してる。話が面白いと、うっかり発言しそうになって困る。鹿沢はマニアックな話題でもちゃんと反応してて、主にスタンプだけど、ハズさない。このスタンプってのが、ラインの流行《はや》ったキモっぽくて、感情、行動、反応、予定なんかをイラストと台詞《せりふ》で表現する。無料のものもあるけど、個性的なのは有料で、ショップで購入する。雑談とかだと、とりあえず、的を射た面白いスタンプで反応するだけでOKな感じだな。

こういう今の時代、あたりまえのコミュニケーションから、一歩身を引いて、斜めに見てる俺って、何なんだろうね。まあ、俺、あらゆるコミュニケーションから一歩ていうか十歩くらい後ずさってるから、別に不思議でもないんだけど。

ヤツらの日常の断片がパラパラ落ちてくる。知りたくもないけど、知ってしまう。読まないほうがいいのに、なぜか読む。

佐古田の学校は、十月半ばの連休に文化祭があり、パフォドーは劇をやるらしい。佐古田のオリジナルのシナリオで、主演という。どんだけ目立ちたいんだ。同好会のメンバーが六人しかいなくて、三人が裏方兼任だっていうから、しょうがないのかな。

鹿沢は、佐古田の文化祭の次の週の土曜日に、吉祥寺でハロウィン・ライブをやるらしい。歌い手が六人だか七人だか出るって。

活動してますね、ご活躍ですねと、ぼーっと思ってたら、この両方のイベントに皆で行く話になってて、百歩くらい引いた。やっぱり、SNS怖すぎ。スマホの会話が、すぐリアルで実現する。前の鹿沢ンチに行く話みたいに。

絶対行かねえぞ。どっちも行かねえぞ。今度は断じて行かねえぞ！　特に女子高なんて、五〇〇メートル圏内に近づいただけで気絶する。

行かないと意志表示するのすらイヤで放置していたら、行く前提でさくさく話が進んでる。もう面倒だからどっちも当日ドタキャンしてやると思いつつ、ビビッてる。

バイトのほうは、相変わらず、荒井さんとの神経戦が続いていて、全部投げ出して逃亡したい、無人島にでも行きたい、アルピ島でいいから行きたい。

イヤなことが多いと、もう、ネタばかり考えてる。「アルコ&ピースの一週間」「家族」と、コーナー名を一部変えて復活する「相棒」。俺は佐古田みたいに強烈なアナザーワールドを作れない。どんな笑いを狙っていっても、俺のネタは、この現実を足場としてて、リアル平成ジャパンの有象無象《うぞうむぞう》を、どうズラすか、どうねじるか、どう切り取るかだ。前は、それをスパイシーに味付けしてた。匂《にお》い強くないと目立たねえだろうって。でも、それって、小手先の技だよな。もっと素材感を生かした塩味で作りたくて、過剰なところを押さえていったら、逆にパワーが出たかも。発想そのものにインパクトがないと成立しないので、投稿の数自体は減ってる。結果として、打率が上がったことになる。

アルピーANNは、採用、不採用の基準が読みづらい。毎週、どこへ向かうかわからないテーマ・メールの採用率は当然バラけるけど、それなりに傾向とカラーがはっきりしてるコーナー・メールも、続けて読まれたり、ずっとボツられたり、ほんとわかんない。放送を聴くのに毎度ドキドキ。

俺は毎週読まれなくてもいいし、採用数も少なくていい。ただ、平子と酒井、スタッフのガチ笑いが聞きたい。ブースで笑い声が大爆発する、もう、自分のイヤホンが耳からぶっとぶくらいの、そんな笑いにあこがれる。虹色ギャランドゥはたまにあるけど、俺はまだない（本物の大爆笑の時は、そりゃカンバーバッヂだろうし）。アルピーもスタッフも、あんまり愛想笑いしない感じがしてる。イマイチのネタだとクサすかスルーだ。罵《のの し》ってもらったほうがいいよな。ローテンションの軽い笑いだけでスルーされると、ちょっと落ちるから。

他の番組への投稿は考えなかった。俺のメールがもっと読まれやすい番組って、他にあるかもしれない。金曜日にこだわって、アルピーの職人って看板が欲しいわけじゃないんだ。ただ、トーキング・マンは、この番組からひょっこりと生まれてきて、まだ赤ん坊みたいにふわふわして、ここにしかいられない。

俺の中でラジオの存在を小さくしようとして、ナマで聴かなくしたり、番組を絞ったり。でも、職人とリアルで会っちまって、確実に投稿熱が上がってる。ネタ投稿って、俺的に前向き？　後ろ向き？　そもそも、前向きって、普通に思われてるほど、絶対的にいいことかな？

金曜日にラジオを聴く時、窓のカーテンを開けておく。アパートの駐車場に面した真夜中の窓は、少しだけ明るい。

イヤホンから耳に落ちてくる、平子と酒井の声は近い。同じ部屋にいるんじゃないかってくらい近い。この謎の距離感こそが、ラジオの生放送だ。テレビじゃ絶対にない。不特定多数のリスナーが聴いているのに、アルピーと俺と三人でいるみたいな錯覚。

ＣＭや曲の時、俺はよく窓を見る。少しだけ明るい窓を。アルピーの声は、そこから入ってくるってわけじゃないんだけど、窓の外は都市の闇《やみ》で、その薄明るい闇を越えた先に、東京の有楽町のニッポン放送の建物に、明るいラジオのブースがある。パーソナリティがしゃべるところ。コンビだと向かい合ってしゃべる。番組のホームページにブースの写真が毎回載るけど、いつも楽しそうな写真。

深夜の光の源。

明るいラジオ・ブース。

バイトで外の掃除をする時、16号線の明るさが目にしみることがある。通りのこのあたりは、夜でも明るい。二十四時間営業はコンビニしかないけれど、スポーツクラブやファミレスがけっこう遅くまでやってて、閉店後も真っ暗にはならない。街灯りというより、通りの明かり。オレンジの街灯がやけにキラキラしてる。灰色のアスファルトがまっすぐに延びていて、昼間は普通の道なのに夜はキレイだ。国道を走る車のライトもキラキラ、ヘッドライトの白、ブレーキランプの赤。ただ、道を掃いてるだけなのに、旅行気分になる。ここにいるのに、どこかに行ける感じ。バイト中も、よく思う。明るいラジオ・ブースに思いをはせる。今、誰がしゃべってる？　聴いていないラジオの生放送は、言葉がなくても音がなくても、俺の中ではしっかりと響いている。

十月四日、土曜日、午後五時。

「予想より、いい」

永川からライン。

マジかよ？　ほんとに来たのかよ？　そんな女いるのかよ？　永川のリアルの写真見た上で、初対面で一対一のデートをする女。例のアメーバのピグともらしい。ここ三日ほど、永川はデートだ、デートだと大騒ぎしてた。永川のピグの詩音をちょい好きになるコはいるかもしれないけど、リアルの写真を見せた時点で普通は逃げるだろう。ギャップもここまでいくと詐欺レベルだ。いいのか？　それでいいのか？　どこがいいのか？　人生投げてねえだろうな、そのコ。

まあ、あいつも悪いヤツじゃない。人として俺よりマシだと思う。別に永川がナンパしたわけじゃなくて、そこそこ時間をかけて知り合って交流してるんだしな。

だが、永川、デートの実況をするのはやめろ。アイドルの誰に似てるとか、どこの店に入ったとか、注文したスイーツの写真送るのをやめろ。アホか、おまえは。ちゃんと向き合え！ 俺が言うことじゃねえけど。俺が言えることじゃねえけど。

映画を見に行くことになり、永川が見ようとしてたヤツを彼女に拒否られたとかで、おすすめを教えてくれーとライン。既読1がつくので、鹿沢か佐古田のどっちかも見てる。

「ダイナソー in L.A.」

げっ佐古田だ。ついてねーな、永川。鹿沢のほうが、こういう時使えそうなのに。それ、この前のアルピーANNでテーマにした映画だけど、平子がめっちゃけなしてたじゃん。

「彼女に聞け」

俺は、がまんできなくなって、初めて、グループラインに書きこんだ。

「何が見たいか聞け」

「わかんないって言うんだも」

永川の返信。

「でもって、俺のおすすめ全拒否なんだも」

涙を噴水のように吹き上げている丸っこいオバケのスタンプ。

「困った時のジブリだ。何かやってたろ。マーニーとか」

「もう見たって」

「アナ雪」

「見てるってば」

「ジャージー・ボーイズ」

俺はまだ見てないけど、クリント・イーストウッドの監督作品はわりと好きだから、タイトルを挙げた。

しばらく間があいた。

「それでいいって。ありがとな、富山」

「もう実況やめろよ。かわいそうだろうが」

「向こうもやってんのよ、バリバリに」

マジで？

ネットで知り合った初対面の相手をお互いに誰かに晒《さら》しあってる。俺はスマホを文字通り放りだした。気持ち悪い。永川がどんなふうに伝えられてるのかなんて考えたくもない。

もう心底イヤで、俺はスマホの電源を切っちまってた。バイトから帰って疲れ果てて寝て、日曜日の三時過ぎにスマホの電源を入れると、ラインの未読メッセージの数がものすげー。どうなったんだ？　イヤな予感しかしなかった。

読んでいくと、それは、もはやギャグとしか思えなかった。映画を見たあと、飯を食ったようで、そのへんで永川が色々と窮状を訴えるのだが、返信するのが佐古田で、カップルの助けになりそうなことなんか言うわけない。全部、ダイナソーばりのハズしきった答えだ。悪気はないんだろうが。佐古田にとって、デートって、どんなイメージなんだ？　その佐古田のトンチンカンなアドバイスも、かなり間をあけて送られていて、たぶん、あいつはパフォドーか何かをやってたんだろうな。

佐古田の言う通りに行動するって、永川もよっぽどテンパってたんだろうな。おそろしい。まさか、サイコ女に操《あやつ》られているなんてわからないだろうし、相手は普通に馬鹿にされてると思ったろうよ。強烈にフラれてる。そりゃ、そうだ。俺がもうちょっとつきあってたらと一瞬かすめたけど、このカップルがたまたま成立したところで未来なんかねえよ。

夜半には、嘆きまくる永川を、鹿沢と佐古田がなぐさめるというキモい展開が続いていた。あげく、永川は俺を責めだした。富山がもうちょっとサポートしてくれたらと。自分でもちろっと思っただけに言葉にされると最悪だ。

「落ちつけ。まあ落ちつけ。来週、私が、友だちを紹介するから。文化祭、来るんだろ」

佐古田がなだめているが、適当に言うなよ、そんなこと。

「マジか？　アイちゃん愛してる」

ほら、永川、本気にしてる。

鹿沢も大人げないこと言うなよ。

「俺にも紹介してよ」

「つーかさ、ガチでだいちゃのファンいるけど」

「紹介して♪」

この流れ、やめろ！

「ねえねえ、やばいよ。みんな鹿沢さんにいっちゃうじゃん」

「大丈夫だ、ナガカー。こっちは女子しかいねーから。女子、いくらでもいるから」

「そう？」

「そうとも」

ちげーだろ！　クソ。グループラインの終わった会話をあとで一人で読むって、手遅れ感、ハンパねえな。

手遅れ？　うーん、文化祭は、まだ手遅れじゃないのか。

6

十月十三日、月曜日、午前十時。最寄り駅での、鹿沢、永川との待ち合わせ日時。

佐古田の学校は、トーキョーにあり、小田急沿線で、俺の実家からわりと近い。追浜《おっぱま》からはアクセスが悪くて一時間半はかかる。十分で着く場所でも、行くつもりはなかったよ。だから、今、なんで、俺、電車に乗ってるのって、マジわかんねえ。

朝六時にバイトが終わって、家帰ってシャワー浴びて着替えて、ドタキャンのラインしようと思いながら、なんとなくぼーっとしてたら寝ちまったんだ。ハッと目が覚めると、八時過ぎてる。握ったままのスマホに通知ランプが点滅してて、鹿沢からのメッセージは、遅れるからチョクに行くって。あ、シマッタと思った。やべえって。タイミング逃した？　先越された感じ？　別にいいんだけど、鹿沢は遅れるだけで来ないっていうんじゃないし、俺には関係ないし。

で、なんで、俺、電車乗ってるかな。なんで、行けないって連絡できないのかな。

別に、永川や鹿沢が、佐古田の学校で何をやらかそうと構わない。最初はヤツらのテンションやべえって思ったけど、男子として普通だし。京急、JR、小田急と乗り継いで、なんで、俺、こんなに、はるばる行くんだ？

……結局、行きたいのか？

バカだろ。JRまではよかったけど、小田急に乗り換えてから、もう手に汗をじっとりかいてる。永川が女子高うれしいって思ってるより、俺が女子高怖《こ》えって思ってるほうが強烈だからな。

改札を出て、永川のにやけた顔を見た時、とりあえず殴るかと思った。こいつを殴り倒せば、局面が変わるかもしれない。俺、生まれてから一度も誰かを殴ったことない。殴るって、人に触れることだ。ガキの頃、殴る蹴《け》るの軽い喧嘩は、しゃべるのと同じくらい普通のコミュニケーション手段だったけど、とにかく逃げてた。

触るのも触られるのも嫌いだって自覚したの、いつだっけ。中学くらい。性欲は普通にあるのに女子に触れるリアルな妄想ができず、友だちのエロ話についていけない。男子に触れるリアルな妄想は、もっとできなくて、ゲイじゃないのはわかったけど、じゃ、なんなんだと。それでも、彼女ができた時に、本当に触れられないとは思ってなかった。

先週の十八号に続いて、台風十九号が九州に接近していて、イヤな曇り空。永川と二人で、駅から学校への道を歩きながら、今すぐ史上最悪のゲリラ豪雨が来て、この世界を洗い流してくれないかなと願う。全世界な。女子高だけでもいいけど。

あれって、もしかして、学校の門？

永川が佐古田からもらった招待状を出して受付してもらってる。なんか、記憶が飛んでるみたいだ。駅から歩いてくる道の途中から白くなってて、いきなり学校の門だった。それで、なぜか、もう校舎の中だ。門から学校の中に入った時の記憶がない。

今は階段を登っている。

うわっ、制服が降りてくる。知ってる制服だ。紺色の冬服セーラー。四人？　五人？　うわっ、めっちゃ笑ってる。どっから声出すんだよ。人類の声じゃねえよ。なんかの鳥か妖怪《ようかい》だろ。佐古田も声高いけど、あいつの笑い方と違うな、フツーの女子怖えな。全部で何人いるんだ？　何百人か？　姉とかいたら、女子大生も客で来るよな。従姉《いとこ》でもハトコでも来るよな。

ここの文化祭って、プレミアらしい。現役生徒が招待した、三人とか人数限定で、けっこう厳重な手続き踏まないと、この門の中には入れない。そんなプレミア感を楽しむどころか、もう呼吸が不自由。甘く見てたな。何とかなるだろって。

ずっと共学だったし、高校までは、女子をそこまで恐れたりしなかった。こっちから話しかけるタイプじゃなかったけど、返事くらいは普通にしたし、呼吸がヘンになったり、身体が固まって動かなくなったり、そんなことはなかった。

俺は幼稚園時代からずっとおとなしい地味な男子で、勉強はそこそこできたけど、運動能力は普通以下だし、芸術的才能もないし、何も目立ったりしなかった。いじめられる要素すらなかった。高校三年の春に、ばかばかしく目立ってしまったのは、全部、永川のせいだ。あれがなければ、俺は自分のラジオネームをウリにしようなんて思いもしなかったし、大学でお笑いサークルに入り、期待の新人として変な脚光を浴び、なぜか少しモテて、あげく地獄に突き落とされることもなかった。

永川が、この前、「俺のせいじゃないよな?」って確認してきたけど、元をただせば、おまえのせいだよ。今日、ここに来たのも、おまえのせい。

うそ。俺のせい。

俺は、ただ、佐古田が、リアル女子高生をやってるって確かめたかっただけなんだ。

この目で見たかった。どんな感じだか想像もつかないから。虹色ギャランドゥinリアル女子高。

教室みたいなところにいる。普通の教室より広い。多目的教室か。暗幕で囲ってある教壇みたいなところが、舞台だな。客席はパイプ椅子《いす》。まだ半分も埋まっていない。昨日のパフォーマンス同好会の公演は午後三時開演っていう、いい時間帯だったけど、今日は午前中で、客の出足がよくないみたいだ。

椅子に座ってると、記憶が飛ぶことはなくなったけど、身体がガチガチに固まる感じは強くなる。もう少しでカーボンフリーズされたハン・ソロみたいになるのかと思う。

永川が教室の入口でもらったらしいチラシを手渡してくれる。劇のタイトルは、『明るい夜に出かけて』。作、演出、佐古田愛。黒地に星だかライトだかの小さな光がちらばってる背景に、小学生が書きなぐったような文字で、タイトルや佐古田の名前が白く大きく浮きだしている。シンプルでヘタクソなくせにインパクトのあるチラシだ。

『明るい夜に出かけて』

タイトルが、妙に胸に響いた。

明るい夜。

なんか、この前、そんなこと考えてたっけ。

夜の中で光る……。

ラジオのブース。

明るい夜。

ああ、そうか。

虹色ギャランドゥin女子高だけじゃない。俺はこれを観《み》に来た。このために来た。佐古田の書いたホンがどんなだか知りたかった。だって、あいつの書くネタみたいな劇だったら、絶対面白い。どんなサイコ劇だか確かめないと。ラジオのネタよりロングサイズの佐古田ワールドを見逃せないじゃん。女子高生の演技は、どうせヘタクソでキモいから観たくないけど。

だけど、らしくないタイトルだな。『明るい夜に出かけて』って、どんなサイコ？　サイコってより、むしろロマンティック？　もしかして、虹色ギャランドゥの世界観とぜんぜん違ったりする？

席はだんだん埋まっていき、来客より在校生のほうが多いようで、また呼吸がおかしくなってきて、カーボンフリーズ完了まで、もう秒読み。でも、チラシに視線を集中して、俺はこれを観に来たんだとひたすら念じた。タイトルを繰り返す、『明るい夜に出かけて』『明るい夜に出かけて』『明るい夜に出かけて』……。

ようやく鹿沢がやってきて、すぐに、開演のアナウンスがあり、幕が開いた。

客電を落として、舞台に照明をって世界じゃないのは、教室を使う時点でわかる。たぶん、文化祭でも、講堂やホールなら、もっと客も入るし、演出も本格的な演劇っぽくできるんだろうな。演劇部は別にあるみたいで、パフォーマンス同好会は、人数が少ないせいか、扱いが悪そうだ。

ステージの中央にベンチがあり、ぶかぶかのスーツを着た佐古田が座っている。ヘンな格好だけど、一目で佐古田とわかる。

俺は大きく息をついた。

いたぜ、あいつ。マジでいた。棲息《せいそく》確認。舞台衣装だけど。セーラー見ねえと確認終了できないか。

背景は、ベニヤ板に絵を描いた模造紙を貼《は》りつけたもので、夜の町みたいだ。暗い中に、いくつもの建物があり、それぞれ明かりが灯っている。

「カミさんに、逃げらぃた」

佐古田は、座ったまま、開口一番、言い放ち、いきなり笑いをとった。落語かよ。中年男性に扮《ふん》しているんだろうけど、お父さんか先生に借りたのか、グレーのスーツがとにかくデカすぎる。いっそ七五三の男子の衣装でもレンタルしたほうがよかったんじゃ。

髪はポマードでかためてオールバック、鼻の下につけヒゲ、小学生にも見えるガキ顔でこれやってる。こいつが深刻ぶってベンチにちょこんと座ってる時点で、もう、客はくすくす笑ってんだよ。チャップリン？　女子高生知らねえか。

佐古田は客席の反応は気にしない様子で、台詞を続けた。ストーリーは、結婚十年目にして、妻が謎の言葉を残して家出する。「明るい夜に出かけて」という一言だけが書かれた置き手紙。彼宛《あて》のメッセージらしい。夫婦仲は冷えていたが、家出されたのはショックで、その謎解きをしようとする。

シリアスじゃん。意外にもシリアス。ただ、まじめな世界観でも、台詞はコミカルだった。冒頭だって、普通なら「妻が家を出た……」とかだろ。悲しい独白なのに、笑われてる。そこまで狙《ねら》い？

佐古田の声がよく通るのは知ってるけど、台詞として発声すると、また違った感じの響きがあった。動作も含めて、演技がうまいのかどうか、俺にはよくわからない。ただ、独特だ。笑ってしまう。

扮装のせいもあるけど、表情、アクション、台詞まわし、全部、なんかおかしい。根本的に、こいつは笑いのオーラを持ってる。天然っていうのとはちょっと違ってて。笑いの根、笑いの芽、存在の深いところに、そんなものがある気がする。

暗転で、教室の電気が一気に消える。暗がりでごそごそやってるけど、カーテンの隙間《すきま》からけっこう光が入ってくるので、やってることはしっかり見える。ベンチを下げたり、背景の板を取り替えたりしている。

主人公は、「明るい夜」って何だろうと懸命に考える。夏至の夜、満月の夜、スーパームーンの夜、そんな夜に町を歩いてみても、何も見つからない。

「町は明るいんだ。もともと明るい」

主人公は嘆く。

「都会の夜は明るいんだよ」

背景がコンビニになり、そこで初めて、他の人物が舞台に登場する。

「夜を明るくしてるのがコンビニだ」

主人公は店員に訴える。

「夜の中で一番まぶしく光ってる」

妻の写真を見せて、知らないかと尋ねると、

「それ、前も聞かれましたけど」

店員は苦笑して否定した。

「ああ、君だったか」

「はい。でも、トミヤマくんもカザワくんももう三回聞かれています」

思わず鹿沢のほうを見そうになった。

「コンビニより明るいところを知らないか？」

と聞かれて、店員がパチンコ屋と答え、暗転して背景がパチンコ屋になる。背景の絵は、下手だ。かろうじて、それとわかる程度に、コンビニの棚やパチンコ台が描かれている。

パチンコ屋で主人公は、また店員をつかまえて、やりとりする。そのズレた会話は笑えるけど、なんだか悲しさもある。

暗転して、またベンチと町の景色が現れ、まったくわからないと主人公は頭を抱える。通行人が現れるたびに、「明るい夜」について質問し、またズレた答えをもらう。

最後に、一人の老人が「それは、目に見える明るさ、光の明るさかな？」と問いかけ

てくる。「あなたの内に、明るい夜がありはしないか？　思い出の中に、記憶の中に、あなたの明るい夜がなかっただろうか」

　主人公は自らに問う。

　心の中の「明るい夜」？

　そこから回想になり、台詞だけで、主人公と妻の思い出がつづられていく。長い独白のあと、主人公は思い出を頼りに、初めて二人で旅した森の中のコテージを訪れる。背景の闇の中に浮かぶコテージの灯《あか》りは、ヘタな絵でも胸を打つものがあり、妻との再会は感動的だけど、妻役の子の台詞が棒読みで、しかもやたら背が高くて、佐古田との身長差がありすぎで、客はくすくす笑いっぱなしだった。永川は泣いていた。鹿沢は静かに見ていた。

　俺は、色々な思いが胸の中でぶつかりあっていた。よくできている。虹色ギャランドゥっぽくないけど、これが脚本家の佐古田愛なのか。狂気のスラップスティックを見るつもりが、シリアスな感動物語に出会ってしまった。ハッピーエンドがかゆい気もするし、前半の色々噛《か》み合わない、ズレた感じで笑えるところが俺的には一番よかったけど。

　ゼロから作ったんだよな、一つの劇のホンを。しかも、主演で。一人芝居に近いくらいの。演技がすごかったな。存在感がすごい。

佐古田には、色々な才能があるんだな。それは、前から感じていた。虹色ギャランドゥは、こいつのごく一部かもしれないって。

タイトルの「明るい夜」って、色々思わされる。夜は暗いけど、闇を照らす光は明るい。月、星、松明《たいまつ》、電燈、イルミネーション。だけど、夜という言葉からは、まず、暗さをイメージするはず。明るさは、その最初のイメージの先にある。「夜」という言葉の持つ深さと、「明るい」という言葉の持つ強さ。十人いれば、きっと十通りの「明るい夜」のイメージがある。佐古田の劇のテーマ。

芝居が終わると、多目的教室は、次のアニメソング同好会のステージ作りでバタバタしていて、佐古田の姿は見えないし、俺らはとりあえず廊下に出た。永川がラインすると少しして返信があった。佐古田のクラス、二Cでやってるホラー喫茶で待っててくれと。ホラー喫茶？ なんかグロいもん食わされそう。佐古田って二年なんだっけ。永川がプログラムで場所を調べている間に、鹿沢が女子生徒に話しかけられていた。

「もしかして、だいちゃさんですか？」

「サコに聞いたんだけど、すっごい！　本物ですかあ？」

「うん。ホンモノ」

鹿沢はニコニコして答えた。

その二人がキャーッと悲鳴のように叫ぶもんで、まわりの人がみんなこっちを見た。一人が携帯を取り出して友だちに知らせたようで、野次馬的なのも含めて、けっこうな人だかりになってきた。

「歌い手さん」

「え？　有名な人？」

「なんで来てんのー？」

「サコの友だちってマジですかー？」

「すごーっ、ありえねー」

「握手してください！」

これからステージをやるらしいアニソン同好会のコスプレした生徒まで出てきて一番ハイテンションで騒いでる。

すげえな、芸能人っぽいじゃん。ツーショ、握手、サイン、そんなファン対応してる鹿沢を見てると、コンビニで品出ししたり、弁当温めたり、雑誌にゴムかけたり、そんな姿がよぎって不思議な気がした。だって、あんま変わんねえんだよ。どっちも普通にやってる。まあ、逆に、普通にファンサやれるって、すげえのかもな。慣れてるわけだろ？

「な？」

永川がささやいた。

「鹿沢さんが全部持ってくだろ？」

「そりゃそうだろ」

俺は答えた。俺は鹿沢を取り巻く女子高生たちから距離を置きたくて、じりじりと離れはじめていた。

動いたのが悪かったのか、女子生徒のうち二人くらいがパッとこちらを見て、

「あの、歌い手さんなんですか？」

と一人が俺に聞いてきた。俺？　俺を見てるよな？　俺が返事すんの？　なんか大勢こっち見てるよ。

頭が動かなくなり、身体《からだ》も動かなくなる。目線を落として床を見ていても、自分に向けられている視線だけは、ひりひりと感じる。すげえヘンに見えているだろうって思うと、頬骨のあたりがぎゅっと押されて縮むように、身体も圧縮されてるように固

まってしまい、もうどうしようもない。

窮地を救ってくれたのは、永川だった。

「歌い手じゃないけど、俺たち、だいちゃの友だちです。俺は永川っていいますー」

こいつ、リアルでも女子と普通にしゃべれるんだなと、ぼんやり思う。詩音にならなくても、調子よく話したりできるんだな。

「こいつは富山。シャイボーイだから、愛想悪いけど気にしないで。二人とも大学生」

「すごーい。どこの大学ですか?」

永川が自分と俺の大学名をすらすら口にしているのを、一キロくらい離れたところで聞いている感じ。てか、大学生って、それだけですごいのか? 女子の「すごーい」とか、そんな言葉って、ただの間投詞だよな、意味ゼロだよな。大学名聞いて、また「すごーい」と言われてるし。どっちも、人気、偏差値、まあまあの私大。でも、行ってねえんだから、俺んじゃねえわ。

そこそこの大学行ってる男子で、歌い手だいちゃの友人っていうのは、価値ありとみなされたようで、女の子たちが四人くらい永川としゃべっていて、俺のほうにも近寄ってくる。これは、コンビニのレジで女性客に話しかけられるのとは、まるで違っていた。コンビニの制服を着ている時は、業務と関係ない雑談でも仕事だし、店員という薄い鎧《よろい》で守られている感じがあった。今は裸だ。コンビニ店員でもなく、正確には大学生でもない、俺は誰だ？　だいちゃの友だち？　友だちと言えるほど鹿沢と親しいのか？　佐古田の友だち？　佐古田はどこにいる？

「佐古田を探してくる」

俺は誰にともなく言って、廊下の人ごみを縫うように歩きだした。

7

自分がどこにいて何をしているのかわからないまま歩いていた。どこもかしこも人ばかり。女ばかり。ここのセーラー服も、私服の女子もたくさんいる。無理を承知で、女子高に乗りこんできて、思った以上に、ほんとにほんとに無理で、情けなくて、泣きそう、死にそう。わざわざトラウマを確認しにきたみたいだ。

女子が怖いって、本当にお化けやゾンビや殺人犯みたいに恐怖を感じるわけじゃない。たぶん、本当に怖いのは、女子じゃなくて、女子とまともにコミュニケートできない俺自身だ。そんな自分を見たくなくて、女子を避けてる。うすうすわかってはいたけど、自分の中の恐怖心や拒否感と正対できなくて、これまで自己分析をちゃんとしてこなかった。

いつのまにか、まわりに人が少なくなっていて、俺は足を止めて、周囲を確認した。プログラムで調べてみると、ここはどうやら北棟らしい。室内プール、第二体育館、特別教室がある。角を曲がった先の第二体育館のほうからはにぎやかな声が聞こえてくる。プールに向かうここの廊下は人気《ひとけ》がなかった。どうしようか？　しばらく、ここにいようか。ここはずっと静かなのかな。帰っちゃおうか。佐古田も、佐古田の劇も見たし。

西棟からの渡り廊下に人の姿が見えた。ここの制服だ。やけに速足で歩いてくる女子高生は、とても小さく見えた。子どもみたいな。ていうか、知りすぎてるシルエット。

佐古田愛。虹色ギャランドゥ。

中年男のいでたちから、紺色セーラーの女子高生に変っている。髪が整髪料でまだあぶらっぽくペタンとしてる。

セーラー服姿の佐古田愛だな。見たぞ。見届けたぞ。任務完了。どんな任務だよ。別に見なくてもよかった。なんも思わねえよ。セーラー服着てようが、髪がヘンだろうが、佐古田は佐古田だ。さっき話しかけてきた女の子たちと異質に見えるけど、思ったほど学校と違和感はない。結論として、佐古田はどこに置いても佐古田だ。

「トミヤマー！」

佐古田は、廊下の途中から、大声で俺の名前を呼んだ。

「トミヤマ来たんだなっ。来ないと思ったぜ！」

芝居のあとで、テンションがいつにもまして高い。

「トミヤマがどっか行っちまって迷子になったかもって、ナガカーからライン来たぞ」

佐古田は、廊下の半分を全力で走ってくると、いきなり、俺に飛びついた。え？と思う暇もなかった。女の子に抱きつかれるというよりは、子どもにぶつかってこられる感じ。けど、背中にまわされた手を感じた瞬間にやばくなった。

俺は佐古田の肩のへんをつかんで、身体から引きはがして、ぐいと押しやった。佐古田はよろけて尻《しり》もちをついた。

これは反射。条件反射。

やっちまったか。ミミさんの時と同じ。まったく同じ。いや、違う。少し違う。意識がある。佐古田を押したことをはっきり覚えてる。ぐいと押した。転ばせた。また、やっちまった。こいつ、女だけど、女だと思えないような女なのに。こいつまで。なんで、こいつも。こいつでも。

鹿沢と永川は、知らないうちに床から湧《わ》いて出た気がした。ビデオを巻き戻すように、渡り廊下を歩いてくる二人の姿が再生される。見ているのに、目に入っていなかった、かすかな記憶。

今、鹿沢と永川は、佐古田の右腕、左腕をとって助け起こし、「富山くんは……」「富山は……」と同時にステレオのように二人で言ってる。近くにいるのに、遠くから声が聞こえるみたい。現実味がない。

「ごめんっ！」

佐古田の高い叫び声で、ハッとした。戻った。目に見えるものとの距離感、声のリアルさ。現実感が戻ってきた。

鹿沢と永川が何かを言おうとしていて、でも、佐古田がもう一度「ごめんっ」と叫んでさえぎっている。

「ハグしちまって、ごめんっ！」

ハグしちまってごめん？　佐古田に言われた言葉を頭の中で繰り返した。なんで謝る？　突き倒されて、なんで謝る？　ハグしちまって？　ハグ？

「ごめんなっ！　トミヤマ！」

佐古田は俺の目を見つめてまた謝ると、膝に額《ひたい》がつくくらい、深々と頭を下げた。

なんで、おまえが謝る？　知ってるのか？　なんで知ってるんだ？　俺のこと。俺をハグしちゃいけないこと。

俺の頭はゆっくりと動いた。鹿沢か永川が話した？　でも、二人はさっき佐古田に俺のことを説明しようとしてなかったか？

ミミさんを突き倒した時、鹿沢はすごい勢いで俺を怒鳴った。でも、今は俺の代わりに弁解しようとしてくれた。永川と二人でシンクロするように。転ばせた佐古田には逆に謝られた。誰も俺を責めなかった。それは、すごく救われることで、同時に、かつてなく深く刺されるように痛い感じがした。

「俺、女の子に、いつも、ひどいこと……」

俺は誰にともなくつぶやいた。

「ほんとは、女も男もあんま関係ないと思うんだけど、触られるのがダメで、だけど、前つきあってた彼女と、彼女だから、そういうことするだろ？　抱き合ったり。好きでつきあってるのにダメで」

それはネットで晒された事実だけど、自分の口から話すのは初めてだった。

「我慢してたんだ。慣れるかなって。おかしいよな。好きだと思ってつきあってるのに、触られるのイヤって。キスしてって言われて、しようとして、できなかった。できないだけじゃなくて、突き飛ばした。彼女はすごいショック受けて。そりゃそうだよな」

誰も見ずに下を向いて話していた。

「それから、トラウマみたいになった。前から、触られるの嫌いだったけど、そこまでひどくなかった。コンビニのお客さんに触られて突き飛ばしたり、佐古田も……」

「こいつ、ネットで晒されたんだ」

永川が俺の話を遮って言った。

「有名なハガキ職人だったからな。ラジオネームも本名も。今こいつが説明したより、ずっとひでえ話で書かれたんだ」

「おかしいよ」

佐古田が力をこめて言った。

「ねーよ！　そんなの。ヘンだよ」

一言一言区切るように鋭く言い、俺は思わず、目をあげて彼女を見てしまった。泣きそうな、くしゃっとした顔してる。

「恋人同士だからって、絶対にハグしたり、キスしたりしなきゃいけないのか?」

誰に、聞いてるんだ?

「一緒にいたり、話したり、歩いたり、お茶飲んだりしてればいいじゃん。本当に好きなら、それでいいじゃん。トミヤマがイヤがってることさせて、自分のほうが傷つくなんて、そんなの、ねーよっ」

「俺がいやがってること、彼女は知らなかったよ」

俺は言った。

「イヤだなんて言えないし。つきあってって言われてOKした時点で、相手は恋人だと思うし、期待する」

「ちげーよっ」

佐古田は乱暴に首を横に振った。

「男と女と、逆なら、何も言われないよ。女の子が恋人にキスされそうになって突き飛ばしたって、悪者になんない。ネットで晒されねーよ。男がバカってだけだよ。いやがってんのに無理に迫んなよ、このドエロがって」

「ほんとだね」

鹿沢が笑ってうなずいた。

「サコッティの言うとおりだ」

衝撃だった。盲点だ。なんでだろう？　一度も、そんな角度で考えたことなかった。

「でもよお、男がそんなふうに純情すぎるのは、理解されないぞ。不公平だけど」

永川がもそもそ言った。

「人の悪口を言いたいヤツが多い」

鹿沢が珍しく鋭い口調で言った。

「俺たちも、ニコ生で、ひどいコメを書かれることある。悪意しか感じられない」

「歌い手さんって、叩《たた》かれますよね、ディスってくるのって、だいたい男でしょ？」

永川が言った。

「富山くんも、晒して面白い名前があったから、攻撃されたんだろう」

鹿沢が言った。

「ラジオネームは、そんなに……」

俺が言いかけると、永川が遮った。

「おまえな、おまえは、リスナーの中じゃ有名人だぜ。高校生で、色んな番組で、すっげー読まれて、すっげー面白くて、パーソナリティの人に名前覚えられてて」

そこまで有名じゃないと思うけど、否定する間もなく、永川はしゃべり続ける。

「俺、俺ね、聞いてくださいよ、俺、こいつの名前騙《かた》ったんだよ。こいつ、学校で、自分の話しなかったの。ぜんぜん自分から言わなかったの。で、なんかで、友だちとラジオの話になった時、言っちまったわけ。こいつの使ってたラジオネーム、それ、俺だって嘘《うそ》ついたんだ」

永川は一気にしゃべった。

「高二の時、深夜ラジオのヘビーリスナーじゃなくても、試験勉強の時とか聴くヤツはそこそこいて、その程度のヤツらでも、こいつのラジオネーム知ってたりしたんだよ」

「知ってるよ」

佐古田が言った。

「私も知ってた」

俺は佐古田の顔を見つめた。

なんだって？

「ジャンピング・ビーン」

佐古田のよく響く高い声。

「東京都、世田谷区、ラジオネーム、ジャンピング・ビーン」

時間が止まるような感じがした。過去が現在と入れ替わり、そのまま凍りついて、時間に意味がなくなるみたいな。

「そうだよな。アイちゃんもリスナーだから知ってるよな。そのくらい有名だったんだよ。俺、だますとか、そんなつもりはなかったんだ。ただ、あこがれてて、うらやましくて、ちょっとだけ、そんなフリしたくて、ついつい。そしたら、学校で広まっちまって。噂《うわさ》になっちまって。永川、すげーみたいに」

永川のカミングアウトは、ろくに聞いていなかった。こいつのことはわかってる。でも、佐古田がなんで、俺の前のラジオネームを知ってる？　いや、ジャンピング・ビーンが、俺だって知ってる？

「すぐバレてね、俺、めっちゃ攻撃された。ウソツキだのバカだのデブだのクソだのシネだの。イジメみたくなって。でも、こいつはかばってくれた」

永川は、何かを一緒に飲み下すように、ごくりとつばを飲んだ。

「俺は、富山に、でっかい借りがあるんだ」

「もういいって」

俺は永川に言った。こいつの話は、いいんだよ。だけど、そんなに重荷として背負ってたのか？　それは知らなかった。こいつのトラウマなのか？

「もういいって。ずっと言ってるのに。昔のことだし。マジで、もういいから」

そりゃ、こいつにジャンピング・ビーンのフリをされた時は驚いたし、ムカついたよ。でも、すぐにバレちまったし、それからの永川のやられっぷりのほうが恐怖だったよ。親父さんの仕事の都合ってことだったけど、高三になってすぐに転校しちまったし。

「あれは、おまえのほうがひどい目にあってる。制裁受けすぎで」

俺はため息をついた。

「だけど、その騒ぎのせいで、俺、学校で有名になったんだよな。地味な生徒だったのに」

「ナガカーもファンだったのか」

佐古田にはめずらしく低い声でつぶやいた。

「前に話したよな」

俺のほうをきっと見て言う。

「すげー好きな職人いるって。ハガキ職人って、そいつのイメージだって。自分とぜんぜん違う感じの人」

そういえば、そんなこと言ってたっけ。

「ジャンピング・ビーンだよ」

佐古田は、でかい目をぐりっとむいて、そう言った。

「そいつ、ジャンピング・ビーンだから」

「いつから、知ってる?」

俺は佐古田に尋ねた。

「俺がジャンピング・ビーンだって」

佐古田にとって、俺はトーキング・マンで、他の誰かじゃないはずだった。永川にも口止めした。思わず永川を見ると、首が取れそうなくらいの勢いでぶんぶん横に振った。

「言ってねえよっ。言ってないよ。俺じゃないよっ」

「ナガカーが言ったよ」

佐古田はニッと笑った。

「トミヤマのフルネーム聞いただろ?　トミヤマは言わなかったけど、ナガカーが教えてくれた」

なぜか、佐古田は、そこでペコリとお辞儀をした。

「中学の時、ずっとラジオ聴いてて、色んな番組聴いてて、ジャンピング・ビーンのネタ聴いてて、ずっとファンでした」

急に丁寧な言葉遣いになると、アナウンサーがニュースでも読むように、明晰《めいせき》な口調で言った。

「トミヤマのこと、知ってました。最初はわかんなかったけど、ネットで見た写真の感じがぼやっと。名前は忘れない。ナガカーにフルネーム聞いて、富山一志って。まさかと思ったけど。でも、ネタでわかったよ。トーキング・マンのネタは、やっぱり、ジャンピング・ビーンっぽいし。わかる！」

「トーキング・マンって？」

永川が聞いた。

「トミヤマの今のラジオネーム。もう言ってもいいだろ？」

佐古田が言うと、永川は信じられないという顔で佐古田と俺を交互に見つめた。

「マジか？」

永川に両手で肩をつかまれそうになり、一歩後ろに下がった。念のためにもう一歩下がった。

「おまえ、復活したのか？　職人、やってんのか？　マジか？　トーキング・マンって、アルピーの職人じゃん？　俺、好きだよ。あれ、おまえなの？　あ、そうなの？

そうか。そうなんだ」

永川の目に涙がたまっていくのを至近距離で見る。泣く？　ああ、こいつ、佐古田の芝居のラストでも泣いてたっけ。涙腺《るいせん》ガバガバ野郎なんだな。にしても……。

「なんで、泣くんだよ？　バカかよ」

「だって、うれしいじゃん」

永川は、涙を手でぬぐった。

「おまえがネタ書かないの、イヤだもん。あんなことでやめちゃうのイヤだって」

俺は何か言いたかったが、言葉が出てこなかった。確かに、永川は、何度も俺にそう言ってきた。

「おまえにはわかんねんだよ。アイちゃんにもね。書いても書いても、送っても送っても、ぜんぜん読まれないヤツもいるんだよ。いっぱいいるんだよ。そういうヤツ、多いよ。たぶん、そういうほうが多いよ。すげー才能ある職人にあこがれたり、ネタをパクってもいいから読まれたいなんて気持ち、わかんねえだろ」

永川はなじるように言った。

俺だって、何週間も読まれないこともある。ジャンピング・ビーン時代だって、永川が言うほど、採用率がすごくよくはなかったよ。でも、そういう話じゃないよな。

「中学の頃、夜中にずっと眠れなくて、電気つけて本読んでると怒られるから、イヤホンでラジオ聴いてたんだ。お笑いの深夜ラジオが好きで、ジャンピング・ビーンって名前、よく聞いた。十六歳だって知って、ちょっと年近いって思ったよ」

佐古田が言った。

「夜中にいつ起きてても、ジャンピング・ビーンが一緒にいてくれる気がして。ジャンピング・ビーンもどっかで起きてて、この番組聴いてて、つながってる気がした」

あの頃は、読まれるのがうれしくて、可能性のある番組にひたすら投稿していた。そんなに好きじゃないパーソナリティの番組にも送っていた。もしかしたら、正しいリスナーじゃなく、投稿マニアだったかもしれない。もちろん、好きな番組はちゃんと起きていて、ナマで聴いたけど、ネタを送ったすべての番組を起きて聴いてたわけじゃない。だから、今、佐古田に言われた言葉は、ちょっと苦い。そんなに素直に喜んでもらえる価値が、当時の俺にあったかって。

わかるんだよ。夜の中で、ラジオでつながってる感覚は、俺にも。

「高一の夏くらいから、ジャンピング・ビーンがいなくなっちゃった。どうしたんだろうって、ずっとずっと思ってて、心配で、ツイートもぜんぜんしなくなって、そのうちアカウントが消えちゃった」

佐古田は顔をしかめて話した。

「ショックだった。怖かった。ジャンピング・ビーンは死んじゃったのかと思った。どうしたらいいのか、わかんなかった」

佐古田は、ネットで検索して、俺の「晒された」話や噂を掘りだしたらしい。

「俺も探したよ、その女」

永川がぼそりと言った。

「半年かけて探して見つけた」

永川はゴシップを追ってたんじゃなかったのか。本当に俺のためか。

「ずっと待ってたんだ、ジャンピング・ビーンが帰ってくるの」

佐古田は俺をじっと見て言った。

「ラジオやツイッターで待ってた。リアルで会うなんて想像もしなかった。ホンモノってわかっても、信じられなかった。まさかまさか、まさか、まさかって」

こっちも信じられない。ジャンピング・ビーンを、俺なんかを、待ったり探したりしてくれるヤツがいるなんて。同級生の永川はともかくとして。

「ジャンピング・ビーンは、ラジオの中の人だと思ってたから」

佐古田は大切な打ち明け話のように言った。

そうだよ。ジャンピング・ビーンは、ラジオの中の人だよ。もう、いないヤツだよ。あこがれてたみたいに言うな。そんな、あこがれの対象じゃない。そんなたいしたヤツじゃない。困るから。マジで困るから。

「もう、忘れた」

俺は言った。

「前のことは全部」

佐古田はうなずいた。

「わかった」

俺が目をそらしても、こいつはそらさない。

「私が会ったのは、トーキング・マンだよな。もう、ジャンピング・ビーンの話はしない」

男前な言い方をされて、ビックリした。

お礼を言うべきだな。ジャンピング・ビーンを好きでいてくれたこと。そして、トーキング・マンとして俺をわかってくれたこと。

高二なのに。年下なのに。サイコ娘なのに。いつもは無茶苦茶なのに。

俺より、ずっと大人。なんか悔しい。

「ああ、いたいた、ザコッ」
三、四人歩いてきた女子の中で、一番体の大きな子が声をかけてきた。
「何してんだよ？　お前、時間守れよ。早く行けってば。ユリカにいつまでやらせとくんだよ」

「あーーっ、ごめん」

佐古田はぴょんと跳びあがって、両手を合わせて拝むように謝った。

「すぐ行くっ」

そして、俺たちに、クラスのホラー喫茶の仕事があるから、美女の生き血ジュースを飲みに来てと言って、バタバタ走って行った。

同じクラスらしい二人の女子は、気に入らなそうに俺たちをじろじろ眺めると、佐古田のあとを追うように歩いて行った。

二年C組のホラー喫茶は、人気があるのか、けっこう並んでいて、すぐには入れなかった。

待っている間も、俺は佐古田を呼びに来たデカい女子の態度がずっと気になって落ちつかなかった。「ザコ」って呼んでなかったか？「サコ」じゃなくて。

十五分以上並んでやっと座り、店内を見まわしたが、佐古田の姿は見えなかった。黒い模造紙でおおった壁にゴシック調の古城や怪鳥や骸骨《がいこつ》や血しぶきの切り絵を貼り、ウェイトレスがドラキュラ、ゾンビ、ジェイソン？　どれも佐古田じゃない。あのチビッ子じゃない。

美女の生き血（トマトジュース）、死の湖（緑茶）、冥界《めいかい》への誘い（コーヒー）を注文すると、白い紙コップで出てくる。コップを黒く塗れなかったかな。雰囲気出ねえよ。

永川がドラキュラの女の子に佐古田はいないかと尋ねると、ゴミを捨てに行ってると言う。ヘンな飲み物を飲みほし、しばらくねばっていたけど、佐古田は戻ってくる様子がなくて、俺はますます落ちつかなくなった。

あいつ、やっぱ、浮いてるんじゃないか？　絶対、無理だろ、あのキャラで普通に女子高生やってるって。多目的教室の周辺にいた女子は、「サコダ」か「サコ」と呼んでたけど、クラスでは「ザコ」？　雑魚《ざこ》なのか？　あの大きなコだけ？　いじめられてない？　どこまでゴミ捨てに行ってるんだ？　どんなゴミだ？

仕事のある鹿沢が先に帰り、永川が五対五のフィーリングカップルのイベントに行きたいというので佐古田の教室を出る。永川について歩き始めたけど、すぐに俺は立ち止まって、別行動にしてほしいと頼んだ。佐古田に用事があると言うと、永川はあまり追及せずに別れてくれた。

二Cの前の廊下で、通行人の邪魔をしながら立ってる。並んでるわけでもないし、ヘンかもしれない。女子の視線は、やっぱり気になる。でも、色々ありすぎて、どっか麻痺《まひ》してきたし、佐古田のことがもっと気になる。

五分くらいして、ようやく佐古田が、大きな段ボールを抱えてよろよろと歩いてきた。隣りにバケツを持った女子がいて、楽しそうにしゃべっていた。段ボールに隠れて顔は見えないけど、声が楽しそうだった。

佐古田のほうがチビなんだから、段ボールを持ってやればいいのに、やっぱり、クラスでナメられてるのかな。声をかけようとして、ためらってしまい、タイミングを逃した。どうしよう？　もう一回並んで店に入るか？　店に一人で入って、佐古田を呼んでくれとほかの女子に頼めるか？　無理。

入ることも、そこを離れることもできず、なおもぼーっと立っていると、長い髪を後ろでくくった背の高い女子に声をかけられた。

「もしかして、佐古田のお友達の方ですか？　さっき、パフォーマンス同好会の公演を見にいらしてませんでした？」

俺がずっとここにいるのを見ていたようだ。

「あ」

俺は気づいた。

「佐古田の奥さん」

さっきの芝居に出てきた、背の高い、妻役の女の子に間違いなかった。

第四章　ただの落書きなのに

I

文化祭の翌日の火曜日、俺はずっと落ちつかない気持ちでいた。永川がグループラインに文化祭の感想をあれこれ送ってたけど、鹿沢が簡単なコメ返すだけで、佐古田はスルーなんだよな、読んでもいない。

昨日は、永川、佐古田、俺、三人の大カミングアウト大会みたくなっちまって、あとになると、もう恥ずかしいってレベルじゃない。ヤバいだけ。秘密って、ぶっちゃけるもんじゃねえな。誰かが秘密をぶっちゃけても、自分は絶対黙っとけ。言ったらダメだ。つられたらダメだ。ひたすら後悔する。

ジャンピング・ビーンは、実在する豆だ。正式にはメキシコトビマメ。アメリカやメキシコの土産物屋でも売ってる、ひとりで勝手にはねる不思議な豆。種明かしすると、蛾《が》の幼虫がもぐりこんで動かしてる。ラジオネームを考えていた中一の時、ネットで拾った知識。

これ！　って思った。たぶん知ってる人少ないだろうし、語感がいいし、シモでもダジャレでもない、ガキくさくないネームになる。パーソナリティが、いきなりラジオネームにウケちまうような強烈なのは、うらやましいけど、自分には無理だし。

今、トーキング・マンと並べると、どっちもスカしたネームだよな。トーキング・マンは、二、三分でバタバタつけて、ジャンピング・ビーンは一週間くらい熟考したけど、テイスト一緒。

文化祭の日、佐古田がクラスでいじめられてるんじゃないかって不安になっちまって、うろうろしてたら、あいつの先輩に声かけられた。劇で佐古田の妻役をやった背の高い女子は、三年生で、パフォーマンス同好会の先輩だったんだ。

「佐古田って、学校、ちゃんとやれてるんスか？」

俺、挨拶《あいさつ》もしないで、いきなり聞いちまったよ。どうかしてたよ。

「クラスとか」

ひでえ質問だけど、先輩は一発で理解したよ。建物を出て、人のいない北棟の校舎裏に連れていかれて、色々話を聞いた。

先輩、美人じゃないけど、それなりに雰囲気のある人で、こんな告白か決闘の舞台みたいな校舎裏で、二人きりでしゃべるなんて、またカーボンフリーズしかかったけど、何とか耐えた。話を聞きたい気持ちのほうが勝《まさ》った。

佐古田は、中一の新入生の時、演劇部に入った。中学高校と一緒に活動する、規律の厳しい大人数の部で、「やんちゃ」だった佐古田は、顧問の先生と一部の先輩にめっちゃ「教育」されて、ストレスで大爆発しちまったって。退部だけじゃ済まなくて、不登校気味になった。よく学校を休んでた中一の時に、ラジオにハマったみたいと先輩は話してくれた。

「私は学年が違うけど、なんだか最初から妙に気が合って、話してみると、本とか漫画とか、好きなものが似てたんですね。演劇部の体質がダメなのも同じでした。高校で、同学年の友だちとパフォーマンス同好会をたちあげた時、サコも誘ったんです。あのコにとって、演劇は傷かもしれなくて、だから、やることを、もっと広げて、何でもできるようにしてパフォーマンスと名付けました。でも、サコは、やっぱり芝居をやりたがったんです。ホンも書きたいって。私、あのコ、天才だと思うんです」

先輩は力をこめて「天才」と言ってのけた。俺は黙って聞いていた。佐古田の中に、何かデカい力があるのは感じる。俺は、その力に言葉をはめたくない。多方向にアンテナのある、まだ未分化で形の整ってない力だと思う。文化祭の芝居を見て、あいつは、言葉を操りたいだけの俺と違って、自分の身体もフルに使って表現をしたいんだと思った。

「パフォドーも、演劇部の人たちも、自分たちだけになるとめっちゃ解放されるっていうか、別人になるんですよ。オタクが多いし、唐突にパフォやったり、すごくヘンなんです。でも、クラスじゃ、そういう素の部分、わりと隠してます。サコは、学年違うから、よくわからないけど、やっぱり、クラスと部活の時は違うはずです。クラスでは他の子に合わせてる。イジメはないと思います。演劇部で色々あった時も、あのコの味方多かったんです。人気あるんです。でも、危ういコなんです。一歩間違うと危ない」

サコのことを心配してくださってありがとうございます、と、先輩は、まるで親みたいにお礼を言う。

「違ってたら、すみません。佐古田のあこがれの人なんですよね？　私、ラジオのことはわからないんですけど、偶然会えるなんて運命みたいに思います。あこがれの人に出会えて、心配してもらえて、サコは幸せものですね」

やっぱり俺は何も言えなかった。誤解ですとか、あいつ思い込み激しいからとか、そんなんじゃないとか、言えなかった。ましてや、はい、そうです、なんて、心の中でも言えない。

その週、佐古田はコンビニに現れなかった。ラインもメッセージを書かないだけじゃなくて、既読もつかなくて、まったく見てないらしい。土曜日には、鹿沢のライブがあって連絡がとれないことに永川がやきもきしてる。

俺はマイナス思考が加速してる。

嫌われたかな。

先輩から話聞きだすとか、やりすぎてる。

やっぱ、こんなヤツがジャンピング・ビーンで、イヤになったとか。

不参加のつもりだった鹿沢のライブに行ったのは、佐古田のことが気になってしょうがないからだ。来るかもしれねえし。イベント開始までには現れず、永川と二人で、見るハメになった。

狭いライブハウスのスタンディングのフロアは、ほぼ私服の女子高。この前、ガチの女子高体験したけど、あの文化祭より、マニアックでハイテンションで、悲鳴のような歓声の嵐《あらし》。

シマッタ。客層のことを、もっと考慮すべきだった。最近の俺はなんなんだ。荒行《あらぎょう》、苦行をすすんでやってるのか。破滅の一歩手前みたいなリハビリをやってるのか。永川は前にせせり出ていったけど、俺は一番後ろの壁にへばりついて背中だけは安心だけど、でも、ここにいると、すべての女子客が見える感じで、息苦しくなる。ステージなんか、見えねえよ。客が怖くて。外で待ってようかと思った時に、だいちゃが登場して、出そびれた。

知り合いが、舞台の上にいるって、こう次々と見ると、なんだろうな。佐古田のは、まあ、文化祭で教室で、でも、鹿沢のは、狭いながらもライブハウスのステージ。佐古田の時は「いた」って思い、鹿沢の時は「出た」と思った。お化けかよ。でも、姿を見ると、なぜか気持ちが落ちつくのは同じだ。だいちゃを見ていると、妙な条件反射のような女子の集団への恐怖心が少しずつ薄れていく。

あー、やっぱ、人気あるんだ。この前も女子高生に囲まれてたけど、あれは野次馬っぽかったし、今日のはガチのファンだよな。このうるせえ黄色い声が、だいちゃを応援してるものだって思うと、ちょっとだけイヤじゃなくなる。ヨロシクなって。すぐ飽《あ》きるんじゃねえぞって。ずっとファンでいろよって。

で、当たり前のことに気づく。この女子どもは、最後尾の俺の存在になんか誰一人気づいてない。当たり前なんだけどな。自意識過剰の、異常反応のバカバカしさをちょっと嚙《か》みしめる。

歌い手六人が、一人ずつ順番に歌うのかと思ってたら、これは、ハロウィン・イベントで、寸劇やコントがあり、歌もコラボがほとんどで、だいちゃが一人で歌ったのは、一曲だけだった。「Mrs. Pumpkin の滑稽《こっけい》な夢」。歌詞がぜんぜんわからないけど、面白い歌だった。カボチャのイメージなのか、黄色メインの衣装で、つばがやたらとデカい黄色い帽子をかぶってる。ダンスとまではいかないけど、けっこう軽快に動いてる。

歌は、六人の中で二番目くらいにうまいと思った。声量は今イチだけど、ポップな歌をメリハリつけてかっこよく歌える。

テンパッたのは最初だけで、なんとか見てられた。

いいイベントだったよ。六人がうまくからんでて、仲いい感じで、会場全体がしっかり盛りあがってた。濃いファンの熱すぎるノリも、すげーな、若《わけ》ーなって苦笑できたし。

ナマで見て、だいちゃのこと、前よりわかった気がする。

黙って帰るつもりだったけど、永川が差し入れの菓子を持ってきてたんで、狭い楽屋に連行された。壁はもちろん、低い天井までもが落書きやステッカーで埋め尽くされ、鏡は三つしかなくて、ごちゃごちゃと物が置いてある。そこに歌い手と関係者がぎっちりと詰まってる。近くで見ると、鹿沢は濃いメイクしてて、ビビった。

永川がかっこよかったなど熱烈な讃辞をふりまいていて、こいつの場合、心から言ってるからなと、ふとうらやましくなる。

「トミー、楽しめた？」

鹿沢のほうから聞いてくれて、ガチの話をする時は富山くんと呼び、それ以外はトミーなのかなとふと思った。鹿沢の照れなのか、答えやすくしてくれてるのか。

「気持ちいいんスか？　ステージ」

質問に質問で返してしまった。

「どうかなァ」

意外にも曖昧《あいまい》な答えだった。

「楽しそうに見えましたよ」

俺が言うと、

「楽しいけど、緊張もする。ライブはあまり得意じゃないんだよ」

鹿沢は小声で言って、軽く肩をすくめた。

「内緒だけどね。ライブはファンサだと思ってるんだ。ナマで伝えるより、しっかり作り込んだものを届けたいからね」

だいちゃは、シンプルに歌うより、色々アレンジするのが好きなんだろうな。

俺たちが帰ろうとした時、入口付近の人をかきわけるように飛び出してきたチビが一人。ラッピングした黄色い大きな花を一輪、鹿沢にバッと突きつけた。そう、ニュアンスは差し出したというより突きつけた。

「一コしか買えなかったよ。電車賃なくなっちまったんだ。このデカい花、たけーんだっ。普通のガーベラより超デカいだろ？　すげーだろ！　でも、吉祥寺まで金足りなくなったんだ。歩いたんだよ。てか走った。時々走って時々歩いた」

佐古田は息を切らしながら早口でまくしたてた。

「下北沢から百八十円！　百三十円しかねえの。西永福《にしえいふく》までしか乗れなかった。金落ちてないかなって、ずっと下見て歩いたんだけど、落ちてないもんだな。クソだな。クソも落ちてねえぞ。ニッポンはキレイだぜ」

「ありがとう」

鹿沢は言った。声も目もチョー優しい。

「うれしい」

普通のものより巨大らしい、ガーベラというらしい花（一本いくらするんだ？）を片手で受けとって、片手で佐古田の頭をイイコイイコした。ガキ扱い。ほんとにガキの言動だな。ガキ以下だな。今時の小学生は、もっとリッチでクレバーだ。

「ごめんな。だいちゃの歌に間に合わなかったよ。もっと走ればよかった」

佐古田は、世界に鹿沢一人しかいないみたいに、まっすぐな目でじっと見上げている。

なんだかミョーな気持ちになったよ。

佐古田が、そんな目をしてるのが、いいなって気持ちとイヤだって気持ちが半々だ。こいつは、いちいち真剣なんだな。バカみたいに。はたからはバカにしか見えない、ありえないような、こいつの言動は、たぶん、ぜんぶ真実なんだ。鹿沢に花をあげたくて、花屋でデカい花が欲しくなって、金が足りなくなって走って、肝心の歌を聞き逃すんだ。

「アイちゃん、なんで、ライン、ずっと見てないの？」

永川が聞くと、佐古田はイタズラが見つかったようにバツが悪そうな顔になった。

「う、ぐ、ぐわっ、ぐおぐお」

謎の擬音を発して、もぞもぞしていたが、

「秘密って……」

と迷うように言いだした。

「秘密にしておかないといけないよな。秘密が秘密でなくなったら、どうしたらいいのか、よくわかんなかったんだ」

佐古田は、今日、まだ一度も俺の顔を見ていない。こいつのチョー無神経とチョー繊細が同居してる感じ、チョー扱いづらいわ。

「別にいいよ」

俺は言った。

「もういいよ」

あまり親切な言葉じゃないけど、うまいこと言えない。

「いいのか？」

佐古田はやっと俺の目を見た。

「いいよ」

俺は答えた。目をそらさないのは、ＭＡＸプラスプラスプラスプラスの努力が必要だった。

「明るい夜に出かけて」このフレーズがずっと引っかかってる。タイトルとして見て、パッと感じたこと。芝居を観《み》て思ったこと。日々俺の心にあったこと。切ないような、悲しいような、愛《いと》しいような、楽しいような、いくつもの異なる感情、つかみどころのない思いが重なってくる、こみあげてくる、突き刺さってくる。

まとまらねえし。結論、というようなものもなさそうだし。でも、落ちつかないんで、周辺に散らばってる言葉を拾うように書きだしてみた。

「明るい夜に出かけて」のあとに、コンビニ、国道16号、オレンジの街灯、赤いブレーキランプ、道の先、夜の先、道の果て、夜の果て、終わらない夜、幾千の闇《やみ》、潮の香り、夜の匂《にお》い、どこまでも歩きたい、どこかに行きたい、歩いても行けない、ラジオから声、好きな人の声、人と人をつなぐ声、光るブース……。

スマホのメモに書いていて、バイトの休憩時間に急に呼ばれたりバタバタしてたら、鹿沢にうっかり見られた。

携帯置きっぱの俺が悪いけど、見るなよ。なんで、人の携帯を、個人的な、あまりにも個人的な落書きをひょいと見たりするのか！

「マジ、コロス」

「これ、詩？」

鹿沢は俺の殺気を無視して尋ねた。

「死だ」

俺はガチで殴ってやろうかと拳《こぶし》をかためた。

「ｄｅａｔｈ」

「詩にならない？」

鹿沢は俺の言葉を無視して尋ねた。

「ハッ？」

拳を握ったまま聞き返した。

「曲を作ってるんだ。作りかけてる。俺もこのタイトル気になってて。なんか、いい曲が書けそう」

鹿沢は言った。この男は、ボカロP、ボカロ・プロデューサーだったっけ？　要するに、ボーカロイド用の曲を作るソングライターでもあって、自分で歌ったり、人にあげたりしてる。

「こういうフレーズで歌詞書いてくれない？」

鹿沢が言った時、客が入ってきたので、話は強制終了した。

詩？

歌詞？

そういや、俺って、ネタ以外で文字を書かねえな。今は学校で何かやらされることもないし、SNSも読むだけだし、日記やブログはやんないし。

ネタ作りで、言葉の断片を適当に書きつけてメモっておくことは、よくやる。まとまったアイデアまでいかなくても、何かひらめいた言葉からネタに展開できることもあるから。見たものをそのまま書くこともある。印象に残ったもの。シーン、景色、町で耳にはさんだ会話、本の中の言葉、歌詞、何でもだ。後から読んで、何を書いたのか、わかんないこともある。

だから、俺が落書きみたいな、無意味な言葉を書きつけるのは、いつものことなんだ。だけど、これは、ネタのためのものじゃなくて、まったく違って、心に何かがあふれていて、なんだか言葉にしたくて、うまくまとまらなくて、もどかしくて、とにかく書きつけた。

こんなもの、見られるなんて！

歌詞だと？　ナメてんじゃねえよ。

詩なんて、生まれてこのかた、書いたこともねえよ。

クソ。鹿沢がヘンなこと言うから、俺の中でもやもやしてた何かが一気に爆発して、カスみたいになっちまったじゃねえか。もう、燃えカスだぜ。スマホのメモ上でゴミのように見えてきた言葉の羅列を消去しようとして、なぜかできなくて、鹿沢個人にラインした。今は木曜日の午後六時頃。メモを見られたのは水曜日の午前三時頃。

「歌詞なんか書けない。もう消すから」

これにソッコー既読、ソッコー返信。

「待った」

鹿沢からやけに長細いネコが腕を伸ばし、肉球と爪《つめ》を強調したスタンプで来た。

「トミー、どんな音楽、聴くの？」

トミー宛《あ》てに来たな。ガチじゃねえな。

「童謡」

「なるほど」

納得すんな。

「その感じでいいかも。メロもシンプルで郷愁って感じの。四拍子の。うーん、新境地だな。できるかな」

「一人でやってろ」

「じゃあ、そんな感じで曲作ってみるから、できたら、富山くん、言葉をのせてよ」

「できねーっつの」

鹿沢というのは、人の言うことを意図的に聞かないヤツなんだよな。

「よろしくお願いします」って、かわいいイラストのおねーちゃんに頭下げられてもな。

知らねーよ！


十一月に入り、赤坂サカスで行われたＴＢＳラジオ大感謝祭に、永川に誘われて、佐古田と三人で行く。二日と三日のどっちに行くかで意見が分かれたので、結局、両日出かけた。深夜ラジオのイベントは、永川が観覧席を二枚当てたので、『エレ片《かた》のコント太郎』を、永川と佐古田は前で見られた。ジャンケンにしようって永川が言うのを俺がいいって断ったんだ。エレ片好きだけど。永川が当てたものだし、チビの佐古田を後ろで見させるわけにいかねえし。『爆笑問題の日曜サンデー』の公開生放送と、ＪＵＮＫ水、木、金パーソナリティのイベントは、皆で遠くから拝んだ。

楽しかったよ。すげえ人多かったけど。ラジオのイベントを永川は大好きで、いつも誘ってくる。つきあったのは初めてだった。有名なハガキ職人も来ているようで、永川があの人、この人と教えてくれた。交流はなくて、紹介とかされなくて助かったよ。なんで、職人の顔を知っているのか謎《なぞ》で尋ねてみると、知り合いの知り合いとか、オフ会の写真をネットで見たとか。当人かどうか怪しいもんだな。

さすがに、こういうイベントに、鹿沢は来なかった。四人でいるのってイミフで落ちつかないんだけど、ラジオマニアの三人になると、それはそれで物足りない。なんでかな。鹿沢も来ればいいのにって、無理なのに思う。

三人で色々話したけど、佐古田の劇がきっかけで鹿沢が曲を作ってて、俺が歌詞を頼まれたことは言わなかった。俺がそもそもフレーズを落書きしてたことも。

鹿沢が、自作の曲とやらをCDに焼いてきて手渡されたのが、十一月半ばのことだった。あれきり、その話は出なかったので、俺はてっきりあきらめたものだと思い、ありがたく忘れていた。

打ち込みの演奏に、鹿沢がハミングみたいに歌っている、仮歌《かりうた》って言うんだっけ、そんなのと、ピアノの音でメロディだけ弾いてるヤツ。

きれいなメロディだった。

どっかで聴いたようではあるが、やけに耳に残る。俺は音楽に詳しくないから、これがどっかからパクられたものでも、元はわからない。洋楽からのパクリなんて、有名ミュージシャンでもオマージュとか言って普通にやってるしな。

曲の構成も、メロディもシンプルなので、言葉をのせていくのは、できないことはない気もした。

けど、あれは、あの落書きは、あまりにも、俺の個人的な、くだらない思いなんだ。何度か聴くと、メロディを覚えてしまった。なんで、何度も聴くんだよ、俺。馬鹿だよ。覚えちまったメロが、妙に頭の中をまわった。うるさい。ああ、うるさい。

明るい印象なのに、物悲しい。童謡っぽいとも言えるし、J-POPのセンチメンタルなバラードっぽくもある。ふしぎだ。だいちゃの歌のイメージの、リズミカルでコミカルなアップテンポの曲と、かなり違う。だいちゃの声で、歌うのが想像つかねえ。

いくつかのフレーズが曲にハマッていく。やりかけのパズルみたいだ。なんだ、これ？　何やってんだ？　自分でやってるのか、何かにやらされてるのかわかんない感じ。落ちつかない。言葉が連なって意味をなしていくと、全部埋めないと我慢できなくなった。

全部埋めたら、やばくなった。なんか、死にたくなった。そうだ。言葉をのせたことを鹿沢に教えたら、死ぬんじゃないかって思った。

次のバイトの時、鹿沢にどうだった？　と聞かれた。彼らしくなく、少しためらいながら、照れとか、恥ずかしさとかが見える聞き方で、俺は聴いてないという嘘《うそ》がつけなかった。

「どっからパクッたんスか？　すげえ耳に残りますよ」

ひねくれた返事をすると、

「パクってないよ。何かに似ちまってるかもしれないけど」

鹿沢はまじめに答えた。

「歌詞、できそう？」

できたとは言わない。でも、できないとも言えなかった。俺が黙っていると、鹿沢は、

「見せてよ」

と言った。

「富山くんは、一見クール系無表情男子だけど、顔が正直だよね」

「顔というか、言動というか」

と付け足した。

そうなのか。自覚なかった。だから、俺、色んな人に付けこまれるんだ。弱気に見えるからってだけじゃなくて。

「メロディに言葉をくっつけたよ。けど、これ、鹿沢さんに見られたら死ぬって思いましたよ」

俺は正直に言った。心中が透けてしまってるなら隠したって意味ない。

「そっか」

鹿沢は軽く受けたけど、しばらく考えていた。

「じゃあ、預けておくよ。もし、見せてもいい気持ちになったら言ってよ。一年でも二年でも待つよ」

「イヤだよ」

俺はうめいた。

「そんな重い感じ」

翌日、歌詞のようなものをラインで鹿沢に送った。すぐに返信が来た。

「いい!!! 歌ってもいい？」

「俺が歌詞書いたって言わなければ、好きにしてください」

俺は答えた。

「絶対に絶対に絶対に、そこは守って」

「わかった。ありがとう!!」

感謝の各種スタンプの連続攻撃をやめろ。

死ぬかもしれないけど、俺は、その歌を聴きたいと思った。なぜか、そう思った。

2

気がついたら師走《しわす》。

気がついたら年明けて——だといいんだけど、正月は、やっぱり実家だろうな。大学復帰の話、出るよな。休学は一年の約束で、手続きとかあるみたいだし。

ここに来た三月、大学に戻る気は、正直、ほとんどなかった。ただ、家を出るために、嘘とまでは言わなくても、仮の約束をしておく必要があった。休学は一年、その後は復学を考える、そのための準備期間として好きにやらせてほしいと。

実家にはまったく寄りついてなくて、電話がかかってきた時に短い応対をするくらい。かけてくるのは必ず母親で、復学の話を持ち出してくることもなく、もちろん、俺も触れない。何も言われないことが、むしろ、暗黙の了解というか、暗黙の決定事項になっている気がする。

　この八ヶ月くらい、俺は東京に帰ること、復学のことを、あまり真剣に考えてこなかった。表層意識からは追い払い、それでも、水面下にある問題、課題、厄介は、沼から発生したメタンガスの泡のように、しょっちゅうぷかぷか浮き上がってきていた。だから、大学生を見たくなかったし、女子を恐れてきた。メンヘラだって自覚してて、治したいとはやっぱり思ってて、でも、そのためにどういう努力をするって前向きな意識はなかった。ただ、バイトはちゃんとやろう、ラジオだけの生活にしない、自分に課していたのは、この二つだけかな。その課題、こなしたような、こなさなかったような。

　バイトは、けっこうヤバかったけどな。荒井さんというモンスターとの戦いは、ほんと、俺の心身を削ったよ。長期戦になったら、俺の負けは決まってた。けど、あいつ、十一月の末にふいとやめちまったんだ。俺との関係は最後までダメで、もう無理って何度も思った。ほんと、ぎりぎりのとこで踏ん張ってきた。できることをやろう、自分が損をするとか考えないようにしよう、あまりにアウトなことをされたら抗議しよう、そんな感じで必死で戦ってきた。

　終末戦争ならぬ週末戦争。俺の苦手な神経戦。いや、肉体的闘争ならもっとダメか。

自分が正しいなんて意味ねえんだなって、つくづく思ったよ。通用しない相手がいる。だけど、自分の心を守る最後の砦《とりで》は、やっぱり、そこだ。俺は俺が正しいと思ったことをやる。その信念。その意地。

やめてくれて、ほっとしたあまり、俺は一時的におかしくなったよ。突発的に笑いの発作が起きたり、なんでもない時にじわっと泣いたり、ひたすら叫びたくなったり。どんだけストレス貯《た》めてたんだ。

後任は珍しくすぐ決まった。俺とタメの男子学生の梅田、夕勤で働いている研修生で、時給のいい深夜もOKなヤツ。まだ仕事、ぜんぜんできない。荒井さんが力いっぱいサボッてる時より使えねえかも。ただ、相手に悪意があるかどうかの差はデカい。やらないんじゃなくて、できないんだと思うと、全部アリだな。てか、俺も、まだ、そこまで使えるバイトじゃねえし。梅田に先輩面《づら》して教えてると、なんか偉そうで笑っちまう。

鹿沢は、「明るい夜に出かけて」を、まだ歌っていない。むずかしい、そうだ。ニコニコ動画の「歌ってみた」に上げようとして、何度も「歌ってみた」らしいけど、どうしてもダメだって。うまく歌えない。納得《なっとく》できない。珍しくマジで悩んでいる。

「シンプルなメロで、スローテンポって、歌唱力いるよなあ。ボロが出るよなあ」

鹿沢はそう言って、ごまかしがきかないって、苦笑していた。

「鹿沢さん、歌下手じゃないでしょう」

ライブで生歌《なまうた》聴いた身として、ちゃんとフォローしたけど、

「その言い方、ほめてないよね」

とスネられた。

「鹿沢さんくらいの歌唱力のプロの歌手、いっぱいいますよ」

「両方、ディスってるだろ」

「ひがみっぽいんだな」

俺も苦笑すると、鹿沢は独り言みたいに、ふっと言いだした。

「いつもは、自分がうまく歌えそうな曲を作るんだよね」

しばらく言葉を探すように黙っていて、

「世界を広げるとか、そんなチャレンジがしたかったんじゃない。ただ、何かあったんだよ、俺の中にね」

簡単な感じで言ったけど、「何かあったんだよ、俺の中にね」って、やけに刺さる言葉だった。

「それ、大事じゃないスか？」

だから、だから、俺の恥を提供したんだろうが。俺の中にも、何かあったんだよ。それをおまえが無理やりほじくりだしたんだろう。責任とれよ——って思ったけど、ほんとにオモテに出したいのかどうか、実はわかんなくて、鹿沢が歌えなくて、少しほっとしてたりする。


年末年始は大晦日《おおみそか》と元日だけ休みをもらった。二日は金曜日でいつもなら休みだけど、アルピーが珍しく録音だというので、それじゃ働くかと思った。実家に長居したくないし。

もう、トーキング・マンも、一年近く生きてるんだな。早いな。今年の正月のアルピーの放送が、例のアメリカのルート66のヤツで、そこからだから、もうじき一年。過去も現在も、みんなバレちまったのに、むしろ、すっきりしたね。なんで、あんなに隠してたんだろうって不思議になるくらい。

ラインもついに無抵抗になった。例のグループラインで、どうでもいい話をするよ。佐古田、永川とは、コアなラジオ・トークするし。金曜日は特にな。前まで二部のラブレターズは録音してたけど、一部をナマで聴き終わると、佐古田たちがわあわあ感想送ってくるし、その相手しながら、続けて聴く。パソコン画面では、番組関係のツイートの流れもずっと追ってるし、これを四時間集中してやると、ばったり死ねるな。

金曜日——一部アルコ＆ピース、二部ラブレターズという、実力と可能性があり、さらなる飛躍を期待されている芸人並び。前夜の木曜日が、ナインティナイン岡村とウーマンラッシュアワー、吉本の大先輩後輩。オールナイトのお笑い担当は、あとは、土曜日のオードリー、午後十時からのゴールド月曜のバカリズム、それで全部だ。昔は深夜ラジオはお笑いが仕切ってた感じがあるけど、今は枠を取るのが大変な時代（らしい）。

ラジオ的に大事件だったのは、九月のナインティナインのオールナイト降板だった。歴代最長の二十年越え、千回越えを果たして、矢部がもうやめると言いだし、リスナーを驚愕《きょうがく》させた。結果的に、岡村一人が残り、『岡村隆史のオールナイトニッポン』として、継続している。もともと岡村がしゃべり、矢部が聞き手になる形だったけど、コンビでやってて一人が抜けるって、ただごとじゃない。でも、緊張感やバランスの悪さが感じられたのは初回だけで、二回目からは岡村一人で、いい感じでやってるのは、さすがだな。

矢部のように自発的にやめることは、たぶん異例で、だいたいは局から切られる。

番組の改編期は、三の倍数の月末。夏の改編の六月末も半年単位の終了があるけど、やっぱり多くは春の改編の三月末。

ラジオには、聴取率を測る週が二ヶ月に一度あり、その結果がけっこう響くみたいだ。聴取率〇・一パーセントを割ると、数字の代りに表示できませんという意味の※がついて、コメと言われて、やばいことになる。一部でコメがつくと降板ってケースもあるらしい。

俺たち三人の話題も最近は、春の改編をどう乗り切るんだろうってことばっかりだ。アルピーが一部で生き残れるかってのは、マジで俺の死活問題だし、岡村は鉄板で残るとして、二部のラブレターズやウーマンもわからない。芸人枠自体も変動あるかも。TBSのJUNKのほうは、ここ数年はかたい感じで、消えそうな番組はないけど、ただ、JUNKも昔は二部があったのに、枠ごと消えたので、オールナイトの二部枠自体も来年ある保証はない。

色々気になるよなあ。鉄板長寿番組は別として、これから三月に向けてリスナーが一番ピリピリする時期だぜ。アルピーの番組が続くのを祈るのみ。少しでも面白いネタを作って送る。

『爆笑問題カーボーイ』の年内最後の放送は、いつも「メールNo．1グランプリ」というイベントをやる。その年活躍したハガキ職人をリスナー投票で五人選出し、コーナーやミニ漫才などのネタで優勝を争う。ラジオ好きにとっては、年末の風物詩で、毎年楽しみにしてる。

ナインティナイン（引き続き、岡村隆史）のオールナイトニッポンでも、「ハガキ職人大賞」っていうのがある。イベントじゃなくて、採用葉書の総計で順位が決まり、三ヶ月に一度発表され、年間ランキングもある。ここは、常連の職人がすごく強い番組だ。

ジャンピング・ビーン時代には、そんな競技的な、あるいはランキング的なものにあこがれがあったし、いつか挑戦したいなんて思ってたけど、今、野心はない。唯一《ゆいいつ》の欲望は、カンバーバッヂだな。アルピーのノベルティは、ステッカーがメインになって、ますます、高根の花になっちまってる。けど、そのために、頑張るってのは、なんか違う。ていうか無理。

トーキング・マンは、ある意味、アルピーの番組を楽しむための登録カードや入場券みたいなものだ。だって、ネタ送ったほうが、ぜんぜん面白えもん。競うってより、みんなで遊んでる感じあるし。誰かがその回で面白いツボを見つけると、みんな、わああ乗っかってくるって、他の番組じゃ、ちょっとない。

でも、佐古田を見てると、トーキング・マンをいい職人に育てたいって気持ちも湧《わ》いてくるんだ。ジャンピング・ビーンとは、また違う感じのな。

結局、ラジオとどう付き合うのか、よくわかんない。距離置くつもりで、聴く時間は確かに減らしたけど、リアルで虹色ギャランドゥに出会って、何かに火が付いたんだよ。職人魂みたいな？　あいつがまだ俺の正体に気づいていなかった時、言われたよな、「おまえ、絶対、職人だろ」って。あの時、ドキッとしたよな。後から、すげえうれしかったよ。

俺、何がやりたいのかな？　どういうことを頑張りたいのかな。何ができるのかな。何ができないのかな。

色々わからないまま、実家に帰る。

緊張した。

聞かれたら、ちゃんと答えられない、でも、逃げられない問題を抱えての帰省。神奈川から東京程度の距離でも帰省って言うのかな。

緊張しながら、なおかつ、いや、緊張してるからこそ、俺は、ラジオのことを考えてた。

『伊集院光 深夜の馬鹿力』のカルタのコーナーで、テーマが「実家」のヤツがある。実家あるあるみたいなネタなんだけど、俺ずっと実家住みだったし、むしろ住んでる時のほうが意識してなくて、離れて帰ってくると、すげえ実家感あるんだ。これか！って。これだって思うわけ。トーキング・マンは、『馬鹿力』にメール送ってないけど、それでも、猛烈に頭が回転して、「実家ルタ」のネタを作ろうとしてる。ていうか、俺、なんか、あのコーナーの登場人物のような気がした。ネタ拾えるっていうより、ネタそのもの。ネタをリアルタイムで生きてる。

だって、生活、人生、全部ネタだぜ。どの角度で切り取って組み立ててツッコむか。もちろん、使えるものと使えないものがあって、使えないほうが圧倒的に多いし、そこまでフルタイム意識してないけど。

親、こんな顔してんだなって思った。兄貴もね。普通、顔なんか見ねえし。久しぶりに帰ると、うっかり見る。よく知ってるのに、ぜんぜん知らない気がする、真逆のダブル感覚で、めっちゃ混乱する。緊張する。

兄貴がよくしゃべるヤツで助かった。この感じも忘れてたな。親父《おやじ》が無口で、俺はしゃべんないし、オフクロのトークを兄貴がサポートして場がもってるんだよ。誰もが知ってる大学を卒業して、大多数が知ってる企業に勤めてる二十五歳って偉大だな。親父もそうだし、ここんチじゃ、それが基本線。俺が今ハズれてても、単に一時的なエラーと見なされてる。復活デフォルトなわけよ。そういう前提で、すべての会話が進む。このヒトゴト感すげえよ。前はしんどいって思ったけど、今は、なんかぽかーんとする。え？　って感じ。

親父は、俺の考えてること聞こうとしないくせに、顔色だけは見るんだよな。「一志も少し落ちついたんじゃないか」なんて言う。俺、自分のファーストネーム忘れかけてたよ。カズシだっけね。カズシ、フー？　って、うすらおかしくなってたら、オフクロが「笑うようになったわね」って。兄貴が真剣にうなずく。

ちょっと待て。これ、いいとこ探し？　俺の回復の無理やり証明？　ていうか、ガチで心配されてるなあ。そうだったな。それもイヤだったんだよな。

「笑うよ、普通に」

と俺は言った。

「そうかあ。よかったなあ」

兄貴、真剣にうなずくのをやめろ。

俺、そんなに笑ってなかったか？　笑う要素なくね？　実家に。それ普通じゃね？

バイトはどうだという話になり、俺がコンビニのことをぼそぼそしゃべり、鹿沢のことに触れるとオフクロに色々質問される。ほとんど答えられなくて、自分でビックリした。

鹿沢は、年末年始もシフト入れてたな。実家に帰らないのかな。そもそも、出身どこだよ。ほんとに何にも知らねえな。家族構成も、出身も、最終学歴も。鹿沢、訛《なま》りはないよな。

佐古田の家族構成も知らない。永川は同級生でうちに来てたりしたから、さすがにわかるけど、あとの二人のことを何も知らないし、知らないことに気づいてすらいなかった。

ちょっとビックリ。

でも、いいんだよ。

鹿沢がどんなふうにスウィーティー・ポップな曲を歌うのか知ってるし。どんなふうにレイヤーの彼女にはっ倒されるか知ってるし。スネ出したカラフルな私服知ってるし。

佐古田がどんなやべえネタ書くか知ってるし。小動物みたいな目がピカピカするの知ってるし。女子高でギリいじめられてないの知ってるし。

いいんだよ。永川は、思ってたより、四倍くらいいいヤツだし。

結局、進路の話をまったくしないまま、六浦のアパートに戻る。

二日の金曜日にバイトに行くと、鹿沢じゃなくてアニさんがいた。俺の親父とは違うタイプの、この無口な男は、実家はどうだった、正月はどうだったでもなく、相変わらずもくもくと働き、働かされる。アニさんが自分チの大掃除も徹底してやるのか聞いてみたかった。でも、話しかける隙《すき》なんかなくて、離婚して一人暮らしの男に家事のことを聞くのもどうかと思った。ていうか、俺、どんな相手でも、自分から世間話をしかけるのって、たぶん無理。

「あの……俺、三月末に、東京、帰ることに」

自分のことを口にした。別に、今、ここで、副店長に言う必要はなかった。店長に正式に辞める意志と時期を伝えればいい。でも、なんか、ふっと口をついて出てきたんだ。

富山家では、既定路線が当たり前のように遂行され、俺が拒否らなければ、そのままって感じ。話題に出して、ゴネられるのがイヤで、両親も兄貴も黙ってるんだろう。黙ってれば、自動的に、俺がハズれた道から戻ってきて、めでたしめでたし、丸くおさまるって。

その目に見えない圧のある家庭の空気を、実家の空気を、NO！　とぶち破るほどの意志も理論も方向性も、俺は持ってなかった。ある意味、その程度には回復していた。絶対ダメなら、ダメって言う。どっかで、しょうがねえかって思ってる。もともとそういう流れで、流されるしかないかって。でも、OKって気分には程遠くて、漠然と不安はあるけど、その不安を口にする根拠がない。

なんか怖い。

なんかイヤ。

ほんとは、ここでバイトしてたい。荒井さんみたいなモンスターにイビられてつらくても、身体《からだ》がしんどくても眠くても、それでも、ここがいい。

でも、言えないよ、ここがいいとか。

「そうなのか」

アニさんは、もっさり答えた。

バイトは一年縛りという話を面接の時、店長にしてない。鹿沢にも言ってない。

「大学を休学中でしたけど、復学することになりました」

　俺は事務的に報告した。家族がみんな沈黙を守っていただけなのに、口に出すと、こんなに立派な話になっちゃう。

「店長にはちゃんと伝えます。ご迷惑かけることになって、すみません」

　辞めるってことは、どんな理由でも喜ばれないだろうと思う。

　一年って時間は、コンビニ的に、どうなんだ？　長いのか短いのか？　バイトの入れ替わりは激しい。鹿沢クラスになると致命的な戦力ダウンだけど、俺くらいだと流動する雑多なコマの一つに過ぎない。もちろん、トロいミスる使えない時間を我慢して育ててもらい、やっとちょっとマシになると辞めるわけで、店的には……。

　俺がごちゃごちゃ考えていると、

「問題は解決したのか？」

　アニさんは俺のほうを見ずにいきなり尋ねた。

「え？」

　そんなこと聞かれると思ってなくて、驚いて聞き返す。

「何かわけがあったんだろう」

　アニさんは、怒った口調になる。この口調だからって怒ってるとは限らないことは、学んだ。

わけ？　理由？　休学の理由。

「はい」

俺は緊張して答えた。これだけで済ますわけにもいかなくて、

「わけはあったんですが、解決したかどうかは、よくわからなくて」

口ごもりながらつぶやく。

「大丈夫なのか？」

家族に聞かれなかったことをアニさんに質問されて、なんだか頭が白くなっちまった。

「わ……かんないんですけど」

声がかすれる。

わかんない、大丈夫かどうかなんて。でも、その質問が欲しかった。強烈に欲しかった。実際に聞かれてみて初めて気づいた。

「副店長、ありがとうございます」

その質問をしてくれて、を省くと、なに言ってるんだかわかんねえだろうな。

アニさんはしばらく黙っていた。もう、この会話は終了と思ったくらいのタイミン

グで、

「やり直しがきかないこともあるが、君の年だと色々なチャレンジができる。何度でもできる」

相変わらず、こっちを見ないが、強い声ではっきりと言った。

「金が必要になったら、また、ここで働けばいい」

俺はしばらく口がきけなかった。

「ありがとうございます」

やっと、それだけ言って頭を下げた。

アニさんに言ってもらったことに意味があった。この人は、いらないヤツに来いとは言わない。アニさんのコンビニ人生の中の小さなワンピースにすぎない俺でも、信頼してくれた。気にかけてくれた。

両親や兄の心配や思いを軽く考えるわけじゃない。口にしたくてもできないこと、口にしないほうがいいと判断すること、むしろ身内だから色々あるんだ。もともと、俺は親に甘えて、ここでの一年を与えてもらってる。

でも、アニさんが俺を心配してくれた気持ちは、ありがたかった。心から。本当に。

3

三月末にバイトを辞めて実家に帰ることを鹿沢にも話すと、「そう」とうなずいたあと、「さびしくなるね」と言われた。

さびしいという気持ちを俺はこれまで感じたことがあるのかなと、ふと思った。さびしくなるねと言われて心に浮かんできた思い、未知のもののようにも、既知のもののようにも感じる。

俺は、一人でもけっこう平気だ。

ただ、世の中の、一人はいけないという空気に負ける。ダメなヤツだと、ミジメだと思わされる。どうでもいいといくら意地を張っても、どっかで頭《こうべ》を垂れてしまう。

孤独でもいいのにね。

でも、本当に孤独を愛する人間なら、夜の闇から響いてくる明るい声に、こんなに心を揺さぶられるものかな。人の声、明るい声、笑い、笑いを作る人々のざわめき。

深夜ラジオ。

鹿沢に、彼の人生のことをあれこれ聞いてみたくなったよ。同時に、もう知らなくてもいいとも思った。ここを離れて、ラインしたり、ライブを聴きに行ったり交流することはあっても、深夜の八時間、十時間を、夜の中に浮かぶ奇妙に明るいコンビニで一緒に働くこととは違う。

俺は感傷的になってるのかな。普通に忙しい、昼夜逆転で、きつい仕事だよ。しゃべったりもするけど、ほとんど黙ってそれぞれ働いてる時間ばっか。特別な時間とか、そんなこと言ったらセンチすぎる。

ただ、俺、二人で長い時間一緒にいて、イヤじゃない相手って、めったにいない。共通点とかなんもないようなヤツなのに。

冷凍食品の検品、品出しを二人でしながら、鹿沢が三週目の土曜日にニコ生の放送があって、今度は一人しゃべりだから何をやろうかなと半分相談するみたいに話しかけてきた時、俺は前から考えていたことを口にしてみた。

「ナマで歌ってみねえ？　あれ」

なぜかタメ口になった。

「え？」

鹿沢が仕事の手を完全に止めて、こっちを見るのは、珍しかった。

「一回きりの、その時流れて終わりの放送にして、ヘンでもヘタでも何でも、一回だけ歌ってみねえ？」

俺がそう言うと、鹿沢は冷凍のエピピラフを手にしたまま自分もフリーズしていた。ほんと珍しいな。

「なんか楽器、弾けねえの？　ギターとか」

俺が聞くと、鹿沢は魔法が解けたように、冷凍ケースのエピピラフを棚に収めて、

「キーボード。ちょっとだけ」

と言った。

「じゃあ、それ。ピアノの弾き語りで」

俺は言った。

「一回きりなら、もう余興だと思って。やってみました、みたいな。そもそも、ニコ生とかニコ動とかって、そういうんじゃねえの？　やってみました的な、よく知らないけど」

「富山くんは、聴きたいわけ？」

鹿沢はかなり真剣な声で尋ねてきた。

「イヤなのかと思ってたよ」

「さあー」

俺は苦笑いした。

「聴きたいような、聴きたくないような？」

鍋焼《なべや》きうどんをスキャンする。バーコードリーダーのピッ、ピッという鋭い音が、デリケートな話題のデリケートな感情を隠していくような、突き刺していくような。

「だけど、俺、いなくなるし、なんか聴いておきたいような、ね」

ピッ、ピッ、ピッ、ピッ、ピッ。

検品の音。ナイスな効果音。

ピッピピッピッピッ。

「弾き語り？」

鹿沢は困りきった顔でつぶやいた。

「アレンジしないと。できるかな……」

結局やるともやらないとも鹿沢は言わず、それきり俺たちは無言で働き、その話題には触れなかった。

一月十七日の土曜日、鹿沢は今回はできない、ごめんってラインしてきて、ニコ生は普通に一人でしゃべったみたい。開始時間が夜の九時で、俺は十時からのシフトだったから、最初の十分くらいしか聴かなかった。

冒頭は、先週、長野の白樺湖《しらかばこ》の近くのスキー場に友だちと行ってたというトークだった。歌い手仲間じゃなく、高校時代の友だちの野郎三人、一人は嫁同伴で彼女の友だち二人を連れてくる予定がインフルエンザで一人しか来られなくて、数合わねーなんて、チャラい話をしてた。せっかくかわいい子なのに、フリーの男二人は牽制《けんせい》しあってぐいぐいいけないし、ナンパもままならないし、最悪のシチュエーションだよねって。コメントは、「もったいないーーー」「私を呼んでー」「きゃーーー、合コン？」「うらやま」「ナンパ希望ー」「スキーうまいんですか？」とか。

俺は、だいちゃのリア充トークにムカつきながら、バイトに向かった。まあね、あいう話がぴったりの雰囲気の男だよ。チョクでそんな話しねえのは、やっぱ、俺とあいつが違いすぎるからだよな。

ほっといてくれればよかったのにな。気まぐれで、たまに構うから。俺のようなヤツは、そういうのに心乱されるんだよ。あいつには、わかんねえんだろうな。あのレイヤーの彼女、どうしてるんだろうね。元気だといいな。また、どっかのアホウにひっかかって、はっ倒したりしてんのかな。つらいな。つらくないのかな。かわいそうだよな。鹿沢のほうは、数合わねーとかチャラチャラ言ってんのに。

あいつ、なんで、俺の落書きを強奪していったんだろ。あれを、ほんとに「歌詞」って思うなら、チャラい話してないで歌えよ。


鹿沢にムカついて、ムカつくことで俺自身にもムカついて一週間が過ぎる。二十四日の土曜日は、永川と佐古田と一緒に、代々木第一体育館へ All Live Nippon というオールナイトニッポン関連のミュージック・イベントに行った。

日韓のアイドルが出るもんで、ペンライト持ったり、迷彩着てたりする女子がノリノリですごい。ここんとこ、色々経験して、さすがに免疫できてきたけど。ドルオタの永川が三人分持参したペンライトを渡されて、佐古田は大喜びで振りまわして暴れる。俺は地蔵と化していた。たいがい座ってた。二階席で、まわりも、アリーナよりは座ってる人多くて助かった。

俺の目的は、ただ一つ。MCのアルピーを見ること。MCやるってわかった時、ニッポン放送主催のこんな大きなイベントの司会任されるくらいなら、番組の打ち切りはないなって思って、すげーうれしかったんだ。そのノリと流れで行くって決めちまったから。

一万くらいのデカいハコ、客層もバラバラで、ちゃんと仕切れんのって変な心配してた。失礼だよな。失礼な心配なのはすぐにわかった。さすがに芸人だ。ていうか、もしかして、芸人の中でも、ＭＣうまいほうか？

安定感があって親しみやすい平子のしゃべりを聞きながら、じわっと思った。あれ、本物のアルピーじゃん。あいつら、マジで生きてんじゃん。

マイクを通してだけど、チョクに空間を伝わってくる声が、普通に平子だな、酒井だな。毎週金曜日深夜にラジオのブースにいるのは、あいつらなんだな。

あそこにいる、あいつらなのか。

不思議だなあ。嘘みたいだ。顔も知ってるし、テレビでは見てるし、別に違和感とかないのに、すっごい不思議だ。

俺は終始ぼうっとしてた。盛り上がるべきところは盛り上がったけど。オールナイト火曜二部担当のロックバンド、Czecho No Republicの演奏で、酒井が上半身裸にタトゥ・シールのえぐいかっこで、「ピンクスパイダー」を熱唱したり、アルピーのラジオ発イベント必須のＬＭＦＡＯのShotsで「エビバディ」を皆で叫んだり、ニューバージョンの「忍者」のネタとか。

アルピーの出番はみんなよかった。チェコの演奏や歌は好きだと思った。アイドルの時は客が面白かった。なんだけどね、なんか、ずっとぼうっとしてたんだよ。

日曜日のバイトの時、十一時過ぎに佐古田がやってきた。グループラインで俺が普通に話すようになってから、佐古田はあまり深夜のコンビニには来なくなった。来なけりゃ来ないで、なんか物足りないし、来たら来たで面倒くさい。今夜なんかは、新人梅田の教育で手いっぱいで客と雑談してるヒマなんかないけど、それでも、佐古田の顔見ると、ちょっとうれしかった。

昨日、俺は一人で先に帰ったんだ。バイト前、飯につきあう時間はギリであったけど、テンション高い二人と温度差あったし。疲れたから帰った。永川は相変わらずで、原宿のカフェの写真をラインにぽんぽん送ってきて、佐古田もわけのわからないスタンプを連射するから、電車に一人で乗ってても、一緒にいる気にさせられたよ。

「いっぱい食ったか?」

俺は永川が送ってきたカフェ飯やカクテルの写真を思い出しながら聞いた。佐古田は、小食だ。食べることにあまり興味がないっていうか、しゃべるほうに熱心すぎるというか。

「食わされたよ、ナガカーに。これはうまい、これはうまいって。あいつ、食いすぎだろ。腹が破けるのを想像したぜ。まず、服がビリビリッて。食ったもんがどばーって噴射するんだ」

佐古田は言った。こいつ、原宿のカフェで何を想像してるんだよ。

「きったねえなっ」

「童話で丸のみされたヤツって、なんで、みんな生きてんのかな。赤ずきんちゃんとか、ピノキオとか。胃液で溶けないじゃん。そういう感じだと汚くなくて、まるまる出てくるんだよ、ナガカーの腹の中の食いもんも」

「おまえさ」

俺は話題を変えたくてさえぎった。

「初めて見たんだろ？　アルピー。ナマで」

俺もだけど。

「おお！」

佐古田の目が発光した。

「すんげえ、かっこよかったな！」

「かっこよかった？」

そういう感想はなかったな。

「裸の酒井ちゃんとか？」

「裸もよかったし、服着ててもよかったし、平子っちがデカいのもよかった」

「下ネタかよ？」

「え？」

佐古田は、目を丸くして聞き返した。

違うのか。俺の頭の中がエロなのか。

サイコ娘でも、やっぱり女の子だよな。かっこいいって、普通に女子な感想言うんだな。

「なんでニヤニヤしてんの？」

佐古田に聞かれて、俺はぎょっとした。笑ってる自覚なかった。

「別に」

と俺は言った。女の子に、おまえ、女の子だなって言ってもしょうがねえし。

火曜日のバイトの時、俺は自分のほうから鹿沢に話しかけた。なんかヤツに無駄にもやもやしてるのがイヤだし、話したい気分だったから。

「俺、アルコ＆ピースをナマで見ましたよ」

アルコ&ピースを覚えてるかなって思ったけど、鹿沢はすぐに反応した。

「そう!」

「色々、ナマで見ちゃうな」

俺は独り言みたいにつぶやいた。

「だいちゃとか」

素直な実感だけど、ムカついてるから少しだけ嫌味をこめて言う。

「俺は」

鹿沢はまじめな声で言った。

「富山くんに見られるのは、かなり恥ずかしかったよ。なんでかね」

「俺がビビるから」

俺は言った。

「アルコ&ピースを見て、ビビッた?」

鹿沢に聞かれて、俺は少し考えちまった。どうだろ。佐古田みたいに「かっこいい」と萌《も》えたわけじゃないけど。

「生きてるんだなーって」

俺は答えた。

「ぼうっとしちゃった」

「そうか」

鹿沢はうなずいた。そして言った。

「深いね」

深い？　何が？　気持ち？　俺の感想？　なんか、それ以上考えたくなくて、話をずらした。

「ドルオタが、もっと怖いかと思ったら、けっこう見てて面白くて。もしかしたら、イベントだからワンマンみたいにガチじゃなくて、少しライト層が来てたかもだけど」

「アイドル？」

「アルピーがＭＣの音楽イベントだったから」

「ああ」

「あんたらのイベントの客のが、濃かった」

ハロウィン・ライブを思い出して、そう言うと、

「そうね」

鹿沢は素直にうなずいた。

「俺らのライブに来てくれるのは、ライトじゃないよね」

ファン、オタ、客。

「すげえな」

俺は言った。

「客がいるって」

「うん」

鹿沢は、またうなずいた。

その感じでわかる。鹿沢が「客」をどう思ってるか。その客にむかって歌うこと、歌い手がネットに作品としてアップすること、自分を伝えること、たぶん、こいつはそんなに軽く考えてない。なんでもアリじゃない。守るべきものがあるのか。譲れない一線があるのか。チャラチャラしゃべっても、チャラチャラ歌ってるようでも。

二月に入る。日々が引き算のように過ぎていく。未来が過去になって消えていく実感。現在を実感できないまま、未来がどんどん過去に変って消え去っていく。

梅田が少し使えるようになってきた。使えないと困るのに、あまりうれしくない。こいつが、ここで俺の代わりをするんだなって思うわけよ。どんな未来に妬《や》いてるんだよ。

木曜日のバイトの時、鹿沢が言った。

「土曜日に、また放送する。あれ、歌うつもり」

いきなりだった。

「マジで？」

もうないと思ってたから、すげー驚いた。

「弾き語りにアレンジしてみて、けっこう曲をいじっちゃった。だから、歌詞も富山くんが作ってくれたのと、少し違ってるけど」

「ぜんっぜんOKス。むしろOKス」

「キーボードで弾き語りして、ウェブカメラで映そうかと思ってる。でも、やるかやらないかは気分次第ってことで。一応、冒頭で宣言して、やるかもって。そんだけ用意しといて歌わなかったら、しょうもないけど。しょうもなさしかないけど」

鹿沢は、ちょっとヘンな顔で笑った。

「ま、それもこれも、だいちゃってことでね」

かなり退路を断ってる感じするけど、大丈夫なのか？

「富山くんまで、緊張しないで」

鹿沢はいつもの笑顔になった。

「佐古田に……」

俺は言いかけて、言いきれずにいると、

「ねえ？」

鹿沢は疑問形で投げ返してきた。

「富山くんが決めてよ。話すか話さないか、どこまで話すか。任せる。好きにしてよ。秘密なら秘密でいいし」

なんで俺にゆだねるんだよ。イヤだよ。

「歌のタイトル、何？」

俺は尋ねた。

「まんま。『明るい夜に出かけて』」

鹿沢は答えた。

「キーワードだし、起点だし、終点だし、サビのフレーズだし」

なんだろう。胸がドキドキしてきた。ほんとだよ、俺が緊張して、どうするんだ。

佐古田にはラインした。グループラインのほうで、永川にも伝わるように。鹿沢のニコ生の放送予定と、だいちゃが初の生歌をやること、その曲のタイトルが「明るい夜に出かけて」ということ。

二人とも驚きと質問をたくさんぶつけてきたけど、ノーコメで通した。批難や不満が色んなスタンプで襲いかかってきたけど、全部スルーした。鹿沢は、笑顔のスタンプを一つ返してた。落書きみたいな黄色いドラゴンのめっちゃ笑顔。


まだ開始前。だけど、鹿沢が言うところのキーボードの映像が映ってる。俺、あまり詳しくないから、これがデジタルな鍵盤《けんばん》楽器ってくらいしか、わからない。楽器そのものより、上に取りつけられたマイクと、誰も座ってない白い回転椅子《いす》が、やけに目立って見える。あそこに鹿沢が座り、あのマイクに向かって歌うんだよな。

固定されたカメラからの限定的な映像。高い位置から、キーボードの四分の三くらい、椅子、右手にデスクがあるのかパソコンがわずかに映っている。フローリングの床と閉じられたアコーディオンカーテン。この切り取られた静止画像は、俺の記憶の中の鹿沢の部屋と一致しない。オープンスペースが見えないくらい機材などでゴチャゴチャしていたと思うけど、片づけたのかな。反対側からの映像だし、リビングを見せてないからな。

だいちゃは、何も予告をしなかったらしく、このミュージシャン的な、かつプライベートな映像に早くもファンがざわついてる。日常的なものが何も映ってなくても、スタジオじゃなくて私室なのはわかるから。

「カザーの部屋だよなあ？」

佐古田からライン。

「配信で生歌やるの、初だって？」

永川もスタンバッてる。

既読スルー。

「トミヤマーーーーーーーーーー！」

佐古田に叫ばれて、これを五回続けてやられて、しょうがないから、

「うるせえ」

と返した。既読2。鹿沢はいない。

七時五分過ぎに、だいちゃは登場した。声だけで。「こんばんは。だいちゃです」と挨拶《あいさつ》しただけで、コメントは悲鳴の嵐《あらし》だ。

「えっと、みんな見えてるかな、俺ンチです」

見えてるの嵐、と再度悲鳴の嵐。

「いや、フツーだから。いつも、俺ンチからやってるから。一緒よ。カメラは初めて

だけど。今、カメラの死角にいる。わざわざ逃げてるんだけどね」

「あとでね、現れるかもしれない」

歌うのー？　生歌ー？　とか、歌を期待するコメントの嵐。

「歌う、かもしれない。もったいぶってるんじゃなくて、ちょっと迷ってるから。ビビッてるってのかな。新しい曲っていうか、たぶん、今日、ここで一回きりしか歌わないヤツやるつもり」

「いつもとちょっと違う感じの曲なんだ。一人で作った曲じゃなくて友だちいないとできなかったし。あまり多くは語れないんだけど。語るとめっちゃ怒りそうなのが一人いてね」

俺――？

誰かが、だいちゃみたいなヤツが、俺のことを口にしても、別の人みたいだね。

友だち。

この言葉にひっかかるのは、たぶんよくない。鹿沢の友だち範囲はアリーナサイズのはず。スマホがうなってラインのメッセージがポップアップされてたけど触らなかった。

それから、だいちゃは、最近ハマッてるアニメについて三十分オーバーでだらだらトークして、コメントにも、歌まだー？　という催促が流れるくらい。いつも、どのくらいの尺でやるんだっけ？　一時間くらい？　今日のトークはいつにもましてひどい。気持ち入ってないの丸わかり。

四十五分くらい過ぎた頃、

「ちょっと待ってね。水飲んでくる」

と言って、音声がしばらくとぎれて、ふいに、カメラの中に鹿沢が現れて、回転椅子をひいて座った。

ストロベリーピンクのVネックニットに黒デニム。照れくさそうにへらへら笑って、いきなりタイトルを言った。

「明るい夜に出かけて」

この瞬間の佐古田の顔が見たいと思って、一瞬、携帯に手を伸ばしかけて、やめた。顔見れねえし。

鍵盤の上を動くのが、レジを打つのと同じ指だと思うと、ヘンな感動がある。音がきれいだ。ピアノとは違う。もっと響くし、もっとキレとコクがあるような。イントロから、たぶん、いつもと別世界。透明感あってセンチで。

鹿沢、鍵盤、うまいじゃん。弾けんじゃん。これ、絶対習ってた人だ。

歌が始まる。

覚えのある言葉が、鹿沢の声で聞こえてくると、一瞬、意識が飛んだ。やべえ。

俺の中にあった、バラバラの言葉が、音として声として、つながって襲ってくる。

意味なんかわかんない。全部が聞き取れてない。俺が出してない言葉もある。

でも、やべえ。刺される。はじける。まともに聴けない。音とか歌とか、なんだ、これ。

間奏になって、少し落ちつく。鍵盤を弾くだいちゃの指、顔、肩、背中を見る。音と一緒にある身体。音を作り出す身体。

歌。

二番の歌詞は追わない。何も聴けなくなる。

だいちゃの声は、高くも低くもない。イケボだと言われてて、スウィートにリズミカルに歌うのだけど、今日は少し違う。

すっと歌っている。だけど、声を張っている。ストレートな歌い方だ。そんなふうに歌うと、少し声がふらついて音程が頼りなくなる。だけど、まっすぐ心に入ってくる。

打ち込みのドラムが細かくビートを刻んでいた。それほどスローでもシンプルでもないメロディライン。ぎりぎり、だいちゃのポップスでいて、だけど、やっぱり、アナザーワールド。

サビのメロディが、やけに耳に残った。

歌詞も聞き取れてしまった。

明るい夜に出かけて
幾千の闇の中から
明るい夜に出かけて
終わりのない時を数えて
明るい夜に出かけて
その声を探しに行く
一人　今は一人で

4

気がついたら、夜の中を走っていた。住宅街の暗い夜の中だ。何も持たずに走っていた。携帯も鍵《かぎ》も財布も。鹿沢のマンションの前まで一気に走って、身体を使うバイトはしてるけど運動は一切してない俺は息を切らしていた。

暗い細い道に立って、三階建ての建物を見あげる。明かりのついてる部屋が半分くらい。鹿沢の部屋はどこ？　たしか二階だったと思うけど、部屋番号わかんないと、オートロックの玄関ドアが突破できないよ。

寒いな。上着も着てない。ナイトランで暖まった身体が、二月の夜気の中でじわじわと冷えていく。のぼせた頭も冷える。

俺、何しに来たんだっけ？

帰ろうと決めた時、マンションの入り口から、大学生くらいの女の子が出てきた。ガラスのドアが開いて、閉じる寸前に俺はダッシュした。

入っちまった。階段をのぼる。だんだん記憶が蘇《よみがえ》る。二階のはしの表札の出てないドア。ここでよかったっけ？　間違えたら、謝る？　逃げる？　人生初のピンポンダッシュ？　いや、たぶん、ここだ。チャイムを押す。インターホンから「はい」と聞こえたのは、たぶん鹿沢の声。「富山です」と言った瞬間に冷や汗がどっと出た。

ストロベリーピンクのセーターの鹿沢が、ドアをあけて、そこにいて、俺は一世一代の告白に押しかけた女子にでもなったような気がした。

「入ってよ」

鹿沢は特に驚いた顔もしていなかった。

俺はその場につっ立ったまま唐突に言った。

「歌詞、聴けなくて」

「ああ、ごめん。よく言われるんだ。聞き取りにくいって」

鹿沢が謝るのに、

「じゃなくて、俺の問題で」

とさえぎって、

「よかったよ」

この一言を伝えに来たんだとわかった。ラインやメールでなく、チョクに会って、声出して。

「俺の言葉も入ってて、やっぱ恥ずかしいってか、ヘンな感じになって」

俺は早口で言った。

「だけど、よかったよ。マジで」

「ありがとう」

鹿沢がどんな顔で礼を言ったのかはわからない。もう階段降りかけていたから。

「富山くんっ」

呼び止められたけど、振り向かなかった。

走る。走る。逃げるように走る。

「トミヤマ！」

急ブレーキがきしんで、前からきた自転車が止まる。

暗がりでも、はっきり見覚えのあるウールコート。ポンチョのような裾広《すそひろ》がりのライン、黄色、水色、茶色、緑など色とりどりの大きなチェック、毛羽立《けばだ》って、だいぶよれよれ。冬になってから、いつも佐古田が着ているコート。

佐古田は、古着屋で安くて奇抜な服を買うようになり、その金は親が出してくれる。知りあいの男が服を買ってくれたという話が、親的に「絶対ねえわ」ということらしい。ジャージピンク装着より、ずっと進歩したけど、自分のセンスで選ぶ服は、かなりヘンだ。

ヘアサロンは、俺が連行した店に、四ヶ月後に現れたらしい。今はさらに三ヶ月くらいたっていて、なかなか個性的に伸びている。

自転車の上で、個性的な髪が風に乱れているカラフルなチビは、妖精《ようせい》じみて見える。

「なんでついてくるんだよ。鹿沢に会いに来たんだろ？」

自転車を引いて歩いて俺についてくる佐古田に言う。

「あいつは部屋に入れてくれるけど、俺は入れないぞ」

「いいよ」

と佐古田は答えた。

自転車を引いて歩くのが邪魔くさくなったのか、佐古田は道の端に停めて、そのまま置き去りにする。俺は少し一人で歩いてから足を止めて待ってる。佐古田は、ちょこちょこ歩いて追いついて、それからは並んで歩く。

このシチュエーションが理解できない。俺も挙動不審だけど、こいつもヘンだ。

「俺に何の用だよ？」

重ねて聞くと、

「あれ、トミヤマなんだろ？　歌詞」

佐古田はようやくしゃべった。

その話か。まあ、俺がからんでるっぽい言い方を鹿沢がしたしな。

「俺が書いたのは、ただの落書きで、言葉の無意味な羅列」

俺は言った。その落書きを見て、鹿沢が最初の曲を作った。メロディにまず俺が言葉をのせ、そこから弾き語りバージョンとして曲がだいぶ変わって、最終的に歌詞と呼べるものは鹿沢が完成させたはずだ。俺の吐きだした言葉の断片をいくつも耳にしたけど、つながりがわかるほど、よく聴けなかった。

「明るい夜に出かけて」

俺は鹿沢の曲と、佐古田の芝居のタイトルを口にした。

「おまえの作った芝居、俺も鹿沢も、すげー残ったんだ。主人公じゃないけど、俺もずっと考えてたんだ、明るい夜って何だろうって。で、頭に浮かんだ言葉を携帯にメモしてたら、鹿沢に見つかって。あいつも、おまえの芝居にインスパイアされて何か作ろうとしてて、タイミング合っちまって」

こんな説明でわかるかな。

「伝染する」

佐古田はつぶやいた。

「そう言うと、悪いもんみたいだけど」

俺は言って苦笑し、

「共感」

と言いなおす。瞬時に後悔する。

「ペラいな、この言葉」

「考えたことなかった。私が何か作る。他の人が、そこから、また何か作る。パクるんじゃなくて、ぜんぜん新しいものを作る」

佐古田は独り言のようにつぶやいた。

影響という言葉が浮かんだけど、今度は口にせずにとどめた。どんな言葉で表現しても、ペラくなっちまう、たぶん。

俺は黙り、佐古田もそれ以上は聞かず、言わず、二人で並んでただ歩いた。しゃべったり騒いだりしていない佐古田は、すごく奇妙だ。違和感ありまくり。得体のしれない生き物といるみたいだ。

謎《なぞ》の生き物、小動物、妖精、とにかく人間じゃねえ、こいつ。

歩いていると、ハンパなく寒かったけど、家に帰る気にならずに、国道16号線のほうにそれていった。今、何時だろう？　八時半くらい？　十時のバイトに直接行くにはまだ早すぎる。

16号線に出ると、急に世界が明るくなった。オレンジの街灯、車のライト、店の明かり、俺の落書きした言葉。

空は厚く曇っていて、風はほとんどなかった。二月にしては暖かい夜かもしれない。

あっけなくコンビニに着いてしまう。16号線のこのあたりは、幹線道路沿いとして普通に明るいけど、繁華街のネオンサインの連なりとは違う。なんだか、もっと色んな明かりが見たくなった。どこにある？

県道を渡って、侍従川に沿って歩き出す。川に街灯の明かりが映って揺れている。白い光だ。水面に間隔をあけて連なる白い光、定まらずに揺れ動く白い光は、不思議な感じがする。まるで光る柱だ。光って揺れる柱の連なりは、道しるべのようで、海を指している。

川の右側は大学の建物、左側は人家が続く。海に向かう道は、人通りは少ない。ほぼない。

俺たちは、黙って歩き続けた。川面《かわも》に白く光る道しるべに導かれて。

夜は寂しい道だ。右手の学校は明かりはあっても眠りについているようで、左手の川は光を映していても黒い。その先の人家は遠く感じて、現実感がなく描かれた背景のようだ。川に映る街灯の光が暗くなっていくように思う。そんなはずはないのに。道しるべというより、墓標のように見えてくる。

すごく長く歩いたように感じた。

歩道橋。やっと着いた。この先が海だ。平潟湾。左手が河口にかかる平潟橋。右手前方が野島に向かう夕照橋《ゆうしょうばし》。

歩道橋のスロープをのぼる。のぼりきって、真ん中へんまで歩いて立ち止まる。平潟橋のほうを見る。柳町を越え金沢八景駅前へ至る道が、ひたすらまっすぐまっすぐ伸びて見える。白い街灯に縁どられ、制限速度40の黄色い数字が刻印されたスタイリッシュな眺め。右に海、左に川。

海を見ると、ようやく華やかな光に出会う。オレンジ、緑、白、黄色、赤。町灯りだ。野島町、乙舳町《おつともちょう》。平潟町まで見えてるのかな。対岸の町灯りが海に映ってゆらめいている。海といっても開放感のある眺めじゃない。それは夜でも同じで、河口から望む川のほうが奥行がある。キレイかどうかも、よくわかんない。色が増えても、やっぱり寂しい。川も海も同じ気がする。

歩道橋を渡って降りて、海沿いの遊歩道を八景駅のほうに向かって歩く。ただ黒い水。閉ざされたような湾。潮の匂《にお》いはしない。波音も聞こえない。たくさん浮かんでいるのは釣り船かな。昼にクルーザーが係留されずに浮かんでたり、赤い提灯《ちょうちん》をつけた屋形船を見たことがあるけど、今はぼんやりした船の形しかわからない。

遊歩道に釣り人が一人。何が釣れるんだろう。こんなところで釣った魚って、食えるのか？

通りの向こうにコンビニがあり、白々と輝いている。俺はこのあたり一帯のコンビニを全部知ってる。どこで働くか決めるのに、とりあえず調べたから。俺の頭の中の町は、コンビニが星で、星座を形作っているみたいだ。大きさもチェーンも雰囲気も違うけど、どれも一等星、とにかく明るい。

見なれた明るさ。見飽きない明るさ。俺の日常。人々の日常。日常の象徴。

この道の先に、また、コンビニがある。コンビニからコンビニへと歩いてる。どの町でも、そういうことになる。都会はどこを歩いても、コンビニからコンビニへの旅になる。

佐古田と一緒にいるのを、ほとんど忘れかけていた。こいつ、何考えてるんだろ。これだけ黙ってると、もう話すきっかけがわからない。

湾を横切る金沢シーサイドラインの高架橋が、すぐそばになった。車両がやってくる。海を渡る光る車両。電車じゃなく新交通システムとか言うらしいが、夜には未来っぽく見える。足を止めた。

「おまえ、ここで生まれたの？」

なぜか、ふっと言葉が降りてきた。ここ。この町。町というカテゴリも曖昧《あいまい》。このへん。この町らへん。

「そうだよ」

　佐古田は答えた。

「家は、あそこ。ずっと、あそこに住んでる」

　指さした先は、埋め立て地の柳町のへん。なんだ。家、近いんだな。じゃ、ここはよく来るのかもしれないな。

「めっちゃ散歩範囲だな」

「散歩しない」

　佐古田は答えた。そうだよな。高校生は散歩なんかしないよな。

「初めて来たような気がする」

　と佐古田は言った。

「夜に出かけるって、コンビニ行くくらい」

「親、怒んねえの？　あんな遅い時間に」

「怒る。見つかったら」

「やばいじゃん」

「いつも怒られてる。毎日怒られてるから、一コくらい増えても、どってことない」

「仲悪いの？」

「悪くない」

佐古田はきっぱりと言った。それから、

「なんで、これまで、ここに来なかったのかな」

と不満そうにつぶやいた。

「来たことあるんだけど、こんなふうに夜に来なかった。来なきゃいけなかったぜ。負けたぜ」

何に負けたんだろうって思ったけど、なんとなくニュアンスはわかった気もして、

「何か変わった？　ここ見てたら、台本が何か変わってた？」

と尋ねてみた。

「わかんねえ。その過去に戻ってやり直さないと。『バック・トゥ・ザ・フューチャー』」

佐古田は答えた。

過去に戻ってやり直す、か。佐古田にも、後悔するターニング・ポイントの一つや二つあるのかな。俺は、とにかく一つ。一つだけど、元カノとの出会いから別れまでの、どこをどう修正したら、お互いに傷つかないのか。

出会わなければ良かった。単純明快。なんて寂しい答えだ。告《こく》られた時に断れば良

かった。寂しさが減るわけじゃない。

今、彼女に会いたいかな。会って謝りたいかな。一言も謝ってないんだ。だって、謝ったら、余計に傷つける。突き飛ばしたことだって謝れない。ミミさんや佐古田を突き飛ばしたのとは、意味が違うんだ。

葬《ほうむ》るしかない。忘れるしかない。そんなことの一つや二つ、誰にでもあるんだろう。

なぜか、別れた時から、初めて、本当に初めて、彼女に会いたくなった。

バック・トゥ・ザ・フューチャー。タイムマシンがなくても、ただ、心の中で、過去や未来を変えることができるかもしれない。

時は、それぞれの心の中に刻まれている。

「もう一回聴きたい、あの歌」

佐古田の声にハッとした。

「なんで、一回きりなんだ？」

個人的な時間旅行から現在に復帰する。

「だいちゃっぽくないからじゃない？」

そう答えたけど、言いながら違うなと思った。それだけじゃないな。

「じゃあ、どうして歌ったの？」

「鹿沢さんに聞けよ」

「聞きに行ったんだよ」

「じゃ、なんで、俺についてくるんだよ」

「トミヤマにも聞きたかった」

「何を？」

俺は尋ねた。さっき歌詞を書いたのかと聞かれたけど、まだ、何かあるのかな。

「色々。色々ある。色々あって、よくわかんない。色んなこと聞きたいし、話したい。いっぱい話したい」

色々？　ラジオのこと？　本のこと？　他にも？

「いっぺんに聞かなくてもいいだろ」

俺が言うと、佐古田はパッとこっちを見た。

「だって、いなくなるよね？」

まっすぐに視線を据えられて、俺はひるんだ。実家に戻ることを、まだ佐古田には言ってなかったよな。

「鹿沢さん？」

鹿沢に聞いたのかを省略して尋ねると、

「そうだよ」

怒ったように佐古田は唇をとがらせた。

「トミヤマは何も教えてくれない。いつもカザーやナガカーから聞く」

言いたくなかったんだ。帰りたくないから。そんな思いを口にもできず、

「俺ンチそんなに遠くないし。むしろ、おまえの学校から近いし」

言い訳のようにつぶやく。俺の実家の場所なんか言ってないっけ。

「トミヤマの学校はどこ？」

実家じゃなくて大学のことを聞かれた。文化祭で廊下にいた女子に永川が言ったけど、佐古田には伝わってなかったか。俺は大学名とキャンパスのある駅名を答えた。

口にする権利があるんだかないんだか。本当にここにいたのか？　本当にこれからいるのか？

「私、そこ、受験してもいいかな？」

佐古田は言った。

「トミヤマの大学、受けてもいいかな？」

「えっ？　なんで？」

思いがけないことを言われて、大きな声で聞き返してしまった。

佐古田はしばらく答えなかった。

「トミヤマいたら、一緒にお昼、食べれる」

佐古田が普通の女子なら、これは告られていると思うべきだろう。だけど、佐古田は佐古田だ。

「学食で一緒にお昼食べれる」

佐古田は続けた。

「大学って、一緒に昼飯食う相手、見つけるの、大変なとこなんだろ？」

一人飯が恥ずかしくてトイレでこそこそ食う便所飯のこととか言ってるのかな。

「別に一人で昼飯食ったからって、どうってこと……」

言いかけて、俺に大学の何を語れるのかと痛くなる。一人で学食で食うのは平気だ。

……だけど。

「今のガッコさ、わりとゆるくて、私、見逃してもらってんだ」

佐古田はぽつりと言った。そのへんの感じは、文化祭でわかった。不安なのかな？　未来に。大学に。未知の世界に。俺が不安じゃないとでも？　逆か。不安なのを知ってるからか。

「意味ねえよ」

俺は言った。俺とおまえが、同じ大学の学食で昼飯を一緒に食って、それでどうなるんだ？

「自分のやりたいこと考えて、行きたいとこ選んで、ちゃんと受験しろよ」

こんな説教くさいこと言うの、生まれて初めてかも。

「自分の人生だ」

言いきったぞ。

「おまえは、色々才能あるっぽいし、やりたいことあるだろ？　らしくねえだろ。突進しろよ。爆発しろよ。何つまんねえこと考えてんだよ」

「意味ない……」

佐古田は俺の言葉を噛《か》みしめるように繰り返した。

「トミヤマの大学で、やりたいこと探せる。どこにいてもベンキョなんかできる。話せるヤツと話そうとすることのほうが大事じゃないか？」

「何言ってるんだよ。どこでも話せるだろ。約束して会えばいいだろ」

俺は言いながら、何か違和感を覚えた。なんだろう。佐古田の不安。同じ大学。学食。昼飯。

「例えば」

俺はゆっくりと言った。

「約束すればいい。女子大じゃなかったら、おまえの大学の学食に行ってやるよ。行ける距離なら。おまえも来ればいいよ、講義の空きがあったら、俺んとこ」

「マジで？」

佐古田はヘンな声で聞いた。よせよ、そんな感じにするの。

「おまえが大学受かるより、俺がずっと通えてるかどうかのほうが怪しいんだぞ」

俺は威張れないことを威張った声で言った。

「先のことなんか、わかるわけねえよ。アブクのような約束だぞ。しょーもねえ」

海からゆるゆると風が吹いてきて、ぞくぞくと寒気がした。立ち止まっていると、芯《しん》から冷えてくる。風邪ひかなかったら奇跡かも。

アブクのような約束でも欲しい時があるのかな。もしかしたら、何かの時に、俺の頭をこのアブクの約束がかすめるかもしれない。佐古田と学食で昼飯を食う約束。閉ざされたような湾の淵《ふち》で、シーサイドラインの車両が走りすぎる脇《わき》で、暗くて明るい夜の中で、はずみのように口にした約束。

だいちゃの歌声がよみがえる。サビのところ。完全には思いだせない。歌詞もメロディも、イメージは強烈なのにちゃんと覚えてない。薄れる記憶。風のようにさっと吹いて消えてしまった歌。一度きりの歌。佐古田の芝居。俺の落書きの言葉。鹿沢のメロディ。覚えていたかった。

「サビがよかったなあ。忘れたけど」

俺は独り言のように唐突に言った。

「明るい夜に出かけて
幾千の闇の中から
明るい夜に出かけて
終わりのない時を数えて
明るい夜に出かけて
その声を探しに行く
一人　今は一人で」

佐古田が歌った。しゃべる声と歌声は少し違って、澄んだやわらかい感じがする。

「覚えたの？　一回で？」

俺は驚いて聞いた。

「ここだけ」

佐古田は答えた。

第五章　エンド・オブ・ザ・ワールド

I

午後四時過ぎに目覚めると、喉《のど》ビリビリ、頭ガンガン。昨日のバイト中から寒気してて、やばかったんだ。熱を計ろうとしたら体温計がない。風邪薬も鎮痛剤もない。病への備えが何もない部屋を見渡して、俺、ここでとりあえず健康だったんだなとか、必要なものがそろうほど長く一人暮らしできなかったなとか、ぼやっと思う。

今日、日曜日か。医者休みか。インフルだとやべえな。関節痛はないけど、熱はけっこうありそう。バイト、どうしよう？　誰かヘルプで入ってくれるかな。日曜日当日休みだとアニさんになりそうでイヤだった。迷惑かけたくないし、簡単に休むヤツって思われたくない。行くか。明日は休みだ。八時間だし、日曜はまあまあ楽だ。

寒気がするからエアコンをつけて、水だけ飲んで布団《ふとん》に戻る。頭も身体《からだ》もカッカしてるのに寒い。携帯のアラームを設定して、また眠る。起きた時は、汗をかいて少し熱がひいた感じがしたけど、喉がからからというかカチカチ、セメントで固めたようだ。息をするのも痛い。重ね着の厚着をしてチャリでよろめくようにコンビニに行き、風邪用の栄養ドリンクとマスクと水を買って戦闘準備をする。

「富山さん、具合悪いんですか？」

レジの女の子に聞かれる。誰だっけ？　たかぎ、ああ、高木さん。準夜勤に来ていて、何度か一緒に働いてる。名前を覚えてもらってんだな。意外だった。

「カゼ……デス」

声出ねー。

「大丈夫ですか？」

マジな声で心配される。けっこううれしい。うれしいけど、うなずくだけで笑顔にもなれない。風邪のせいじゃなくて、いつものヤツ。でも、まあ、高木さんの顔、正面からちゃんと見たよな。前はぜんぜん見れなかった。進歩だな。

店について、ざっとチェックして、まともなんで、ほっとしたんだ。つまり、オリコンが大量に放置されてたり、チルドやドリンクの棚がすかすかだったりしない。コンビニって、なんとなく、朝、昼、夕、夜と仕事がリレーされてく感じで、夕勤がサボッてるとしわよせが夜勤にくる。日付変わっての朝勤に持ち越しはなしって暗黙のルール。店によって違うかもしれないけど、うちは仕事が片づいてないと鹿沢がいつもサービス残業するから、そういうもんだと思ってるよ。アニさんがいると帰らされるけどね。

高木さんは、仕事ができる人だ。最初、俺は劣等感に打ち震えて、そんなに頑張らなくてもって恨みがましく思ったくらい。夕勤はレジが忙しい時間帯だけど、日曜は暇だから、納品、陳列、全部ちゃんとしておいてくれたんだな。ありがたいな。今日みたいに体調悪い時は、マジ感謝。モンスター荒井の洗礼にあって、俺は感謝の心を覚えたよ。まともに仕事してくれる人には心底感謝するぜ。十二時に梅田と交代する準夜勤の中本さん（推定三十代女性）はレジに立てこもるタイプだから、高木さんに感謝、だよな。

レジを点検する。残高を確認し、公共料金の支払いや宅配便の受け付けなどの件数をレシートと照合して、高木さんから引き継ぐ。

「頑張ってください。お大事に」

高木さん、笑顔満開。まぶしい。お客にもバイト仲間にも満点の笑顔。実はチョー苦手なタイプ。でも、今日は感謝。

「お疲れ様でした」

マスクマンの俺、マスクで見えないと安心してプチ笑顔になってみる。

休憩の時、座ったまま、うっかり眠ってしまい、時計を見ると、二時間半くらいたってる。ぎょっとして飛び出していくと、梅田が決死の形相でパンの検品をしている。うわ、菓子と雑貨も納品されてて、オリコンが山積みだ。

「すみません。すみません。起こしてよ」

と駆け寄ると、

「大丈夫ッス」

と梅田は笑う。俺とタメなのに、ずっと敬語。軽量級の柔道選手みたいな雰囲気のヤツ。

「大丈夫じゃないでしょ。残業になるよ」

客が来たのでレジをやってから、オリコンの菓子にとっかかる。

「休憩とってください」

と梅田に言うと、

「いいッス。これ全部終わってからで」

と答える。梅田は不器用なのかトロいのか、とにかく仕事が遅い。陳列やフェイスアップなんかも、妙にきちっとやりたがって遅い。トイレもピカピカにするが遅い。

あ、トイレ掃除まだだよな。

鬼スピードで検品、陳列。俺の鬼スピードが鹿沢の通常速度。鹿沢の仕事の早さときれいさは神。トイレ掃除に特攻。やっと梅田を休憩に送りこめる。喉は猛烈に痛いけど、熱が少し下がった気がする。梅田、俺が具合悪いの知ってたのかな。ただ、起こすの気の毒で放っておいたのかな。どっちにしても、ありがたい。あ、俺、謝ったけど、礼を言ってない。言わないと、ありがとうって。

月曜日の深夜まで、携帯もパソコンも触らなかった。ふらふらでバイトし、ふらふらで帰宅し、ずっと寝ていた。夜の十一時くらいに目が覚めて、サハラ砂漠と鳥取砂丘とタクラマカン砂漠のミックスの夢を見るくらい喉が渇いてて、スポーツドリンクを一リットルくらい一気に飲んだ。まだ食欲はない。

布団に戻って、携帯を手にして、ラインの新着通知はきてるけどだるくて後まわしにして、ブラウザでニュースを見たり、平子のツイッターにアクセスして遡《さかのぼ》って読んだりした。

二月八日、昨日の、これは午前か？　四時四十五分。

「連日嫌な事ばっか起きてるから、良い事がキャリーオーバーでめちゃくちゃ貯《た》まってそうで震える」

いくつかのリプの先に、七時二十八分、

「寿司に誘ってくれる義父がいる。ベロベロに酔って電話してきてくれる先輩がいる。その上嫁が美人。もう今世が恵まれてるの決定」

何これ？

一見前向きなツイートだけど、すげー悪いことあったって感じするな。この時期の悪いことって、どうしても、ラジオの打ち切りを思ってしまう。考えすぎか？

アルピー、結果、出してるよな。聴取率も。All Live Nippon のイベントも。年末年始はよくテレビ出てたみたいだし。

ツイッターで、まず平子をフォローし、アルピーANNのディレクターの石井と構成作家の福田も探し出す。それから、番組でよく聞く職人の名前を検索しヒットした先からフォローしていく。こうして色んなアカウントをフォローすると、その人たちのツイートが反映されて次々と現れる。遡っていくと、番組の継続を心配する、リスナーのツイートは、かなりある。

パソコンを立ち上げて、日ごろは見ない2ちゃんねるのラジオ番組のスレッドも幾つか読んでみる。別に、ここらのスレに書きこむ連中が正しい情報を持ってるなんて思わないし、気分悪くなるような悪口の応酬もあるけど、我慢して読むと、半々くらいの感じで、終わる、続くと分かれている。

半々？　マジで？　俺と佐古田と永川は、ずいぶんと楽観的に考えてたんだな。


十日、R‐1ぐらんぷり決勝の日。平子は準決勝止まり。残念。一人で出るR‐1に、平子はそこまで、こだわりはないみたいだけど。今度、永川や佐古田を誘って、M‐1とキングオブコントに挑むアルピーを絶対に見に行こう。

熱が下がり喉もマシになったけど、咳《せき》が出てきて、マスクマンの俺は今夜もバイトだ。


「土曜日はありがとう」

会うなり、鹿沢から言われる。

「わざわざ来てくれて」

すらっとこういうの言えてうらやましい。

「かなり反響があってね。うれしかったな」

鹿沢は本当にうれしそうに言った。

「そっか。よかったです」

なかなか顔が見れない。

「佐古田が、もう一回聴きたいって」

俺も、と言えず、

「佐古田のヤツ、一回聴いただけで、サビ覚えて歌えてて」

あくまで佐古田の話にする。佐古田が歌ったのをどこでどうして俺が聞いたのか全部省略してるけど、鹿沢は尋ねなかった。その代わりにこう言った。

「君らは、本当に仲がいいね」

驚いた。顔を見ちまった。冷やかしや冗談じゃなさそうで、動揺する。別にとか、リスナーだからとか、かわすようなことが言えず、黙っているとマジな感じになるのに、言葉が見つからない。

別にいいんだけど。仲が良くても。俺たちの関係がどんなもんでも。説明の必要もないし、できるとも思わない。

平潟湾の夜景と冷たい夜気と白く光るコンビニがよみがえる。

佐古田としたヘンな約束を思いだす。

大学の学食で昼飯。

咳が出る。夜の中に長居しすぎて、風邪をひいたなごりの咳。

二十日のアルピーANNのスペシャルウィークは、スター・ウォーズ・ネタ。十三日にジェダイの騎士募集（酒井が難癖つけまくって一人も選ばない）という準備をして、二週連続で引っ張るスター・ウォーズ・ワールド。

十二月に十年ぶりに新作が公開になるスター・ウォーズだけど、タイミング的に二月の今じゃなくて、もっと近づいてからでよくね？　近づけないとか？　番組終わるとか？　この前の平子のツイートはともかくとして、春の改編期の結論は、もう出てんだろうな。継続か終了か。一部から二部への降格はないよな。前例ないしな。去年のこの時期もハラハラ、ヒヤヒヤ、ジリジリしてたっけ。二部では抜群の存在感だったけど、一部へ行けなきゃ終わり？　もう聴けなくなる？――その恐怖と焦燥と期待。見事に昇格して、そのグッドニュースをバッドニュースのフリして、まるっと番組のネタにしたのが、去年の三月六日、伝説の放送。

去年と今年の違いは、オフェンスかディフェンスかってことかな。去年はチャレンジャーとして攻めてたわけで、今年は看板背負って死守する感じ。リスナー的には、今年のほうがきついね。もう改編の結論が出てるとしても、一年最後のスペシャルウィーク（下手すると、最後の最後のスペシャルウィーク）職人として、ここを盛り上げないで、いつやる？

スペシャルウィークは特別編成でコーナー飛ぶけど、「一週間」はやるんだな。よし。「一週間」に山盛り送りつけてやる。次週送りで良しとして「家族」にも送る。厳選したネタ、最低ノルマ十個ずつ。できれば二十個。

録音用のレコーダーは窓際《ぎわ》に据え置き、窓から離れると受信状態が悪くなるから、時差が出るのがイヤだけど、スマホのｒａｄｉｋｏアプリで聴く。

二十一日、午前一時。時報。

いきなり、男性アナウンサーのナレーション。スマホを取り落としそうになった。やべっ。来たな。いきなり、来たな。超メジャー映画を元ネタにした王道すぎるテーマ、フツーすぎない？　って思ってたら、そっちか！

ゲストのお笑いタレント、宇宙海賊ゴー☆ジャスがジェダイの騎士として覚醒《かくせい》し、ＬＦ共和国のラジオ・デススターを停止させないと、アルコ＆ピース星が滅んでしまう。つまり、この番組が終わる。ゴー☆ジャスに託すのかよー。ゴー☆ジャスにかかってんのかよ？

ツイッターの#アルピーannは、もうえらいことになってる。知ってる職人や知らないリスナーの怒濤《どとう》のツイート。

番組の進退をネタにするのは二部時代もやってるけど、まさか、今週、二月のスペシャルウィークから仕掛けてくるとは。早《は》ええよ！　通常だと、再来週くらいに発表するはず。二週間も早ええ。

どっちだ？

早くから仕掛ける意味、どっち？

ネタにするくらいだから続くのかって平子自身が放送で口にする。決定事項をパーソナリティの自分らは知らないってスタンス。

こんな茶番にするくらいだから続くってのが普通の感覚だけど、この番組だけは、そんな物差しで測れない。終わるなら、逆に、史上最大の茶番劇に仕立ててくる。派手にやる。爆死する。

壮大に見せかけてチープに落とした世界観と展開は、いつものヤツで、リスナーは在宅ラジオジェダイの騎士として、ゴー☆ジャスが覚醒するための修行内容を考える。早口大阪弁、宇宙川柳、腹筋……。

在宅ラジオジェダイって、真逆の方向性を持つ言葉の取り合わせだ。日常と非日常の両極。在宅ラジオジェダイはデータ入力が仕事だったり、フリーターの就職先として選択肢の一つだったりしてる。在宅ラジオジェダイって言葉は番組が出すが、内容を作るのは、全部リスナーの役割だ。

やべえ。考えこんでる場合じゃねえ。テーマ・メール送んなきゃ。みんな、えらいな。お、虹色ギャランドゥ！　やべえ。送らないと。終わるのかとか考えてる場合じゃない。

ゴー☆ジャスは、SEなしで安易に覚醒し、酒井が持つ（おもちゃの）ライトセーバーを光らせることができる（平子によるとスイッチを入れる）ようになった。そして、二時台に、世界はスター・ウォーズからアルマゲドンに移行する。アルコ&ピース星を守るために、迫りくるラジオ・デススターに宇宙船で体当たりをかますことに。ただし、操縦者が必要で、誰が行くかと。リスナーの三〇九票を圧倒的多数で集めた平子に決定するが、土壇場でゴー☆ジャスが乗り込んで捨て身の突撃を。……というゴー☆ジャスは生存、帰還している。

熱い展開のラジオドラマの果てに、アルマゲドンの主題歌がえんえんと流れ、なぜか「失われた星は、みんなの心の中に残っているんじゃないかな？」というゴー☆ジャスの台詞《せりふ》に、平子も酒井もただ笑ってたけど、これ、台本通り？　アドリブ？　アルコ&ピース星は失われたの？ 俺、息止まったけど。結局、エンディングでも、パーソナリティもどっちかわからないというグレーゾーン。

破壊された星の、宇宙空間に散らばる惑星の残骸《ざんがい》、そんなイメージ、SF映画やアニメや漫画で見たようなイメージ。ここにしかない楽しさと夢と笑いと、サイコで最高のネタと、それを読む、笑う、ディスる、喜ぶ、ジャストタイミングでツッコむアルピーの声。すべてが宇宙の真空の闇《やみ》に漂う塵《ちり》と化してしまうのか。俺たちの居場所は、楽園はなくなるのか。

それから一週間、リスナーたちは、スペシャルウィークのドラマの意味について考え続け、語り続けた。

フォローした職人の一人がツイートする。

「アルピーANNが改編どうなるかを考えてると、週末にみんなで集まって遊ぶ空き地がなくなるかどうかって感覚に近い。冒頭の『今日なにする？』で子どもみたいに胸躍っちゃう。マジでラジオデスターの軌道ズラして改編乗り越えてほしいなー。」

何度も読み返した。

泣きそうになる。

コンビニに来る客、道を歩く知らない人、この人たちは、たぶん、ラジオ番組が終わるか続くかに、人生が左右されるような思いを知らない。たぶん、ほとんどが知らない。もちろん、それぞれに何か大切なもの、好きなものがあり、人生を揺さぶられることはあるだろうけど。

終わってほしくない——あまりに切実すぎて、俺はこの思いをまったく口にも文字にもできなかった。

二月二十七日。#アルピーannにツイートするリスナー（実況とも呼ぶ）が、すごく増えてる感じがした。この日は、もう、最初から、様子がおかしくて、通常放送と言いつつ、いつもと違うことを番組はやり続けて、ツイッターは荒れる。「コーナー壊しだ」（コーナーの趣旨を無視したメールをわざと採用する）、「酒井ちゃん、まだ何も食ってないよな？」（CM終了時に使われるジングルのお決まりの会話をやらない）、「歌詞に何かヒントある？」（いつもはほとんど曲をかけないのに、上戸《うえと》彩《あや》の「愛のために。」を三回フルで流す）

先週からの流れもあるし、リスナーからは、番組が終わることを危惧《きぐ》する質問が押し寄せる。「鶴瓶《つるべ》さん、来ませんよね？」「ダウンタウンとウッチャンナンチャンの乱入までですか？」（「笑っていいとも！」の番組終了にまつわるエピソード）

テーマ・メールは「あなたが演技したこと」。で、もう、全編、アルピーは演技している、何か隠している雰囲気を出し続けている。最初はリスナーの何かあるでしょうの問いに何もないと軽く突っぱねていた平子が、だんだん返事が鈍くなり、ついには、「ある」と言いだす。

#アルピーannは爆発した。あるのか。終わるのか。終わらないで。頼む。お願い。もう、悲鳴というか祈りというか。

radikoの音が遅れて届くぶん、ツイッターのほうが情報が早くて、リスナーの騒ぎで先に展開を知る。遅れて、耳に平子と酒井の声が入ってくる。このズレ、いつもはOKだけど、今日はつらい。

「酒井、死亡」

何？　このツイート。

「元気いっぱい酒井ちゃん」のコーナーだ。これやるの久しぶり。番組終盤になると疲れて子どもっぽくなる酒井ちゃんを励まして元気にさせるコーナー。酒井ちゃんはなかなか元気にならない。うっとうしく泣く。最後は元気になるメールが読まれるのだけど、今日は、めちゃくちゃ元気になった酒井ちゃんが、元気になりすぎて死んでしまった——？

酒井、死亡！

最後のフラグがたった？

エンディングになり、酒井がいつもの呼び込みでメール募集をして「……詳しくは番組ホームページをチェックしてみて下さい。そして、三月いっぱいで、この番組終わるらしいよ……」

定型文のようなお知らせにまぎれこませて、するりと言った。

「終わるんだってさー」

と平子は他人事《ひとごと》のように言った。

そして、それから平子が亀田興毅《かめだこうき》と化して叫び続けて放送は終わり……。

あ、終わった。本当に終わった。終わるかもって思い続けてたけど、信じたくなくて、自分の寿命みたいに終わりが来るのがわかっていても永遠に続くように思いたくて、終わりなんて本当には考えられなくて。

終わった。終わっちゃった。

何も考えられず、ツイッターさえ読めずにいると、ＣＭのあとで、何かが始まった。

ナレーション。「次回のアルコ＆ピースのオールナイトニッポンは……」

え？　次回予告？　そんなのやったことない。たぶん、どのラジオでもやらない。

酒井と平子のやりとりの声。
酒井「俺、まだ諦《あきら》めてねーんすよ」
平子「いや、もう終わること決まったんだよ」
酒井「実は……秘策があるんですよ」
平子「酒井はん、万事休すや」
酒井「考えろ、考えろ、何か抜け道があるはずや」
平子「おめえ、それ、ただのトム・クルーズじゃねえかよ」
最後を締めるナレーションは、「アルコ&ピースのオールナイトニッポン——エンド・オブ・ザ・ワールド——オールナイトニッポンの歴史が変わる」

え？

え？

え？

ラインやスカイプだけじゃ足りなくて、なぜか、月曜日の夕方、鹿沢の部屋にヘビーリスナー三人が押しかけてのラジオ・トーク。

永川の主張は「終わる」。昨日、ＦＭの『サンデー・ナイト・ドリーマー』で、有吉弘行が、はっきり終わると言った。有吉は、アルピーの事務所の先輩。構成作家の福田は、両方の番組で仕事をしている。福田が、アルピー終わって暇になる、有吉はそういう言い方をした。公式の場で、有吉が言いきるなら、それが真実だろうと。福田が嘘《うそ》を言うわけもなく、有吉が嘘をつく理由もない。

佐古田の主張も「終わる」。アルピーが終わるって言うなら、終わりだ。はっきり言ったもん。でも、オールナイトニッポンの歴史が変わるって、なんか、すげーことやるんだぜ！

俺の主張は「終わらない」。あれだけ派手な演出やっといて、普通に終了できるわけがない、どんでん返しがあるはずだ。そういうのがひたすら好きな番組じゃねえか。まるごとブラックジョークつーか、エイプリルフールみたいな番組なんだから。

事情をひたすら聞かされて、わけがわからないまま意見を求められた鹿沢は、

「何かあるんじゃない？」

とあっさり言った。

何か——まあ、そうだ。何であれ、俺らは全力で、それを楽しむしかない。たとえ、それが耐えがたい喪失であっても。盛大に祝うように送りだすしかない。

「来週、出待ち、行くべ」

永川が言った。

「もし、終わるなら、お疲れ、言いたいじゃん」

「アルピーに？」

佐古田が身を乗りだした。

「会えるの？」

「来週は、いっぱい人来るんじゃないかな」

ニッポン放送で、これまで何度もパーソナリティの出待ちをしたことがある永川は言った。

「行かない」

俺は言った。そんなことをやったら、本当に終わってしまいそうだ。放送をじっくり聴きたいし。

「二人で行く？」

永川に聞かれて、佐古田は考えた。

「オツカレサマを言うのは、ガチのラスト・デーじゃねーか？」

佐古田は眉《まゆ》を寄せて言った。

「三月最後の」

俺の全身を身震いが走り抜けた。

ラスト・デー。三月末。

そんな日に、そんな場に、俺はいられない。もう来週、ここに来ない彼らに、オッカレサマデシタなんて言いたくない。

お見送り、たくさんのリスナーが集まって盛大なほうがいいんだろうけど。伝説となった、くりぃむしちゅーのＡＮＮの最終回でリスナーが大集合したように。あの時、中学生だった俺は行きたくても行けなかった。でも、くりぃむが玄関前に降りていった時に放送にのったリスナーのすごい歓声は、今でも耳にこびりついて離れない。

「トミーの送別会をやろうよ」と鹿沢が言いだして、「いらねえ」と俺が断固拒否ると、「じゃ、もし、ラジオが終わらなかったら、お祝いのパーティーやろうよ」と提案される。俺はしぶしぶ提案を飲んだ。これを断ったら、ラジオ終わりそうで。

鹿沢がニコ生で使ったキーボードを佐古田が見たがった。音楽用の部屋は、放送した時のようではなく、たぶん前みたいに空きがなく機材が詰まっている。

ＫＯＲＧのＭ50－88というシンセサイザーを俺たちは見せてもらった。「フルサイズの鍵盤《けんばん》が欲しくて買っちゃったけど、デカすぎだよね」と鹿沢は自慢そうだった。

鹿沢に弾きたい？　と聞かれて、佐古田は弾けないと断り、そのくせ、いつまでも、じっとシンセを見つめている。

聴きたいんだな、あの歌を、あの音を。言わないんだな。俺が代わりに言っといたけど。佐古田は、言わなくてもいいことばかり言い、本当に言いたいことを言わなかったりする。

あの夜、俺に言ったことは、かなりぎりぎりの本心なんだな。そう思っておくことにする。勘違いでもいい。どうせ、人の本当の気持ちなんて、わかんねえし。

2

自転車で走っている。

夜の道。

前に佐古田と歩いた道。

同じ道なのに、自転車からの視野は違う。世界が違う。明かりの見え方も違う。

静かな町灯り、闇をきわだたせるようにも思える明かり。明るいのか、暗いのか。

圧倒的にまぶしいコンビニ。うれしいのか、悲しいのか。

たぶん、どれもこれも、自分の心を映している。その明度。心の明るさ。心の暗さ。

心が暗い時ほど、逆に光がまぶしく見えることもある。あこがれにも似た切ない気持ちで。

　明るさを求める気持ちは、すでに、きっと暗い。でも、その暗さを心に抱える人を俺は少し信じる。そんな蛾《が》のようなヤツらなら、通じる言葉がある気がする。

　カレーが食べたいと言ったのは、佐古田だった。能見台《のうけんだい》にうまい店があると鹿沢が言ったけど、金曜日は、ヤツはあとにバイトがあるし、近場の八景で探した。この前、俺と佐古田が歩いた平潟湾沿いの道にある店だ。八景の駅の近く。

　窓際の席に案内される。俺の隣りに永川、向かいに佐古田、その隣りが鹿沢。俺の場所からはシーサイドラインがカーブして近づいてくるのがよく見える。俺に向かってくる感じがして、なかなかダイナミック。ネパール人かインド人っぽい店員さん、日本語はよくわかるみたいだ。色んなセットメニューのチョイスがあり、時間がかかる。

　生ビールのジョッキ三つ、ラッシーのグラス一つ。佐古田は生ビールが飲みたいとゴネたけど、前に鹿沢ンチでビール飲ませた時に、コップ一杯でかなり酔ったから阻止した。

ジョッキとグラスをガチャガチャ合わせる。

「富山くん、お疲れ様」

と鹿沢。

「おつ」

と永川。

「おめでとう！」

佐古田が店の人が全員振り返るような大声で叫んだ。

「アルピー、おめでとう！　リスナー万歳！」

「おめでとう」

俺が言い、永川と鹿沢も言った。

十三日の金曜日の午後五時半過ぎ。

「乾杯！」

締めるように鹿沢が言い、みんな、ジョッキとグラスをあおった。

一週間前の三月六日の金曜日——明けて七日の午前一時。

誰かンチに集まろうかって話もあったけど、それぞれ自宅で聴いた。ラジオ聴いて、ツイッター見ながら実況ツイートして、テーマ・メールを送ってって、忙しすぎる。その場で他のヤツに構ってる暇なんかねえよ。

俺はツイッターのアカウントをちゃんと作り直した。名前をラジオネームと同じトーキング・マンにして、テリー・ビッスンの『世界の果てまで何マイル』の文庫の表紙を写真に撮り、アカウントのプロフィール画像に載せた。説明文には、聴いているラジオ番組を列挙した。

初ツイートは、「今夜、実況に参加します。エンド・オブ・ザ・ワールド」。二つ目のツイートは、「終わんねえよ」。わかる人にしかわからない。でも、俺のフォロワー、わかる人しかいない。俺がフォローした職人さんで、律儀にフォロー返ししてくれた人が何人かいたんだよ。早速、反応があった。

「トーキング・マンさん？」

「そうです。よろしくお願いします」

「よろしくです！」

そんなやりとりが少しあり、

「今夜ですね」

「終わらないですよっ」

「終わらせない」

　みたいなやりとりもあり。

　トラウマを別としても、ラジオネームでツイッターやるのって、なんかビミョーって思ってた。でも、こんな時は、発言に責任持ちたい。たいして知られてないラジオネームでも公表して、言いたいことを言わないとな。個人アカウントの一ツイートも、チリが積もれば……で「世論」になるかもしれないじゃん。批判して炎上させるネットの声の力があるなら、応援して後押しする力にもなると信じる。どこに届くか、どこにつながるか、わかんねえ声だけど。怖さもあるけど。ほぼ怖さしかねえけど。

　先週と同じ女性のナレーションから始まる。そして、わりと普通のテンションの平子が、番組の終了は決まっている、それは本当だと繰り返し言った。生放送なのに、来週の予告なんてありえない。時空が歪《ゆが》んでる。つまり、今これからしゃべることが、先週の時点で語られてしまっているわけだから、と。

　伏線の回収。シナリオの遂行。

　平子の口から、しっかりとした話し方で、終了確定を聞かされると、先週から続くどんなシナリオが用意されていても、一番肝心な線は動かないのかと思って、床にバッタリ伸びちまいそうになった。やっぱり、もうダメなのか。あとは、どう終わるか、どう遊ぶか、それだけなのか？

酒井は、終わらせない方法を探そうということで、まさに去年の今日、三月六日、二部から一部への昇格を発表したドッキリネタをそのまま再現しはじめる。打ち切りの通告を口頭で受けたが、ニッポン放送からの正式な書類をまだもらっていない。それを見るまでは、終わりにならない。逆にその書類を手に入れて、破いてしまえば、打ち切りがなくなる。どこにあるか、わからない。リスナーのみんな、家のポストを見てくれ。間違って配達されているかもしれない。一刻も早く手に入れて破ってしまえ。

そして、リスナーが各自の家のポストで発見した「関係ないもの」のあれこれネタ。ステーキカフェ、ケネディのクーポン券という去年とそっくり同じネタも送られてくる。

去年と同じ日付に、去年と似た、再放送のようなテーマを展開する。番組終了を阻止？　バカバカしいと言うな。一度ならともかく二度までもと言うな。これこそが、アルピーANNクオリティ。俺は受けいれたぞ。どんな結末が用意されていようと。
#アルピーannには、ものすごい数と速さのツイートががんがん来てる。俺も送

るけど、なかなか反映されない。リロードすると、一度に二十や四十のツイートがどさっと流れる。そのうち七十を超える。ものすごい回転だ。俺はそこまで番組実況のツイートに詳しくないけど、ありえない回転じゃないか？　とても読み切れない。いったい、全国で、何人のリスナーが、ここにかぶりついてるんだ。ここでつぶやいてるんだ。興奮してる人も、冷静な人もいるが、熱いのは一緒だ。この熱、伝わってほしい。がんがん行くぞ。

酒井のフリートークは、昨年亡《な》くなった父親をネタにした渾身《こんしん》の下ネタ。平子が、草葉の陰でとつぶやくまでもなく、不謹慎の極みだけど、下ネタが嫌いな俺が思いきり拍手したくなるほど、パンチのきいたトークだった。伝わってきた。熱が。思いが。芸人魂みたいなものが。パーソナリティとしての矜持《きょうじ》が。おかしなもんだ、むしろ、お父さんへの酒井の愛しか感じないよ。

コーナーは普通に、いやむしろ長めにやる。さくさくと番組は進み、ツイッターは超高速回転し、ニッポン放送からの書類は見つからず、ついに、去年とまったく同じく、番組前半終わりのタイミングでプロデューサー宗岡《むねおか》が登場する。番組終了の正式な書状を手にして。

「ムネ、待て、ムネ。くそっ、ここまでか」

この平子の台詞が、先週の予告通りに吐き出される。

去年は木曜二部のクビ宣告、続けて、金曜一部への昇格通達があった。

今年は……。

何をどう想像していようが、リスナー一同、雷に打たれる準備で身構えた一瞬。

「非常につらいお知らせだと思いますが、心して聞いてください。アルコ&ピースのオールナイトニッポンは三月いっぱいで終了します」

来た。

「そのかわり、四月からは、再び木曜日の二部で頑張っていただきたいと思います」

木曜二部？　二部？

驚いたわりには、すっと飲みこめた。

まさかの？

去年の真逆？

それだけはないと思った二部降格？

っていうより、番組生きのびた？

まさかの？

継続？　そう、継続だよ。終了じゃなくて継続だ。降格でも何でも終わらなければいいんだよ。……という意見が、ツイッターを暴れまくった。違う意見の人は、いなかったように思う。みんな、喜んでいた。ほんとうにほんとうにほんとうに喜んだ。ただ、番組は、平子が延命を喜んだのに、酒井がまったく喜ばず、一部残留の手立てがまだあるはずと粘って、また、ツイッターも騒ぎ始める。番組の後半はオマケのような感じで、木曜二部に降格し、時間が三十分縮小されるものの、番組としては、奇跡的な残留を果たした結末となった。

ニッポン放送の歴史を、アルピーは本当に塗り替えた。二部から一部に昇格し、また二部に降格したパーソナリティは、前代未聞らしい。

後日、ポッドキャストやスタッフのツイートで、さらに舞台裏が明かされる。最初の通告は、完全終了だった。単純にすべて終わる予定だった。番組ディレクターの石井のツイートが、俺は忘れられない。お気に入りに入れて保存してある。

「色々な事情であのような形での発表となってしまい、すみません。ただ、スタッフである僕も一度終了を告げられて本当に無念な気持ちを味わいました。正直、お酒を飲んで泣いたりもしました。そこから色々な人が動いてくれてなんとか2部での継続が決まり、今に至ってます。本当に感謝しかありません」

これを読んで、今まで一度も感じたことのない気持ちを味わった。

うらやましかった。石井ディレクターが。

俺はリスナーとして、こっち側にいることに百パーセント満足している。だけど、このツイートを読んだ時だけは、向こう側にいる、番組制作に携わり、パーソナリティと共に同じ船に乗り、運命を共にする、お酒を飲んで泣いたりする、そんなスタッフが、無性にうらやましく、まぶしく感じた。

俺はずっと思っていたんだ。どんな人なら、好きなラジオ番組が終わることを止められるんだろうって。どんな地位にある人なら、権威なら、俺の最大の生き甲斐《がい》を守ることができるんだろうって。放送局の人事権に関わるえらい人だろうし、想像もつかない。二年つづけて番組の昇格と降格の通告書を持ってきた宗岡プロデューサーより、もっとえらい人みたいだし。まあ、それはいいんだ。そんな人になろうとも思わないし、なれるわけがないし。

だけど……。

ラジオ番組の制作スタッフになりたいと、初めて本気で思った。もちろん、番組の継続と終了は決められない。でも、同じ側で勝負できる。その側がどんなものなのか、それも想像つかないけど、仕事としてチャレンジしてみたくなった。

仕事か。

だいそれたことだよ。まず、大学に戻って、通って、卒業して、就職だろ？ ラジオ局に俺が受かるか？ それはハードル高すぎる。番組制作会社って、どのくらいの競争率？ やっぱり、すげー高根の花だろう？ ハガキ職人から構成作家？ 優秀な職人は山のようにいる。アルピーANNにも、ラジオネームを聞かなくても、その人のネタだとわかりそうなくらい、圧倒的に個性的で天才的なエースがいる。

どのポジションを目指しても、たぶん、コミュニケーション能力が絶対的に問われる仕事だ。俺に致命的に欠如している能力。

不可能へのチャレンジ？

目指すのは奇跡？

まあ、いい。就職は、まだ先のことだ。

ほんの小さなヒトカケラの夢が生まれてしまったってことだけ。奇跡のような夢。

色々なことを知ろう。色々な世界を見て聞いて訪ねよう。どんなに知識があっても足りない。知識だけじゃ足りない。何もかも足りない。たくさん、たくさん、取り込んで吸収して、自分の世界を大きく豊かにしたい。

そんな夢を、俺は語らなかった。佐古田や永川や鹿沢に語ってもよかったけど。

アルピーANNの継続祝いと、俺の送別会を兼ねたパーティーは、盛り上がっていた。

カレーはうまかった。永川がすげー辛いヤツを頼んで無理して食って涙目になってる。タンドリーチキンやシークカバブも食った。サモサというカレー味のジャガイモをパイ生地みたいなので包んで揚げたヤツがゲキうまかった。みんな違うカレーを頼み、全部の味をみるという女子的なことをやり、みんな、よく食った。小食の佐古田もたくさん食べてた。

「カレー、好きなのか？」

と聞くと、

「嫌いなヤツを連れてこい！」

と飲んでもないのに、からむ。

「いるだろうよ。辛いのダメとか」

自分の辛いポークカレーを早々に放棄して、俺の中辛マトンをガツガツ食ってる永川を横目で見ながら俺は皮肉っぽく言う。超辛口ポークは鹿沢が平気な顔で食ってる。

「だから、ここに連れてこいって！」

佐古田は吠《ほ》える。

「俺、友だちいねえから」

「おい！」

「うるせえよ。声でけえよ」

「飲みてえなあ。オレだけ未成年って、卑怯《ひきょう》じゃねえか？」

「同じヤツで」

ビールからハイボールに切り替えてた俺は、おかわりを注文する。佐古田に見せびらかすように。酒は弱くはないけど、どのくらい強いかは知らない。つぶれるまで飲んだことがない。酔ってきたなと思うとやめるから。今日は、酔ってもいいなと思ってる。飲みたいだけ飲むつもり。

「お子ちゃまは、ジュース、な」

マンゴー・ラッシーのあとに、オレンジ・ラッシー、次にジンジャーエールを飲んでる佐古田にむかって俺はニヤリとした。

「カザー、こいつ、何とかしろ」

佐古田は鹿沢に命じた。

「トミーは止まらないよ」

鹿沢は人差し指を立てて振って、そんなことを言う。

「トミー、ストーップ！」

俺は英語っぽく聞こえるように言った。

「なんか、あれだな、アクション映画で無駄に走り続けるダサい主役みたいだな」

「おめえ、それ、ただのトム・クルーズじゃねえかよ」

佐古田の言葉に、俺と永川は爆笑した。事情を知らない鹿沢は、首を傾《かし》げた。

「トム・クルーズ、ダサい？」

「いやいや、いやいや」

俺たち三人のリスナーは、手を振って否定した。

「ただのラジオ・ネタ」

俺は説明した。

このトム・クルーズに関する平子の台詞が何を意味するか、リスナーは推理しまくった。中には、トム・クルーズ主演の映画を全部見直したってツワモノまでいた。

三人のリスナーは、幸せをかみしめて笑った。陽気に声をたてて。

「いいなあ。楽しそうで」

鹿沢は仲間はずれになったようで、軽くスネた。

「俺も、また聴いてみるよ」

「木曜深夜、つか金曜午前三時から、よろしく。あ、四月からね」

俺が宣伝口調で言うと、

「富山くん、いなくなったら、俺、シフト替えてもらおう。もう一日減らしたいし。店のこと考えて合わせてきたけど」

鹿沢は考えこむように言った。

「本当にやりたいこと、ちゃんとやらないとね」

その言葉で、みんな、ふっと現実に帰った。現実の三月、四月。それぞれの春を迎える。

「鹿沢さん」

俺は少しふらついた声で呼びかけた。

「もう一回、歌ってよ」

酔ってるから、やっと言える。もっと酔わないうちに言っておかないと。

あの歌のタイトルが、なかなか口にできない。魔法の言葉のようで。何かの呪文《じゅもん》のようで。唱えると、何かが変わってしまいそうで。すごく間をあけて、それでも俺は言った。

「明るい夜に出かけて」

歌詞だけは、鹿沢がラインのトークに書きだしてくれた。俺の言葉でもあるけど、この歌詞はやっぱり鹿沢の作品だと思った。

「そうだね」

やはり、長い間をあけて、鹿沢が答えた。

「リクエストがかなりあるんで、ニコ動にアップしようかと思ってる。あの時のヤツじゃなくて新しく歌ってね。少しいじるし、感じが変わっちゃうかもしれないけど」

あの時の歌は、本当に一度きりで、夜に流れていって消えてしまったんだな。そのほうがいいのかもしれない。

「乾杯！」

佐古田が叫んだ。

「もう一回、乾杯やろう！」

「うるせえよ」

「飲ませろよ！」

「ラッシービアとか行く？」

永川が折れそうになるが、俺は妨害する。

「次はコーラ」

そう言うと、向かいに座ってるチビの佐古田は、腰を浮かせて手を伸ばして、俺の頭を乱暴にはたいた。佐古田ははたいたとたん、シマッタって顔したけど、俺は叩《たた》かれた頭をさすりながら、ニヤッとした。

「痛《いて》えな」

笑ったり返事したりできる。固まらない。白くならない。不思議だ。酔ってるから？　佐古田だから？　女子的な接近じゃなくて、単純な攻撃だったから？

わかんねえけど。

俺から叩き返すのは、無理な気がした。

接触恐怖症も女子恐怖症（そんな病名あるのか？）も、ぶっちゃけ俺のコミュニケーション障害について、自分でも、よくわかってない。少し良くなってきてる気はするけど、そんなに簡単なもんじゃないだろう。

「いつか、ぶち返す」

俺は予告した。

俺にとっては、けっこう重要な意味のある、この宣戦布告を、佐古田も鹿沢も永川も理解したように思った。三人とも、すげーマジ顔してる。おかしいよな、ぶたれて、ぶち返すって言ったら、みんなシーンとするって。

いつものように場を救うのは、鹿沢だった。

「女の子をぶったらダメだよ」

鹿沢は言った。

「優しくしないと」

そして、佐古田の頭を子どもにするように優しく撫《な》でた。その光景を見たことがある。だいちゃのイベントに佐古田が遅れて走ってきた時。でっかいガーベラを持ってきた時。

あの時の気持ちをそっくり思いだした。

うらやましかった。悔しかった。まぶしかった。ほほえましかった。

「乾杯しよう」

俺は言った。

コーラとハイボールとビールとワインのカクテルで、もう一度、乾杯した。

何を祝ったのか？

わかんねえ。

わかんねえのがいい。

また、こんな夜があるといい。

あとがき

『明るい夜に出かけて』は、デビュー前の習作につけたタイトルです。古いフロッピーディスクに、書き出しと人物設定だけの記録がまだ残っています。夜の中でふらふらする若者たちの交流の物語を書こうとしましたが、ストーリーがうまく作れず、休止しました。中止ではなく、休止です。未完成の構想を長年抱えていて、ようやく世に送り出す──そんな作品がこれまでに三つありましたが、今回で四つに増えました。

熟考、変貌《へんぼう》の末、完成したのは、主人公がラジオ・リスナーの物語です。実際に、二〇一四年から一五年にかけて放送された伝説的番組、ニッポン放送の『アルコ&ピースのオールナイトニッポン』を作中に色濃く使わせていただきました。パーソナリティであるアルコ&ピースさん、番組制作スタッフ及びニッポン放送の関係者の方々、大切な財産をフィクションに「お貸し」いただき、本当にありがとうございました。

アルコ&ピースさんは、オールナイトニッポンのパーソナリティを、二部、一部、二部と三年間務められました。ラジオ好きの私は、最初の二部の夏に、たまたま聴いてから、その面白さの虜《とりこ》になり、笑ったり、あきれたり、笑ったり、驚いたり、笑ったり笑ったりしながら、毎週、胸をときめかせていました。

番組がどんな感じだったのかは、作中にたくさん書いてしまったので、ここでは詳しく触れませんが、とにかく、類を見ない奇抜で痛快な世界です。言葉では語れないとよく言われる、この独特な魅力を、番組ファンの皆様に違和感なく読んでいただけたのか、逆にラジオにあまりなじみのない読者の方にご理解いただけたのか、不安や心配は尽きません。

メイン・モチーフは、深夜ラジオですが、長年あたためていた、夜の中で心をさまよわせる若者たちの物語です。私がこのタイトルを決めた二十代の時には想像もつかなかったコミュニケーション・ツールにより、人間関係の在り方もずいぶん変化しました。長い時の流れの中で、変わったものもあり、変わらないものもあり、登場人物たちの目となり、作中を私もさまよいました。読んでいただいた方々に、何かが届くことを切に願っております。

舞台は、金沢八景の周辺です。私は生まれも育ちも隣りの東京ですが、作品の舞台に神奈川の地をよく使わせていただいています。

主人公の富山は、コンビニのアルバイターでもあります。金沢八景周辺の実在の店舗での取材は、していません。できる範囲でコンビニの仕事を調べて、嘘《うそ》がないように、せいいっぱい努力しましたが、すべてが架空のものであり、場所や人物にモデルがないことを、あらかじめお断りしておきます。

この作品を書くために、色々な方のお世話になりました。多方面にわたってご協力いただいた宮下みゆきさん、いつも私が困らせてばかりいる担当編集者の田中範央さん、本当にどうもありがとうございました。また、ツイートなどを読ませていただいた、(一つお借りまでした) 番組リスナーの皆様、深く感謝しております。

今日も、明日も、私は、深夜ラジオを聴いて笑い続け、時には、足りない物を求めて深夜のコンビニに出かけるはずです。

二〇一六年夏

文庫版あとがき

文庫化に際して、感謝をこめて、もう一つのあとがきを書かせていただきます。

単行本の原稿を書き終えた時は、まだ頭の中に、作品が「高温」で残っていて、文字になったものを読んでも、どうしても「冷めて」見えてしまいます。それから時間がたち、文庫のゲラを読むタイミングで、やっと、ああ、こんな話だったのかと初めて理解します。むしろ冷静になりすぎていて、自分が書いたものだという感覚すら乏しくなっています。今回、「読者」として読み返して、楽しめたことに心からほっとしました。

単行本発売前後は、ハラハラする日々でした。実在する人気深夜ラジオ番組を大変なボリュームで使わせていただき、他にも色々な実在する人物、番組に言及したことで、どこかから怒られないかと本当に不安でした。結論から言うと、今のところ、怒られることはなく、胸をなでおろしています。

パーソナリティのアルコ&ピースさんに、ご挨拶《あいさつ》、対談という形で二回お目にかかり、色々なお話ができて、本当に嬉《うれ》しかったです。ラジオ番組で、くりぃむしちゅーさん、太田光さんが本作に触れて下さったこと、また、小泉今日子さんがパーソナリティを務められた時に、世代を超えるコミュニケーションという視点から本作をプッシュしていただいたこと、ひたすら感謝、感動でした。

そんな中、第三十回山本周五郎賞を受賞しました。異色のアプローチをした実験作というより、まっとうに背骨の通った青春小説として成立していると認めていただけて、何より嬉しかったです。授賞式には、アルコ&ピースのオールナイトニッポンのパーソナリティの平子祐希さん、酒井健太さん、そしてスタッフの方々にお祝いに来ていただき、忘れられない思い出となりました。

さらに、『明るい夜に出かけて』は、オールナイトニッポン五十周年記念のラジオドラマにもなりました。主演がオールナイトニッポン月曜日担当パーソナリティの菅《す》田将暉《だまさき》さん、共演やゲスト、挿入歌も、すべて、ラジオに縁《ゆかり》のある素晴らしい方々が集まって創って下さいました。

ラジオドラマの収録を、イマジンスタジオで見学しましたが、キャストの皆様の演技が素晴らしく、自分の書いた台詞《せりふ》が、体温のある声となって響くことに感動しました。一つの発想や表現から、伝達し、転換し、創造の世界がふくらんでいくことを、作中でも書きましたが、まさに、それが現実になった感がありました。

文庫化を機に、小説を愛する方々、ラジオを愛する方々に、さらに読んでいただけることを夢見ます。

単行本のカバーは、ニッポン放送のスタジオの写真で、とても思い入れがありましたが、文庫版では、丹地陽子さんにイラストを描いていただきました。繊細でセンスにあふれ、心情が伝わってくる人物や風景がとても好きです。今回も、人と景色に明るさと暗さが同時に見られる、テーマを浮き彫りにするような素晴らしい絵をいただきました。

金沢八景に行ったことがある方なら、すぐにわかるような印象的な歩道橋です。作中に描写がありますが、富山が一人でいるシーンは実はありません。でも、三章までしか書けなかった大昔の習作の原稿は、十代の少年が歩道橋でぼんやりしているシーンから始まるのです。場所は金沢八景ではなく、表参道でしたが。原初のイメージが生き残っていたような不思議な感動を覚えました。

解説を朝井リョウさんが書いて下さいました。書き手として、私自身が一番嬉しい言葉をいただき、その重みを噛《か》みしめています。いただいた言葉に恥じないように、今後もしっかり書き続けていきたいです。

朝井さんは、感性、思考、言語感覚など多くの面で時代を先導する表現者であり、人間の本質を真っ向から見据える闘士でもあります。一方で、エッセイなどではコミカルで楽しい世界観を披露されていて、ラジオパーソナリティとしての洒脱《しゃだつ》なしゃべりは凄《すご》いです。

ラジオの深夜番組をモチーフとした物語に、朝井さんに言葉を添えていただくことで、本作の大きな幸せの輪ができあがりました。携わって下さった方々、心を寄せて下さった方々、改めて、心よりお礼を申し上げます。

二〇一九年三月

解説

朝井リョウ

著者の小説に魅了されて、どれだけ年月が経《た》つだろう。

初めて手に取ったのは『一瞬の風になれ』（講談社文庫）だった。当時高校生だった私は、心の底から「この物語を一生読み終えたくない」と思い、苦しいくらいだった。そんな、絶対に叶《かな》わない願いを胸に抱きながらの読書体験は、今でも私の創作人生における目指すべき場所、常に変わらない一番星として輝き続けている。

では、何にそんなに魅了されたのか。それはきっと、物語における〝主人公の少年少女〟の在り様と、彼ら彼女らが生きる物語世界の温度が、フィクションに臨むときの私にとって理想のものだったからだ。

まず前者についてだが、私は、弱者が強者をぎゃふんと言わせる、という類《たぐい》の展開にあまりカタルシスを感じない。主人公をわかりやすく〝持たざる者〟とすれば味方が増えるのも当然だし、傍らに〝持てる者〟を置けば主人公への更なる応援が集まるに決まっている。そのやり方で読者からの支持を得るのは戦い方として少々簡単すぎるのでは、という思いが根強くあるのだが、実際に小説を書いてみると、〝持てる者〟ありきの〝持たざる者〟目線、という構図から脱却して物語を構築することの難しさを痛感する。だが、著者の描く主人公像は、そのような構図から軽やかに脱却しているように感じられる。主人公は確かに苦悩や欠落を内包しているものの、それは〝持てる者〟ありきの暗闇《くらやみ》ではなく、あくまで主人公自身の問題なのだ。彼らは、〝持てる者〟への恨みや嫉妬《しっと》を語って読者から愛されようとする姿勢をとらず、むしろ軽妙な語り口で自分なりに自分を飼い慣らそうと試みる。著者の描く主人公には、こちらが勝手に応援しよう、愛そう、なんて思っているうちに、いつのまにかひとりで自由に歩き出していってしまうような不思議な逞《たくま》しさがある。そんな、楽な方に決して流れない人物造形が、毎回たまらない。

そして『一瞬の風になれ』に次いで『夏から夏へ』（集英社文庫）を拝読したとき、著者の陸上競技における並々ならぬ愛情と興味関心に脱帽した。自分が本当に好きなものをテーマに据えて書くというのは、想像以上に難しい作業だ。愛情が先行すると読者を置いていってしまうし、引いた視線で書きすぎるとそのテーマで書かれた従来の物語との差がなくなってしまう。だが著者はこれまでも『黄色い目の魚』（新潮文庫）で今でも頻繁に観戦しているらしいサッカーを、『しゃべれども しゃべれども』（新潮文庫）で今年の一月も関連イベントに登壇するなどしていた落語を、『聖夜』『第二音楽室』（ともに文春文庫）で音楽を（著者は奥田民生《おくだたみお》の大ファンなのである）テーマに据え、それぞれ傑作を生み出している。好きなものを追いかけ続け、その道程で見聞きした様々な情報や感情をフィクションに落とし込む作業が抜群にうまいのだ。そして、著者が本当に好きなものから得た要素で構築される物語世界には、本人がそう意識していなくとも、特別にやわらかい輝きが宿っていると私は感じる。言葉にするのが難しいのだが、その小説の中にいるうちは、現実を生きているときにはなかなか感じづらい、人間の幸福だとか、生きることへの肯定感だとか、そういうものを純粋に信じたくなるのだ。陸上に、サッカーに、落語に、音楽に関わる人たちが小説の中で前を向いて歩いていく姿に、その物語世界に招いてもらった私たちも勝手に照らされるのだ。私は著者の作品の表紙を開くときいつも、人生から滲《にじ》み出るほのかな光を閉じ込めた宝箱の蓋《ふた》を開けるような気持ちになる。

そのため、著者の新作の主な登場人物たちが（二十歳を超える者には相応《ふさわ》しくない呼び名かもしれないが）少年少女で、テーマがラジオだと知ったときは、心臓に引っ張られて体がバウンドするくらい興奮した。私の大好きな要素が見事に合体しているではないか。実際、ラジオの番組で曜日を把握している身として、オールナイトニッポン、JUNK、GROOVE LINE、ラジオ深夜便、ナインティナイン爆笑問題くりぃむしちゅー、出てくる単語ひとつひとつにあまりにも馴染《なじ》みがあり、文章を追うだけでひたすらに楽しかった。

物語の主人公は、富山一志、二十歳。都内の大学に通う学生だったが、今は休学している。実家も都内にあるものの、それまで暮らしていた空間から距離を置くため金沢八景にて独り暮らしを始め、深夜のコンビニでアルバイトに勤《いそ》しんでいる。

富山が休学している理由は、他人の体への接触が生理的に苦手だということに遠因がある。富山は自身の接触恐怖症の傾向を認識していたものの、好きな異性に対してもその症状が全く軽減されないとは考えていなかった。好き同士なのに接触を拒まれた女性は傷つき、その友人が事の顛末《てんまつ》をインターネット上で喧伝《けんでん》した。富山がただの大学生ならばそれだけで済んだ問題かもしれないが、富山はただの大学生ではなかった。

深夜のラジオ番組、「アルコ&ピースのオールナイトニッポン」（以下、アルピーANN）で投稿が多数採用されている、名の知れたハガキ職人だったのだ。

結局、ラジオネームに始まり、富山の個人情報はインターネットの海でどんどん拡散されてしまった。不特定多数の好奇の目に晒《さら》されることとなった富山は、ラジオへの投稿を自粛し、暮らす場所を金沢八景に移すことを決める。そこで関わりを深めていくのが、アパートを斡旋《あっせん》してくれた旧友・永川、三歳年上のバイト仲間・鹿沢、そしてコンビニに現れた一風変わった女子高生・佐古田である。

この佐古田との出会いが特徴的だ。富山は彼女のカバンにとあるバッヂが着いていることに気付き、思わず声を掛けてしまう。異性に対してトラウマを抱えている状態であるにもかかわらず、頭より先に体が動いてしまったのには理由がある。そのバッヂは、アルピーANNにて、特別に面白かったネタを投稿した者だけが貰《もら》えるものだったのだ。富山と佐古田は、初対面でありながら、すでに同じ番組内で毎週たっぷりと遊び尽くす仲間でもあった。

読み進めていくうち、主な登場人物である四人の背景と関係性が明らかになっていく。投稿が採用されないコンプレックスからある裏切り行為を犯した過去のある永川、コンビニ店員をやりながら人気の歌い手として活動している鹿沢、ラジオや部活では生き生きと自分を表現することができるがクラスでは浮いた存在の佐古田。彼らは、ニコニコ生放送、深夜のコンビニ、アメーバピグ、佐古田の高校の文化祭など、非現実と現実を行き来しながら独自の人間関係を築いていく。

その中で富山は自身の中の欠落と向き合い成長していくわけだが、その変遷にまつわる評はこれまで様々な媒体で言及されていたことだろう。せっかく解説を担当することになったので、ラジオ好きとして、そして烏滸《おこ》がましくも同じ小説家として、殊《こと》に感銘を受けた点を挙げさせていただく。

まず前半で、著者の構築する物語世界にはやわらかな輝きがあると述べた。それを実現している要素のひとつとして、物語の舞台に関する描写が具体的かつ細やかであることに注目したい。たとえば土地の描写。序盤、富山がコンビニからアパートへ帰るシーンでは、その街並みが実在の通りや駅の名前を用いて描写されており、彼が今どんな景色の中を歩いているのか頭の中で立体的に思い浮かべることができる。そのように、物語の始まりのうちに、その世界への新参者である読者がすっと情景を想像できるほどの強度を確保しておくことは、(今作の場合は鹿沢の生配信での弾き語りを鑑賞した富山と佐古田が夜の街で邂逅《かいこう》するシーンのような)後半に出てくる重要な場面をより鮮やかに読者に思い起こさせるための大切な助走となる。

そんな特徴を持つ著者だからこそ、題材としてアルピーANNを選んだことが本当に衝撃的だった。なぜならば、アルピーANNは、作中でも何度も言及されているとおり、とにかく〝具体的かつ細やか〟な描写を一切受け付けないようなバカバカしさに満ち満ちているからである。

単行本刊行時、著者と対談をする機会に恵まれた。そのときにアルピーＡＮＮの魅力は何かと問うたところ、著者はこう答えてくれた。

「バカバカしさに始まって、バカバカしさに終わるところ。何かモノを作っている人なら分かると思いますが、オチをつける方が案外易しいですよね。イギリスあたりが本場の『ナンセンス』という文学のジャンルがあります。ナンセンスを書くのは本当に難しい。バカバカしさ以外、余計なものを入れずに成立するフィクションを構築するって、大変ですよ。深夜ラジオはそれに似ていて、無意味なまでのやりっぱなしが許される媒体だと思うのですが、中でもアルピーの番組はその最たるものでした」

つまり、小説の中で描写するにあたって本当に難易度が高い対象だということだ。だが著者は、言葉にされることを拒否するようなアルピーＡＮＮを中心に据えながら、何か好きなものを追いかけている人間なら皆に心当たりがあるだろう普遍的な感情を浮かび上がらせてくれている。投稿を読まれたときの特別な興奮、普段は声しか聴いていないパーソナリティの存在をイベントなどで目《ま》の当たりにしたときの信じがたい気持ち、そして、実際に今ここから見えるどこかにあるラジオブースでこの人たちが話しているのだ、と、思わず窓の外を見つめてしまう不思議な感覚。文字化できないアルピーANNの魅力を強度の高い物語世界の中に落とし込むことは、想像以上に難しい作業だったはずだ。

次に触れておきたいのは、同じ小説家として感銘を受けた点である。それはこの小説が、友情、恋心、若者たちの成長など、青春小説に臨む読者の期待に存分に応《こた》えてくれるだけでなく、この時代だからこそ生まれた新しい感情、人との繋《つな》がり方をとてもフラットに描いているという点だ。

顔が見えない者同士の電子の繋がりとは、冷たく、血の通っていないものとして認識されることが多い。そんな古臭い風潮に則《のっと》り、「人間同士、直接顔を合わせて言葉を交わすべき」なんて判で押したような説教を若い世代にかますことは簡単だ。だがこの小説は、そんな楽な戦い方をしない。現実を生き続けなければならない私たち読者にとって、私生活でも仕事をする上でもネット断ちなんて不可能だ。では終盤、物語はどうなるのか。インターネットによって傷ついた主人公は、インターネットにより傷ついた過去以上の心震える時間を手に入れるのである。

佐古田が富山に、鹿沢が行うニコニコ生放送でのトークの台本を書くように薦める。

アメーバピグ上で行われた大喜利で、富山と佐古田のやりとりが盛り上がる。佐古田が作り上げた演劇の感想を書き留めた富山のメモがきっかけで、鹿沢が歌う曲の詞を提供することになり、生演奏での初披露の場に電子上で立ち会う。富山の心の形が変化するきっかけは、インターネットというものがないと醸成されなかったものばかりだ。特に物語の終盤、アルピーANNの存続を願ったリスナーたちによる番組ハッシュタグ付きのツイートが銀河のように流れていくシーンからは、きっとまだどの小説にも描かれたことのないだろう種類の熱が感じられる。この小説は、現代だからこそ受け得る傷を描きながら、懐古主義に逃げず、現代だからこそ生まれる傷の癒《いや》し方、そして新たな光さえも提示してくれている。既に代表作を幾つも持つ著者が、描く感情を更にアップデートしている姿は、私にはとても明るく輝いて見える。

最後に。本書三三二―三三三ページで、富山と佐古田がこんな会話をしている。

「おまえの作った芝居、俺も鹿沢も、すげー残ったんだ。（中略）おまえの芝居にインスパイアされて何か作ろうとしてて、タイミング合っちまって」

（中略）

「考えたことなかった。私が何か作る。他の人が、そこから、また何か作る。パクるんじゃなくて、ぜんぜん新しい物を作る」

好きなものが発する光のもとに集まった二人が、互いに影響を及ぼし合い、共感を超えた伝染を自覚していく印象的なシーンだ。この台詞《せりふ》を噛《か》みしめながら、私は、富山と佐古田の間に、著者が立っているような気がした。

著者が中学二年の時に出会った、谷村新司の「セイ!ヤング」。そこからずっとラジオを愛し続け、アルピーANNに出会い、この作品を書きあげる。まさに共感を超えた伝染だ。さらにそれどころか本作は、山本周五郎賞受賞、オールナイトニッポン50周年記念特別ラジオドラマ化という、想像を超えた未来まで手繰り寄せている。好きなものを追いかけ続けた人間にだけ宿る特別な光は、次の物語へ出かける私たち読者の足元を強く照らし続けてくれる。著者の次作が楽しみでならない。

（平成三十一年二月、小説家）

この作品は平成二十八年九月新潮社より刊行された。

佐藤多佳子著

しゃべれどもしゃべれども

頑固でめっぽう気が短い。おまけに女の気持ちにゃとんと疎い。この俺に話し方を教えろって？「読後いい人になってる」率100％小説。

佐藤多佳子著

サマータイム

友情、って呼ぶにはためらいがある。だから、眩しくて大切な、あの夏。広一くんとぼくと佳奈。セカイを知り始める一瞬を映した四篇。

佐藤多佳子著

黄色い目の魚

奇跡のように、運命のように、俺たちは出会った。もどかしくて切ない十六歳という季節を生きてゆく悟とみのり。海辺の高校の物語。

上橋菜穂子著

狐笛のかなた

野間児童文芸賞受賞

不思議な力を持つ少女・小夜と、霊狐・野火。森陰屋敷に閉じ込められた少年・小春丸をめぐり、孤独で健気な二人の愛が燃え上がる。

上橋菜穂子著

精霊の守り人

野間児童文芸新人賞受賞
産経児童出版文化賞受賞

精霊に卵を産み付けられた皇子チャグム。女用心棒バルサは、体を張って皇子を守る。数多くの受賞歴を誇る、痛快で新しい冒険物語。

上橋菜穂子
チーム北海道著

バルサの食卓

〈ノギ屋の鳥飯〉〈タンダの山菜鍋〉〈胡桃餅〉。上橋作品のメチャクチャおいしそうな料理を達人たちが再現。夢のレシピを召し上がれ。

窪　美澄著

ふがいない僕は空を見た

山本周五郎賞受賞・R－18文学賞大賞受賞

秘密のセックスに耽る主婦と高校生。暴かれた二人の関係は周囲の人々を揺さぶり——。生きることの痛みを丸ごと包み込む傑作小説。

窪　美澄著

よるのふくらみ

幼なじみの兄弟に愛される一人の女、もどかしい三角関係の行方は。熱を孕んだ身体と断ち切れない想いが溶け合う究極の恋愛小説。

近藤史恵著

サクリファイス

大藪春彦賞受賞

自転車ロードレースチームに所属する、白石誓。欧州遠征中、彼の目の前で悲劇は起きた！　青春小説×サスペンス、奇跡の二重奏。

近藤史恵著

エデン

ツール・ド・フランスに挑む白石誓。波乱のレースで友情が招いた惨劇とは——自転車競技の魅力疾走、『サクリファイス』感動続編。

近藤史恵著

サヴァイヴ

興奮度№1自転車小説『サクリファイス』シリーズで明かされなかった、彼らの過去と未来——。感涙必至のストーリー全6編。

越谷オサム著

陽だまりの彼女

彼女がついた、一世一代の嘘。その意味を知ったとき、恋は前代未聞のハッピーエンドへ走り始める——必死で愛しい13年間の恋物語。

瀬尾まいこ著 **天国はまだ遠く**

死ぬつもりで旅立った23歳のOL千鶴は、山奥の民宿で心身ともに癒されていく……。いま注目の新鋭が贈る、心洗われる清爽な物語。

瀬尾まいこ著 **卵の緒**

坊っちゃん文学賞受賞

僕は捨て子だ。それでも母さんは誰より僕を愛してくれる——。親子の確かな絆を描く表題作など二篇。著者の瑞々しいデビュー作！

瀬尾まいこ著 **あと少し、もう少し**

頼りない顧問のもと、寄せ集めのメンバーがぶつかり合いながら挑む中学最後の駅伝大会。襷が繋いだ想いに、感涙必至の傑作青春小説。

武田綾乃著 **君と漕ぐ**

—ながとろ高校カヌー部—

初心者の舞奈、体格と実力を備えた恵梨香、上位を目指す希衣、掛け持ちの千帆。カヌー部女子の奮闘を爽やかに描く青春部活小説。

武田綾乃著 **君と漕ぐ2**

—ながとろ高校カヌー部と強敵たち—

結束深めるカヌー部女子四人。他県から個性豊かなライバルが集まる関東大会で勝利をつかめるか!? 熱い決意に涙する青春部活小説。

千早茜著 **あとかた**

島清恋愛文学賞受賞

男は、どれほどの孤独に蝕まれていたのだろう。そして、わたしは——。鏤《ちりば》められた昏い影の欠片が温かな光を放つ、恋愛連作短編集。

梨木香歩著　西の魔女が死んだ

学校に足が向かなくなった少女が、大好きな祖母から受けた魔女の手ほどき。何事も自分で決めるのが、魔女修行の肝心かなめで……。

梨木香歩著　家守綺譚

百年少し前、亡き友の古い家に住む作家の日常にこぼれ出る豊穣な気配……天地の精や植物と作家をめぐる、不思議に懐かしい29章。

西加奈子著　窓の魚

私たちは堕ちていった。裸の体で、秘密の心を抱えて――男女4人が過ごす温泉宿での一夜と、ひとりの死。恋愛小説の新たな臨界点。

西加奈子著　白いしるし

好きすぎて、怖いくらいの恋に落ちた。でも彼は私だけのものにはならなくて……ひりつく記憶を引きずり出す、超全身恋愛小説。

中沢けい著　楽隊のうさぎ

吹奏楽部に入った気弱な少年は、生き生きと変化する――。忘れてませんか、伸び盛りの輝きを。親たちへ、中学生たちへのエール！

橋本紡著　流れ星が消えないうちに

忘れないで、流れ星にかけた願いを――。永遠の別れ、その悲しみの果てで向かい合う心と心。切なさ溢れる恋愛小説の新しい名作。

明《あか》るい夜《よる》に出《で》かけて

新潮文庫　さ－42－6

令和元年五月一日発行
令和三年五月二十日四刷

著者　佐《さ》藤《とう》多《た》佳《か》子《こ》

発行者　佐藤隆信
発行所　株式会社新潮社
郵便番号一六二—八七一一
東京都新宿区矢来町七一
電話　編集部(〇三)三二六六—五四四〇
　　　読者係(〇三)三二六六—五一一一
https://www.shinchosha.co.jp

価格はカバーに表示してあります。

乱丁・落丁本は、ご面倒ですが小社読者係宛ご送付ください。送料小社負担にてお取替えいたします。

印刷・錦明印刷株式会社　製本・錦明印刷株式会社

ISBN978-4-10-123736-7 C0193